Le chevalier du roi

Chère lectrice,

Pour fêter l'été, je vous ai réservé une merveilleuse surprise : dès le mois prochain, vous découvrirez une toute nouvelle collection intitulée Grands Romans Historiques. C'est Merline Lovelace, avec *L'alliance secrète*, classé dans la liste des meilleures ventes de USA Today, qui inaugure brillamment ce lancement dès le 1er juillet, avec un titre tous les deux mois, en alternance avec Les Historiques. Situé en 1867, *L'alliance secrète* vous fera partager les tourments et les espoirs de deux êtres d'exception durant la guerre de Sécession...

Mais chaque chose en son temps : « Tout vient à point à qui sait attendre », affirme le dicton... et ce ne sont certainement pas vos cinq héroïnes de ce mois de juin qui diront le contraire ! Ainsi, en apprenant que l'homme de son cœur est marié et père de famille, Lucy croit devoir renoncer à lui pour toujours. Pas un instant elle n'imagine que la roue du destin va tourner en sa faveur... Découvrez vite *La Conquérante*, troisième et dernière partie de la saga de Susan Wiggs située à Chicago en 1871. Lucinda, elle aussi, doute que la chance lui sourie un jour : bannie par le roi, privée de son héritage, quel avenir peut-elle espérer ? Pourtant, il va suffire d'une rencontre un beau jour de 1109 pour qu'un vent d'allégresse souffle de nouveau sur *Le donjon des passions*. Caitlin, également, est accablée en découvrant que l'homme qu'elle aime est épris de sa sœur. Dire qu'en ce milieu du XIXe siècle, elle a traversé seule l'Atlantique dans l'unique but de le retrouver... Mais après un moment de découragement, cette dynamique jeune femme va faire *Le pari du bonheur*. Lady Verity, pour sa part, l'héroïne d'*Amour et sortilège* situé en 1815, élève seule l'enfant né de sa courte liaison avec un séduisant aristocrate qu'elle pense ne jamais revoir. Mais elle aussi a rendez-vous avec son destin... tout comme lady Sara qui, dans l'Angleterre féodale de 1315, se retrouve prise au piège du *Chevalier du roi* !

Bonne lecture et rendez-vous dès le 1er juillet, avec votre premier Grands Romans Historiques. Et retrouvez votre collection Les Historiques le 1er août prochain.

La responsable de collection

Le 1er juin,
la collection Les Historiques
vous propose de retrouver
la passionnante trilogie de

Susan WIGGS

Dans la nuit du 8 octobre 1871, un terrible incendie ravage Chicago, semant la panique dans la ville. Et pourtant, au milieu du chaos, trois jeunes filles vont découvrir le fragile miracle de l'amour.

Avec ***La conquérante*** (Les Historiques n° 217), découvrez la troisième partie de cette trilogie, et faites connaissance avec Lucy, jeune femme dont le destin bascule pendant cette terrible nuit où elle sauve un bébé du brasier. Tout en réalisant son rêve, devenir libraire, Lucy élève Maggie comme sa propre fille, jusqu'au jour où, en cherchant des fonds pour son commerce, elle retrouve Randolph, banquier et jadis amour impossible, qui malgré sa fortune, n'est plus qu'un homme brisé par la disparition tragique de sa fille…

Ne manquez pas le dernier rendez-vous de cette saga exceptionnelle.

LYN STONE

Le chevalier du roi

HARLEQUIN

LES HISTORIQUES

Cet ouvrage a été publié en langue anglaise sous le titre :
MY LADY'S CHOICE

Traduction française de
ADRIEN NAUTONIS

HARLEQUIN ®
est une marque déposée du Groupe Harlequin
et Les Historiques ® est une marque déposée d'Harlequin S.A.

Illustration de couverture
© RICHARD NEWTON

83-85, boulevard Vincent-Auriol, 75013 Paris — Tél. : 01 42 16 63 63
Service Lectrices — Tél 01 45 82 47 47
ISBN 2-280-16343-8 — ISSN 1159-5981

À cette époque...

Ce roman se déroule sous le règne d'Edward III, qui marque le début de la guerre de Cent ans. Nul souverain sans doute n'est aussi «féodal» que ce roi, qui aime la mise en scène de la chevalerie, se pique de courtoisie, soupire pour les dames, jure de créer la Table Ronde, construit à cet effet la tour circulaire de Windsor, et fonde l'Ordre de la Jarretière, composé de deux groupes de douze chevaliers, commandés, l'un par le roi lui-même, l'autre par son fils, le Prince Noir. Mais tout en jouant comme son grand-père Philippe le Bel le jeu chevaleresque, Edouard III est un souverain réaliste, qui se montre bon administrateur — et n'y a d'ailleurs pas si grand mérite car il a hérité d'une monarchie bien organisée. Ses impôts rentrent avec d'autant plus de facilité que la guerre qui l'oppose à la France est très populaire parmi ses sujets : depuis la Conquête, les paysans anglais vouent aux Français une rancune tenace. Un avantage dont le roi saura — au début du moins — tirer profit...

1.

Northumberland, 1339

— Nous vous remercions de l'avoir aidé à mourir, lady Sara, dit à voix basse le roi Edouard, dont le regard bleu était noyé de tristesse. Il paraît apaisé.

Sara de Fernstowe sourit. Elle fit le tour du lit, tenant dans ses mains le bassin qui avait recueilli le sang du blessé et les débris de la flèche qu'elle lui avait retirés de la poitrine.

— Votre chevalier n'est pas mort, sire, assura-t elle tandis qu'elle tendait le bassin à une servante. Et il ne mourra pas si je parviens à faire tomber sa fièvre.

Le beau géant blond qui gouvernait l'Angleterre abandonna son maintien royal pour se pencher familièrement au-dessus du lit. Il posa la main sur les coussins et approcha son oreille des lèvres du chevalier.

— C'est vrai, il respire normalement ! Pourquoi mon médecin prétendait-il que cet homme était perdu ? Vous venez de le ramener à la vie.

Sara avait une certaine affection pour le roi Edouard III, mais elle n'ignorait pas qu'il pouvait être un homme redoutable, comme son grand-père, le fameux Edouard Ier.

Elle tenta une explication, qu'elle accompagna d'un petit rire.

— Il se pourrait que ce médecin ait eu peur de votre colère, sire, en cas d'échec. Il était plus prudent pour lui de vous laisser peu d'espoir. Ne l'en blâmez pas. Vous savez bien qu'on ne survit pas facilement à ce genre de blessure.

Sara continuait de parler, sans craindre de dire la vérité.

— Bien sûr, je peux échouer. Mais j'ai bon espoir. C'est un homme solide et courageux, qui n'a pas seulement gémi quand je lui ai retiré la pointe de la flèche. D'ailleurs, à en juger par ses cicatrices, ce n'est pas la première fois qu'il est blessé à votre service.

— Vous ne croyez pas si bien dire, milady. Par deux fois, sire Richard m'a sauvé la vie.

Edouard semblait revivre ces moments avec émotion.

— La première fois, j'étais un tout jeune roi, et Richard un simple écuyer de sire Lionel, l'un de mes chevaliers. Trois hommes étaient entrés sous ma tente, avec l'intention de m'assassiner. Sire Lionel se porta au-devant des agresseurs, tua l'un d'eux, avant d'être frappé à son tour d'un coup mortel. Richard ramassa l'épée de son seigneur, tombée au sol, et affronta les deux autres, qu'il tua. Mais il avait reçu à la cuisse une blessure profonde, qui manqua le faire périr.

— Quelle bravoure chez un homme aussi jeune ! Est-ce alors que vous l'avez pris à votre service ?

— Heureusement, ou c'est moi qui serais étendu aujourd'hui dans ce lit. Il a surpris un archer embusqué et a reçu la flèche qui m'était destinée. Malgré sa blessure, il a poursuivi le scélérat et l'a coupé en deux. Que dites-vous de tant de force et de courage ?

Sara regardait le blessé. Elle savait que, s'il avait été sur ses pieds, il aurait été de la taille du roi. Il avait une poitrine solide, dont les muscles puissants avaient limité les dommages de la flèche. C'est vrai, cet homme était aussi fort que courageux.

En outre, il était beau. Sara observa une nouvelle fois ses cheveux châtain sombre, où la lumière des chandelles mettait des reflets roux. Sa peau, légèrement brunie par le soleil, semblait douce. Il avait un nez droit et des lèvres sensuelles, entrouvertes, derrière lesquelles apparaissaient des dents très blanches.

Sara aurait aimé voir ses yeux, peut-être pour comprendre quel homme il était. N'y tenant plus, elle posa la question au roi.

— Quel homme est-il donc pour avoir reçu tant de blessures ? Un violent ? Un impulsif ?

Le roi poussa un soupir profond.

— Non, pas Richard. S'il n'est pas menacé, c'est un pacifique, toujours de bonne humeur. C'est un homme d'honneur aussi, resté loyal à sa femme, qu'il a perdue il y a quelques années. Et il est d'un désintéressement rare, qui lui fait mépriser les récompenses que ses exploits devraient lui valoir. Son père, déjà, était le même genre d'homme. Richard semble vouloir suivre ses traces. C'est pour moi, comme pour tous les miens, un véritable ami.

Le regard du roi s'était embué de larmes. Sara en fut touchée.

— Sire, ce sont là des mots qui ressemblent à un éloge funèbre. Gardez espoir. Il vivra.

Le roi sourit, passa la main sur son visage et regarda Sara avec une expression amusée.

— Et vous, madame, ne réclamerez-vous pas une récompense pour les services que vous nous rendez ?

— Moi ? Il n'en est pas question, sire, dit tout d'abord Sara.

Puis, pour amuser le roi, elle feignit de se reprendre.

— Pourquoi ? Serait-ce que vous en offrez une ?

Edouard hocha la tête, en la regardant attentivement, les bras croisés sur sa poitrine puissante.

— Une des questions que j'aimerais régler pendant mon séjour dans le Nord, c'est celle de votre mariage. Maintenant que votre père est mort, vous savez que vous devez vous marier pour protéger Fernstowe. Deux hommes me demandent votre main. Mais j'aimerais que vous choisissiez vous-même votre mari. Qu'en pensez-vous ?

Sara attendit avant de répondre.. La question du roi, sans protocole, ne nécessitait pas une réponse immédiate. Elle savait que le premier de ses prétendants, Aelwyn de Berthold, voulait ses terres, parce qu'elles bordaient les siennes. Il n'en faisait d'ailleurs pas mystère. Dès qu'elle eut atteint l'âge de douze ans, il avait commencé à lui montrer beaucoup d'intérêt. Mais il n'avait réussi à convaincre ni le père ni la fille, et avait fait appel au roi.

— Je connais lord Aelwyn de Berthold, mais qui est l'autre, sire ? interrogea Sara, se demandant s'il pouvait s'agir de lord Bankwell, voisin éloigné qui avait une fois demandé sa main.

Bankwell était âgé, assez pour avoir courtisé la mère de Sara avant son mariage. Ce ne pouvait pas être lui... D'ailleurs, depuis qu'il s'était vu refuser la main de la jeune fille, il semblait avoir pris son parti de cet échec.

— Connaissez-vous Clivedon de Kent ? demanda le roi.

— Non, je ne le connais pas ? répondit Sara, qui

n'avait aucune envie de faire sa connaissance. Mais Votre Majesté ne m'a-t-elle pas dit que je pouvais choisir mon mari ?

Elle avait jeté un regard amusé au roi. Puis son visage s'était tourné vers le lit. Un court instant, elle considéra l'homme qui y était étendu. Oserait-elle ? Pourquoi hésiterait-elle, puisqu'elle n'avait rien à perdre ?

— Si Votre Majesté le permet, je voudrais celui-ci.

Sara, le doigt tendu vers le lit, soutint le regard du roi, attendant une réaction. Elle fut surprise de constater qu'Edouard restait impassible. Les yeux du souverain allèrent lentement de la jeune fille à Richard pour revenir à elle. Ils devinrent soudain plus graves. Sara pria pour que sa demande ne fût pas refusée. Soudain, le visage d'Edouard s'éclaira d'un sourire lumineux.

— Sauvez-le, lady Sara, et il est à vous. Qu'il le veuille ou non. Je vous en donne ma parole.

— C'est comme si c'était fait. Maintenant j'aimerais, sire, que vous acceptiez l'hospitalité de ma maison, et que vous restiez ici, pourquoi pas ? jusqu'au mariage.

— Hélas, c'est impossible. Je dois être à York dans trois jours pour un plaid.

— Alors, avec votre permission, j'aimerais que nous nous mariions avant votre départ. Et pourquoi pas cette nuit ?

— Cette nuit ? Mais, vous n'y pensez pas, Richard est inconscient.

— Ça n'a pas d'importance. Il suffira de le réveiller juste assez pour qu'il dise oui quand on l'interrogera. Pouvons-nous faire appel à votre aumônier, sire ? Le mien est mort il y a deux mois, et je ne l'ai pas remplacé.

Le roi hésitait. Il doutait que de tels procédés fussent bien recommandables. Quelle serait la réaction du chevalier Richard quand il aurait repris ses esprits ? Et pourtant, les affaires du royaume se trouveraient bien de cette union. Marier Richard et lady Sara rapidement, c'était donner aux lointaines contrées du nord le protecteur dont elles avaient besoin.

Et le roi acquiesça.

Quand il eut quitté la pièce, pour descendre rejoindre ses hommes, le sourire de Sara s'effaça. Elle poussa un soupir de soulagement. Elle n'aurait pas pu imaginer meilleur plan. Il lui semblait qu'il arrivait trop bien à propos pour ne pas être de bon augure. En premier lieu, son mariage éloignerait ce chien enragé de lord Aelwyn, qui irait chercher ailleurs un os à ronger. Et il ferait peut-être réfléchir les Ecossais, ces damnés Ecossais qui, non contents d'avoir tué son père, attaqué plusieurs fois le château de Fernstowe, tué ses paysans les plus éloignés et volé le bétail, s'en étaient pris régulièrement, ces dernières années, à tous les domaines qui bordaient la frontière.

Cette menace venue du nord, Sara s'en doutait, avait pesé dans la décision du roi. Il n'avait certainement pas accepté de lui donner sire Richard pour lui faire plaisir, même s'il prétendait avoir une dette à acquitter. Non, il lui fallait, dans la région, un homme sûr qui rétablît la paix. Il était vital pour le royaume, comme pour Sara et les seigneurs ses voisins, que la frontière du nord fût pacifiée. Elle ne doutait pas que lord Clivedon de Kent, que le roi lui avait proposé, eût fait aussi bien, mais ses terres étaient situées trop au sud pour qu'il pût être présent dans le Northumberland toute l'année. Et c'était aussi bien, car elle n'aurait eu aucune envie de passer la moitié de son temps, jusqu'à la fin de ses jours, dans le sud de l'Angleterre. Que serait-il advenu de Fernstowe pendant des absences aussi longues ! A n'en pas douter, sire Richard était l'homme qu'il fallait pour en devenir le seigneur.

En fait, elle n'avait fait qu'attirer l'attention du roi sur une évidence.

Sara regarda le chevalier blessé. Tous ses espoirs reposaient sur lui... Si elle parvenait à lui sauver la vie, sire Richard servirait au mieux ses intérêts. Elle pouvait se fier au jugement du roi, qui n'aurait jamais accordé sa confiance à un homme sans mérites. Elle savait que son blessé allait se rétablir. Et grâce à elle. Tout d'abord, bien sûr, il lui en voudrait de lui avoir forcé la main quand il n'avait pas toute sa conscience. Mais son honneur de chevalier l'obligerait à la respecter comme sa femme, en oubliant ses sentiments personnels. S'il était tel que le décrivait le roi Edouard, elle pouvait avoir bon espoir qu'il se montrerait conciliant.

Distraitement, Sara arrangea les plis de sa robe. Elle nota que le tissu était taché et s'en agaça. C'était le sang du blessé. Elle avait dû se salir en se penchant sur lui pour le soigner. Il faudrait qu'elle se changeât avant la cérémonie. Mais, au fond, cela importait-il ? Le roi l'avait déjà vue ainsi. Quant à sire Richard, encore trop faible, il ne remarquerait rien.

De toute façon, défigurée comme elle l'était, il lui faudrait plus qu'une robe propre pour faire oublier son apparence. Sire Richard serait sans doute, à l'instar des autres, désagréablement impressionné par la cicatrice qui barrait le visage de Sara du front au menton. Faudrait-il qu'elle le droguât pour qu'il parvînt à consommer leur union ? Cette pensée la fit souffrir, mais elle l'accepta. Elle ne pouvait rien changer à son apparence et devait s'en accommoder, comme elle l'avait toujours fait. Au moins, sire Richard était d'assez grande taille pour la regarder sans avoir à lever les yeux. La plupart des hommes qu'elle connaissait n'auraient pas pu en faire autant.

La jeune femme caressa le visage du chevalier endormi. Elle avait, dans les yeux, du désir pour cet homme si beau. Elle aurait aimé être aussi parfaite que lui, être désirée comme il devait l'être, retenir par ses seuls charmes physiques les regards passionnés d'un amant. Ah, être aimée de sire Richard comme l'avait été la femme qu'il avait perdue !

« N'en demandons peut-être pas trop », se dit Sara, qui trouvait qu'elle avait déjà obtenu beaucoup.

Elle chassa de son esprit de puérils désirs de mariage d'amour et s'employa à chercher dans les herbes qui jonchaient la table celles qui donneraient assez de force à Richard de Strode pour prononcer le oui qu'on attendait de lui.

— Faites-le, et n'en parlons plus, murmura le roi, avec de la colère dans la voix.

— Mais, sire, répondit le père Clément, sire Richard n'a aucune envie de se marier. Je vous demande d'attendre qu'il soit assez remis pour vous le dire lui-même. Vous savez bien qu'il ne parvient pas à oublier lady Eveline. En confession, il...

— Ne répétez pas un mot de ce qu'il a pu vous dire

en confession ! Même à moi ! s'écria le roi, qui se fit soudain si menaçant qu'il parut sur le point de brutaliser son aumônier.

Sara retenait son souffle.

— Jamais je n'en ai eu l'intention, sire. Je voulais seulement dire que sire Richard...

— ... épouserait cette femme !

Le roi s'était levé brusquement et, les mains sur les hanches, le regard courroucé, il ajouta :

— Mariez-les, ou disparaissez de ma vue ! Définitivement !

Le pauvre père Clément n'avait pas l'âme d'un martyr. Sans dire un mot, il ouvrit son missel et s'approcha du lit. Le roi prit Sara par le bras et la plaça entre lui et le prêtre. Debout tous les trois, côte à côte, ils regardaient le chevalier, qui s'agita sous ses draps et poussa un gémissement de douleur.

Sara se pencha pour lui prendre la main et l'apaiser. Elle entendit la voix du père Clément, dans son dos, se taire, attendant une réponse. Le roi se pencha à son tour et demanda :

— Sire Richard, répondez par oui ou par non.

Le blessé gémit de nouveau. Il donnait l'impression de vouloir sortir de l'état de confusion où le tenait la fièvre.

— Je...

— Voilà ! s'exclama le roi. Vous l'avez, votre oui, mon père ! Continuez à présent.

Le père Clément se mordait la lèvre, consterné, mais apparemment décidé à ne pas povoquer la colère du roi en résistant. Il reprit, s'arrêta pour attendre la réponse de Sara, puis ferma bruyamment son livre.

— Je vous déclare unis par les liens du mariage,

dit-t-il avant de réciter quelques prières en latin, qu'il termina par un *amen* où l'on sentait du soulagement.

— *Amen!* répondirent le roi et Sara à l'unisson.

Le roi Edouard prit une feuille de parchemin qu'il posa sur le corps de sire Richard, glissa une plume dans la main du chevalier, qu'il aida à signer. Il donna ensuite la plume à Sara, qui signa à son tour. Quand il se fut éloigné du lit, Sara se pencha vers sire Richard et lui posa un baiser sur les lèvres.

— Reposez-vous, mon mari, murmura-t-elle. Tout ira pour le mieux à présent.

Le roi Edouard vint placer le parchemin sur une petite table, près de la fenêtre, et fit signe à deux chevaliers de sa suite. Il les avait choisis pour être les témoins. Les deux hommes apposèrent leur signature sur le document, près de celle de leur souverain et du père Clément.

Tous descendirent ensuite souper dans la grand-salle, à l'exception de Sara, qui préféra rester avec Richard. Il était désormais son mari. Sa place était à son côté.

Restait à espérer qu'il verrait les choses de la même façon, lorsqu'il retrouverait ses esprits.

C'est avec beaucoup de difficulté que Richard ouvrit les yeux. Il était vivant. Et à coup sûr, il n'était pas au paradis. Mais ce n'était pas l'enfer non plus, s'il en jugeait par le froid qui régnait dans ces lieux.

Le lit confortable où il était étendu lui rappela le sien, dans le comté de Gloucester. Ses courtines étaient taillées dans un tissu de belle qualité, mais elles étaient plus âgées que l'hôte qu'elles abritaient. Une forte odeur de camphre flottait dans la pièce. Richard sentait tout son corps douloureux, jusqu'à la moelle des os, et il avait l'impression que sa tête éclaterait s'il faisait le moindre mouvement.

Il entendit quelqu'un chantonner tout près. Une femme.

— Le roi... ? demanda-t-il d'une voix rauque, incapable de terminer sa phrase.

Une main caressa son front, mais il ne parvenait pas à voir qui était là, près de lui, un peu en retrait.

— Votre roi est vivant. Et il vous le doit. Depuis quatre jours, il est à York.

— Ah, bien, dit Richard. Ma gorge...

— Elle est douloureuse parce que vous avez déliré durant votre maladie. La fièvre vous a tenu si longtemps que j'ai craint le pire. Buvez de ceci, autant que vous le pourrez. Ce n'est pas très bon, mais il le faut.

Rihard avait fermé les yeux. Il sentit sur ses lèvres le contact du métal. Il but une sorte d'infusion amère, un détestable remède de sorcière, qui n'avait rien de commun avec la voix si douce de celle qui le servait. Déjà, il aimait cette voix apaisante qui agissait comme un baume sur sa tête douloureuse.

— Où donc est passé Jean de Brabant, mon écuyer ? demanda Richard, qui estimait que c'était à ce garçon de prendre soin de lui.

— Il est à York avec le roi, messire. Je crois qu'il devait y rencontrer son père. Je lui ai promis de m'occuper de vous à sa place.

— Ah bon, alors... j'imagine que, puisqu'il n'y a personne ici pour transporter ma dépouille mortelle jusque chez moi, je suis obligé de continuer à vivre.

— Bien sûr ! Votre état s'est beaucoup amélioré. Mais vous nous avez donné des inquiétudes.

— Je suppose que je peux bouger ? marmonna-t-il, plus pour lui-même que pour elle.

Il souleva un peu son bras, et le laissa retomber avec un gémissement.

— Ça fait un mal de chien.

— Il ira mieux très vite, dit la voix.

Richard sentit sur son front la caresse d'une serviette humide. Il ferma de nouveau les yeux. La voix reprit :

— Je suis sûre que vous serez sur pied dans une quinzaine de jours. Mais il faudra un peu plus de temps pour que vous retrouviez toutes vos forces.

— Grâce à Dieu... et à vous, je suppose.

Les yeux toujours fermés, Richard devina que l'inconnue avait fait quelques pas pour se placer à sa hauteur. Il voulait absolument la voir et fit un effort pour soulever ses paupières. Il savait qu'il avait affaire à une femme bien née, parce qu'elle avait utilisé, pour lui parler, le français de Normandie, que les nobles utilisaient entre eux. Et pourtant, elle n'avait aucune allure. Elle portait une robe en tissu grossier, de couleur sombre, et avait la tête nue. Ses cheveux blond miel et bouclés tombaient en désordre sur ses épaules.

Comme il ne pouvait imaginer que Jean, son écuyer, l'eût laissé entre les mains d'une simple servante, Richard observa plus attentivement l'inconnue. Elle avait des manières qui n'étaient pas celles d'une paysanne. Ses traits étaient fins. Il remarqua la bouche, grande et mobile, où il vit la marque d'un fort tempérament, une bouche qu'il aurait baisée avec plaisir, s'il ne s'était pas toujours interdit de badiner avec les servantes. Le nez et le menton indiquaient de la détermination, et peut-être un peu de hauteur. Mais c'étaient les yeux qui retenaient surtout l'attention, des yeux couleur d'ambre, où brillait un peu d'or.

Comme embarrassée de se sentir observée, elle détourna la tête. Ses cheveux bougèrent et découvrirent le côté gauche de son visage. Richard, le souffle coupé, vit apparaître une mince et longue cicatrice blanche qui prenait naissance à la hauteur des sourcils et descendait le long de la joue jusqu'au menton.

Il ne pouvait en détourner les yeux, révolté de voir gâchée pareille perfection. C'était là la trace d'un couteau. La coupure, peu profonde, n'avait pas été recousue. Mais elle était si régulière qu'il ne pouvait s'agir d'une blessure accidentelle. Quelqu'un avait délibérément défiguré cette femme. Un maître brutal ? Richard se jura que s'il le retrouvait, il le provoquerait en duel pour.lui passer son épée au travers du corps. Si c'était un mari indigne, il le dépêcherait dans l'autre monde tout pareil, sans seulement écouter ses explications.

Quand l'inconnue tourna de nouveau son visage vers lui, Richard s'en voulut de n'avoir pas su dissimuler sa surprise. Il craignit de l'avoir blessée. Il avala sa salive et baissa les yeux sur les mains légères et gracieuses qui vérifiaient un peu nerveusement l'état de ses bandages.

— Qui êtes-vous ? demanda-t-il doucement.

— Eh bien, messire, autant vous le dire tout suite, pendant que votre état ne vous permet pas encore de m'étrangler...

La jeune femme se tut un instant, inspira profondément, et acheva :

— Je suis Sara de Fernstowe, votre femme.

Richard ferma les yeux. Il était fatigué, si fatigué

que les mots ne parvinrent qu'à peine à son cerveau. Derrière ses paupières closes, il évoqua la jeune femme qui se tenait près du lit et trouva quelque réconfort dans cette pensée. Elle était si différente de sa première femme, Eveline, petite personne éthérée, au visage d'ange, qui continuait d'aller et de venir dans sa mémoire. Comme chaque fois qu'il pensait à elle, l'image s'imposa de son corps trop maigre, tel qu'il lui apparut la dernière fois qu'il la vit.

Il sentit les émotions le submerger, douloureuses, pareilles à autant de flèches. C'était l'angoisse devant la mort qui frappe avant l'heure, la tristesse de penser que son fils souffrait d'avoir à peine connu sa mère, et la honte, aussi, la honte d'éprouver un soulagement de cette mort. Il gémit et frissonna violemment, comme pour se débarrasser du sentiment de culpabilité qui le torturait.

— Messire, vous semblez n'avoir pas aimé ce que j'ai dit. Je jure que c'est pourtant la vérité, dit la voix veloutée de la jeune femme. Nous sommes mariés.

— Marié ? dit Richard en ouvrant les yeux. Que diable me chantez-vous là ?

Elle sourit, comme pour s'excuser, et détourna les yeux.

— Oui, le roi a donné son accord. Il a même accepté d'être notre témoin.

Richard eut un petit rire las. Il avait l'impression d'être reparti dans le monde des rêves d'où il sortait à peine. La jeune femme baissa la tête. Elle paraissait un peu gênée.

— Je vous promets que vous ne le regretterez pas, messire. Je suis peut-être défigurée, mais, pour le reste, j'ai tout ce qu'un homme peut attendre d'une femme.

— Mmm, grommela Richard. « Ce qu'un homme peut attendre d'une femme », répéta-t-il en se demandant ce qu'elle avait bien pu lui faire boire.

— Oui, reprit-elle. Vous verrez que je suis une excellente maîtresse de maison. Je sais lire et écrire, et on veut bien me reconnaître des talents de guérisseuse. C'est moi qui vous ai sauvé, quand le médecin avait renoncé à vous soigner.

— Et modeste, par-dessus le marché, ajouta Richard, désabusé.

La jeune femme rit, d'un petit rire doux et apaisant.

— C'est en tout cas ce que je fais le mieux.

Richard se sentit trop faible pour continuer cette conversation. Il aurait voulu se réfugier une nouvelle fois dans le sommeil, pour y oublier son corps douloureux.

— Laissez-moi, à présent, grogna-t-il en fermant les yeux.

— Bien sûr, mon cher mari. Mais quand vous vous réveillerez, il faudra que vous mangiez un peu.

— Un peu de quoi ?

Après le breuvage que cette femme lui avait fait boire, il craignait le pire.

— J'ai de la bouillie de gruau pour vous. Et un entremets préparé avec un œuf et de la noix de muscade, si vous aimez ça.

— La noix de muscade..., murmura-t-il, drôle d'idée, vraiment.

Le sommeil le gagnait. Il entendit encore le rire de la jeune femme, puis un bruit de porte. Elle devait avoir quitté la pièce. Richard s'endormit.

Quand il se réveilla, elle était revenue à son chevet. Elle était assise dans un large fauteuil, travaillant sur un tambour à broder. Richard, les paupières à demi closes, l'observait. Elle faisait aller l'aiguille, une fois par le haut, une fois par le bas. Une maladresse lui fit grommeler quelque mot un peu gros, puis, l'esprit manifestement occupé d'autre chose, elle posa son ouvrage au sol. Richard fut frappé de son air de tristesse. Elle se pencha en avant, les coudes sur les genoux, les mains jointes sous le menton.

— Mon Dieu, murmura-t-elle, faites qu'il ne me haïsse pas. Je ferai tout ce.

— Approchez-vous, dit soudain Richard, interrompant la prière de la jeune femme.

Il était parfaitement lucide à présent. Après avoir tenté de croire que la conversation qu'il avait eue avec elle n'était qu'un rêve, il commençait à comprendre que c'était la triste réalité.

Elle s'était levée et s'approchait du lit.

— Avez-vous faim, messire ? Darcy devrait arriver d'un instant à l'autre avec un peu de nourriture.

— La peste soit de votre nourriture ! s'emporta Richard, le regard menaçant. Avons-nous ou n'avons-nous pas parlé ensemble il y a peu ? Que m'avez-vous dit ? Au nom de Dieu, qui êtes-vous, madame, et où suis-je ?

Sara refusa de se laisser troubler. Elle releva le menton et soutint le regard de Richard, avant de répondre :

— Oui, nous avons parlé. Je vous ai dit que j'étais Sara, dame de Fernstowe. C'est à Fernstowe, justement, que vous vous trouvez, messire, près de la frontière nord de l'Angleterre.

— Oui, oui, je me rappelle votre nom, bougonna-t-il impatiemment. Mais je croyais que vous m'aviez dit autre chose... que nous...

— Que nous étions mariés. Si fait.

Quelle était donc cette plaisanterie ? Si Richard avait été sur ses deux jambes, il aurait pris la jeune femme par les épaules, pour la secouer un peu, comme on le fait aux enfants menteurs dont on veut obtenir la vérité. Impuissant, il dut se contenter d'un rire forcé.

— Je me suis marié une fois, dit-il, et je me suis juré de ne jamais recommencer. Si vous pensez me faire accroire que vous êtes ma femme, il faut vous faire soigner, ma commère, avec un peu d'ellébore.

— Je ne suis pas folle, messire. J'avais besoin d'un mari, et vous vous trouviez chez moi à point nommé. Le roi a accepté mon idée d'assez bonne grâce. Il m'a proposé son aumônier et a bien voulu assister à la cérémonie. Vous lui devez d'ailleurs d'avoir réussi à signer le...

— Le roi n'a pu faire une chose pareille ! Je ne sais pas à quoi vous jouez, madame, mais vous ne gagnerez pas !

Richard avait crié ces mots, au point que son corps douloureux s'était soudain rappelé à lui, et c'est à voix presque basse qu'il avait répété :

— Vous ne gagnerez pas.

— Mais puisque je vous dis que nous sommes mariés. Voulez-vous voir le contrat de mariage ?

Sara se dirigea vers la table pour y prendre le parchemin. La tête renversée contre les oreillers, la main sur les yeux, Richard gémit :

— Non. Je suis encore par terre, blessé, inconscient, et la fièvre me fait délirer. Quand je me réveillerai, je sentirai le sol dur sous mon corps, et la douleur de mes blessures.

— Ne vous montrez pas ingrat, dit Sara en revenant vers lui.

— Qu'ai-je donc fait au ciel pour me retrouver en enfer, sans avoir eu le temps de comprendre ? Je sauve la vie du roi, et voilà comment j'en suis remercié ! Vous n'êtes qu'une mégère !

— Je pensais mériter plus de reconnaissance pour mon lit et mes soins.

— Pour l'amour de Dieu, madame, s'emporta-t-il, quittez cette pièce et laissez-moi en paix !

— Sans moi, c'est pour toujours que vous reposeriez en paix ! répondit Sara sur le même ton. Mais vous êtes en vie, Richard de Strode, et vous êtes à moi. Pour le meilleur et pour le pire. Il faudra vous y faire.

Richard entendit la porte claquer. Sara avait quitté la pièce.

— Je n'ai pas dit mon dernier mot, espèce de sorcière, grommela Richard. Je ne veux pas me marier. Ni à vous, ni à aucune autre.

2.

Sara se hâta vers sa chambre à coucher. Au moment où sa main se posait sur la poignée de la porte, elle changea d'avis. Non, elle n'allait pas se retirer ainsi dans sa chambre, comme une enfant réprimandée. Elle s'était déjà montrée bien assez puérile au cours de sa conversation avec Richard de Strode.

Qu'attendait-elle donc ? Que Richard fût éperdu de reconnaissance en apprenant qu'il avait le privilège de l'épouser. Si elle avait pensé ainsi, elle aurait attendu qu'il fût lucide pour lui proposer le mariage.

Cet homme avait été trompé, et par elle et par son souverain. Comment s'étonner qu'il maudît son sort. Mais il était trop tard. Le mariage avait été célébré, et personne ne pouvait le défaire.

Sara se promit de ne pas céder au découragement. Elle avait à présent vingt et un ans révolus, et jamais un homme ne l'avait fait pleurer, même pas son pauvre père, quand il avait été tué par les Ecossais six mois plus tôt. Et pourtant, s'il y avait quelqu'un qui fût digne qu'on versât des larmes pour lui, c'était bien Simon, seigneur de Fernstowe. Combien il lui manquait aujourd'hui. Si son nouveau mari faisait pour elle la moitié seulement de ce qu'avait fait ce cher homme, elle en pleurerait de joie, à coup sûr.

Mais elle ne s'illusionnait pas. Elle savait bien qu'elle ne devait pas attendre de miracle, car, même s'il prenait la fantaisie à ce beau chevalier de lui faire la cour, ce seraient les terres de Fernstowe qui l'intéresseraient, pas la dame du lieu, trop grande pour une femme, et défigurée par-dessus le marché.

Elle descendit aux cuisines surveiller la fabrication des bougies. C'était un bon moyen de garder les pieds sur terre. Tandis qu'elle dirigeait le travail des servantes, son esprit s'appliquait à trouver une solution pratique à la situation. Et l'idée lui vint qu'il lui fallait au moins gagner le respect de son mari.

Et comment mieux se faire respecter qu'en lui donnant ce qu'il attendait ? Quand viendrait le moment de consommer leur union, il comprendrait qu'il n'aurait pas à regretter ce mariage. Il ne trouverait pas dans son lit une vierge effarouchée, mais une femme décidée à le contenter. Certes, elle n'avait aucune expérience en la matière. L'idée de faire comme les animaux qu'elle avait vus dans les fermes des environs ne l'enchantait pas outre mesure, mais elle avait l'esprit curieux et beaucoup de bonne volonté. Ce serait sans doute suffisant.

Et sa récompense ne serait pas négligeable. Elle serait protégée des Ecossais, vivrait avec un homme exceptionnel et découvrirait des plaisirs qu'elle ne connaissait que par des confidences de servantes.

Sara se rendit compte que ces pensées l'empêchaient d'accorder à son travail toute l'attention voulue. Elle s'appliqua à aider les femmes qui versaient de l'essence de baies de laurier dans le chaudron où chauffait la cire.

L'odeur qui emplissait la pièce lui rappelait des souvenirs de Noël, de cadeaux, de messes de minuit. Les rires joyeux des enfants de Fernstowe lui traversèrent la mémoire. Et, tout à coup, elle ressentit le besoin d'avoir des enfants, à elle. Désormais, c'était possible.

Les fils que lui donnerait son mari seraient robustes et intelligents, comme leur père. Richard serait fier d'eux. Elle ne voulut pas penser aux filles qu'elle pourrait avoir, tant elle craignait qu'elles ne fussent plus grandes que leurs parents. Elle avait vécu cette expérience et ne la souhaitait pas à ses enfants. Et pourtant, son père l'avait aimée, malgré sa grande taille, et semblait n'avoir jamais remarqué sa cicatrice. Mais les pères, c'est connu, sont indulgents aux défauts de leurs filles. Elle espérait que ce serait aussi le cas de Richard, si Dieu voulait qu'il en eût.

De temps en temps, elle permettrait à son mari de se plaindre de son sort, de lui reprocher d'avoir été marié sans son avis. Mais elle pensait parvenir assez vite à le convaincre des avantages de sa situation.

Ensemble, en joignant son habileté à la force de Richard, ils se débarrasseraient de leurs damnés voisins écossais, et Fernstowe deviendrait la plus puissante seigneurie du nord de l'Angleterre. Ensemble, ils auraient des enfants qui feraient pâlir d'envie le roi lui-même.

Sara savait qu'elle était capable de parvenir à ce résultat si elle persévérait. Son père lui avait appris qu'elle pourrait tout obtenir dans la vie, à condition de ne jamais perdre son but des yeux, et de ne jamais douter de l'atteindre.

Son apparence, après tout, avait-elle tant d'importance ? Un vieil adage ne disait-il pas que la nuit tous les chats sont gris ? Ce qu'elle connaissait des hommes lui permettait de penser qu'ils ne sont pas trop regardants une fois qu'une femme est dans leur lit. Toutes leur plaisent. Il fallait seulement qu'elle s'en persuadât.

Sara s'avança pour vérifier si la mèche des bougies était bien centrée dans le moule qui allait recevoir la cire liquide.

Elle se disait qu'il en allait de la vie comme de la fabrication des bougies. Toute entreprise digne d'ntérêt doit être préparée soigneusement, puis menée pas à pas, en suivant un ordre établi, si l'on veut que le résultat soit à la hauteur des espoirs et des efforts.

Dans le cas de son mariage, il lui fallait tout d'abord convaincre Richard d'oublier qu'on lui avait forcé la main. Le mieux était de lui montrer les avantages que lui donnerait sa position de nouveau seigneur de Fernstowe. Plus tard, quand il aurait admis complètement son nouvel état, elle s'emploierait à lui faire oublier son apparence et à le convaincre qu'il était un homme heureux.

Le matin suivant, Richard se réveilla. Il se frotta les yeux, bougea la tête de droite et de gauche, pour détendre les muscles de son cou, qu'il sentait contractés. Combien de temps avait-il dormi, de ce sommeil de pierre qui ankylose le corps ?

Un homme était dans la pièce, qui semblait attendre ses ordres. Richard fut tenté de lui demander où était la jeune femme de la veille, mais il préféra se taire.

— Il me semble vous avoir déjà vu ici, dit-il.

— Oui, milord. C'est que j'accompagne partout

not'maîtresse. Y faut, vous savez. Elle a beau faire l'affranchie, pour nous c'est t'jours l'enfant du temps de milord Simon. C'est moi qui vous ai porté dans vot' lit.

— Je comprends, se contenta de répondre Richard, avant d'ajouter : comment vous appelez-vous ?

— Eustache, milord.

Richard aurait aimé que ce fût aussi ce brave homme qui l'eût déshabillé et lavé, mais il n'osa pas aborder le sujet. Il tenta de faire un mouvement pour s'asseoir. Eustache s'approcha.

— Et que faites-vous dans cette maison ?

— Je suis le maréchal-ferrant du château, et un peu l'homme à tout faire. En tout cas, le seul ici capab' de vous porter.

Eustache aida Richard à se redresser, et lui cala le dos avec des coussins.

— Merci, c'est bien. Vous parlez avec... enfin, votre façon de parler... Vous êtes né au château ?

— Oh non, milord, je suis écossais, répondit Eustache, dont le large visage, rougi par l'alcool, s'était éclairé d'un sourire. Le père de lady Sara m'a trouvé un jour près de la frontière, dans un champ, où on m'avait laissé pour mort, et y m'a amené ici. C'était y a six ans. Ma maison, c'est Fernstowe à c't'heure. J'y resterai tant qu'on voudra bien de moi.

Puis Eustache montra du doigt la blessure de Richard et demanda :

— Ça c'est curieux.

— Qu'est-ce qui est curieux ? C'est une blessure de flèche, rien de plus.

Apparemment peu convaincu, Eustache regardait la blessure en se mordillant les lèvres.

— Les Ecossais que je connaissais n'utilisaient pas d'arcs.

— Au moins, celui qui a fait ça n'aura plus à se servir du sien, répondit Richard avec satisfaction.

Il se demanda dans quelle mesure ce brave homme restait attaché à son Ecosse natale. Se contentait-il d'avoir le mal du pays, ou entretenait-il avec ses compatriotes des relations plus coupables ? Richard se sentait trop faible pour engager une conversation sur le sujet. Si les choses avaient mal tourné, il n'aurait pas seulement pu donner un coup de poing. Du regard, il fit rapidement le tour de la pièce pour essayer d'apercevoir ses armes. Vainement. A quoi, d'ailleurs, lui eussent-elles servi ? Ce sentiment d'impuissance lui faisait une impression fort désagréable. Combien de temps encore lui faudrait-il pour recouvrer sa santé ? Une quinzaine de jours, avait dit la jeune femme. Fallait-il comprendre un mois ?

— Où se trouve votre maîtresse ? demanda Richard.

— Elle est au village, je crois. Il est rare qu'ê soit au château à c't'heure-ci.

— Ce n'est pas prudent, par les temps qui courent, déclara Richard en calant son dos contre les coussins qu'Eustache avait diposés derrière lui.

Il savait que le château de Fernstowe, à peu de distance de la frontière, ne pouvait qu'attirer les pillards du Nord. C'était la raison de son séjour dans la région, où il avait pour misson principale d'évaluer la situation et de trouver les moyens d'y parer. Eustache, qui le regardait de ses yeux bilieux, branlant sa tête hirsute, finit par dire, avec un soupir :

— Vous avez peur qu'ê soit capturée par les

hommes de l'aut' côté des marais du Nord, n'est-ce pas ? Mais c'est de partout qu'y peut venir, le danger. Une fois, un beau p'tit gars, un Anglais de l'Est, a essayé de l'enlever. Le blanc-bec a été désarçonnné par not' maîtresse avant d'avoir compris c'qui arrivait et, en prime, il a fait un bout de chemin au grand galop sur le dos, le pied pris dans l'étrier. Hé, hé, je crois que ça y a servi de leçon.

En écoutant parler Eustache, Richard s'était redressé un peu vivement. Une douleur à la poitrine lui rappela soudain sa blessure. Il y porta la main avec une grimace.

— La peste soit de...

— Y faudra apprendre à rester tranquille, l'interrompit Eustache, sur un ton sévère que démentait la gentillesse de son regard. Vous n'êtes pas près d'êt' guéri.

Avec des gestes presque maternels, il aida Richard à s'appuyer contre coussins.

— Y vaut mieux que je vous laisse vous reposer. Milady vous verra demain matin.

— Attendez ! dit Richard en saisissant la manche de l'homme. Parlez-moi d'elle. Elle prétend qu'elle est... ma femme. Est-ce vrai ?

Eustache le regarda droit dans les yeux, avec un aplomb qu'un homme de sa condition n'aurait pas dû avoir. Et c'est tout aussi franchement qu'il répondit :

— Si ê vous l'a dit, c'est que c'est vrai. Vous avez de la chance. C'est un beau parti, not' maîtresse. Il faudra que vous la traitiez comme elle le mérite. Et, croyez-moi, je veillerai à vous expédier au ciel par le plus court chemin si vous lui faites le moindre mal.

Puis, avec un sourire désarmant, il ajouta :

— Maintenant, faut m'excuser, milord. J'dois vous laisser pour aller ferrer un cheval.

Richard fit un efort pour retenir l'envie de rire qui le gagnait. Il était à la fois amusé par le bonhomme et soulagé de constater qu'il se trompait en voyant en lui un possible espion écossais chargé de reconnaître la place en vue de futures attaques de ses compatriotes. La loyauté de cet Eustache envers la famille qui lui avait sauvé la vie parlait en sa faveur.

De son père, Richard avait appris à placer la loyauté au-dessus de toutes les vertus. Lui-même s'était toujours employé à mettre cet idéal en accord avec ses actes, depuis qu'il avait promis, à l'âge de seize ans, de servir le roi Edouard III jusqu'à la mort.

Il essaya de changer de position, mais éprouva une douleur qui le fit grimacer. Qui lui aurait dit que ses promesses seraient mises à l'épreuve si tôt. Et comment le roi le remerciait-il ? En l'encombrant d'une femme et d'une seigneurie dont il n'avait que faire. Il avait pourtant assez répété qu'il ne souhaitait pas se remarier, et qu'il n'avait pour seule ambition que de chevaucher derrière son roi jusqu'à ce que la camarde vînt le faucher, ou que la vieillesse l'empêchât de tenir sur une selle. Peine perdue. Le roi l'avait-il seulement entendu ?

Richard soupira et ferma les yeux. Oui, bien sûr, Edouard l'avait entendu. Il était de ces hommes qui, avant de se prononcer, pèsent toutes les nuances de la pensée de leur interlocteur. Lui qui ne prenait jamais une décision sans penser à sa gloire et à celle de l'Angleterre, il n'avait pu marier un de ses chevaliers à cette femme sans une raison sérieuse.

Il n'était pas imaginable non plus qu'il n'eût pu

avoir à l'esprit que le seul souci de faire plaisir. Cette faveur royale était un ordre, en fait. Richard ne pouvait en douter. Il obéirait, naturellement. N'en avait-il pas fait le serment ? Même s'il lui semblait odieux d'avoir à épouser cette femme, il accepterait le sacrifice, et sans protester. Son intérêt, d'ailleurs, n'était pas de mécontenter l'irascible Plantagenet. Aucun homme sensé ne s'y serait risqué.

Et si c'était une épreuve que lui imposait le roi ? Certes il fallait un homme à Fernstowe, pour protéger le domaine, mais Edouard ne cherchait-il pas aussi à savoir si son chevalier était capable d'une obéissance aveugle ?

— Ah, Edouard... la peste t'emporte ! Comment peux-tu douter de moi ? grogna Richard en frappant le matelas du poing.

C'était sans doute l'insupportable dame de Fernstowe qui avait inspiré cette idée à Edouard. Tout rude qu'il fût, le roi avait une tendre inclination pour les choses du mariage. Il aimait la reine, et à juste titre, mais son bonheur conjugal lui faisait oublier que tous ses sujets n'avaient pas forcément la fibre matrimoniale.

Pendant de longs instants encore, Richard continua de ruminer des idées noires. Il se sentait inutile et impuissant dans ce lit. Mais que pouvait-il faire, affaibli, privé de ses vêtements ? Descendre dans la grand-salle, nu comme au jour de sa naissance, et demander à parler à « sa » femme ? Il était pris au piège.

Le matin suivant, Sara s'habilla avec soin. Elle sortit du grand coffre de sa chambre une robe aux tons safran et émeraude. Elle la déplia et la secoua pour en effacer les faux plis. C'était la plus belle, et celle que son père préférait, parce que, disait-il, elle mettait en valeur la carnation de sa fille.

Sara enfila le long vêtement, serré à la taille et étroit de manches, éprouvant avec plaisir le contact du velours sur sa peau, puis s'amusa à tourner sur elle-même pour voir le tissu virevolter. C'était là un comportement de petite fille, mais Sara avait appris à profiter des plus infimes plaisirs de la vie quand ils se présentaient. Elle attacha autour de sa taille une ceinture, dont le fermoir s'ornait de pierres précieuses, puis passa un surcot de laine, qui la réchauffa.

Elle se demanda si son mari aimerait la façon dont elle était vêtue. Assise près de son lit, elle brossa sa chevelure blond miel, en fit une torsade dont elle se couronna la tête en la fixant avec quelques épingles de corne, puis la couvrit d'un voile de soie légère que retenait un petit diadème.

Elle se saisit d'un miroir d'argent poli qui lui venait de sa mère et y étudia son reflet, en essayant de ne pas voir sa balafre.

— Ce n'est pas la peine, murmura-t-elle, même en ramenant le voile sur la joue.

Avec un soupir résigné, elle reposa le miroir. De toute façon, sire Richard avait déjà vu sa cicatrice. Cétait une inutile coquetterie. Elle devait s'accepter telle qu'elle était si elle voulait que son mari en fît autant. Et qui sait, se demanda-t-elle, s'il n'aurait pas plus de mal à se faire au caractère difficile de sa femme qu'à cette marque disgracieuse.

Sara s'approcha de la table, y prit son contrat de mariage et une lettre que le roi Edouard avait laissée pour son mari. Elle devait montrer ces preuves à l'homme qu'elle avait choisi pour partager sa vie.

Quand elle entra dans la chambre de Richard, elle le trouva assis sur son lit, et vêtu d'un pourpoint qu'il était occupé à lacer. Eustache, ou Darcy, avait dû lui rendre ses vêtements. Il ne la reconnut pas immédiatement et lui adressa un sourire, avant de se reprendre :

— Ah, c'est vous, se contenta-t-il de dire, manifestement contrarié.

— Vous ne devriez pas vous lever maintenant, répondit Sara, qui avait remarqué la pâleur de Richard, et la sueur qui perlait à son front.

— Je me sens bien. J'étais sur le point de sortir de cette chambre pour partir à votre recherche. Nous devons avoir une discussion.

— Je le pense aussi. Mais voici qui devrait vous éclairer, dit Sara en s'approchant de lui pour lui remettre les documents qu'elle tenait à la main.

Richard les saisit d'un mouvement vif. Il commença par la lettre du roi, qu'il lut en diagonale après en avoir vérifié le cachet. La lecture du contrat de mariage lui demanda plus de temps. Quand il eut fini, il soupira et s'appuya le dos aux coussins. Ce n'était pas de l'abattement qu'il éprouvait, mais de la colère. Sara sentit qu'elle devait dire quelque chose.

— Je regrette que vous soyez contrarié.

— Vraiment ? répondit-il en lui adressant un regard glacé qui la fit frissonner.

Elle baissa la tête. Ce n'était pas le moment de le provoquer. Peut-être pouvait-il être dangereux. Le mieux n'était-il pas de lui rappeler tout ce qu'il gagnerait à ce mariage ?

— Le roi, commença-t-elle, m'a proposé plusieurs

maris déjà. Mais c'est à vous qu'il m'a finalement donnée, pour me remercier de vous avoir sauvé la vie. Il m'a semblé qu'un chevalier sans terre se trouverait bien de posséder un domaine tel que celui-ci, de l'argent dans ses coffres et une femme solide pour élever ses enfants.

La mâchoire contractée, Richard lui répondit :

— Je ne suis pas sans terre, je n'ai pas besoin de vos richesses et j'ai déjà des enfants.

— Oh, c'est merveilleux, messire ! Pourriez-vous les faire venir ici ? J'aime tant les...

— Epargnez-moi un couplet sentimental ! Je sais maintenant ce que vous entendez par aimer, et pour être franc, je préférerais éviter ça à mes enfants.

Sara s'assit au bord du lit et posa sa main sur celle de Richard, qui se dégagea brusquement.

— Richard... je peux vous appeler ainsi, n'est-ce pas ? Je suis sincère. Il faut que vous me croyiez. J'aime les enfants. Je voudrais vraiment faire la connaissance des vôtres. Le roi m'avait bien dit que vous aviez un fils, mais je m'aperçois que vous avez d'autres enfants.

Richard se contenta de grommeler quelque chose d'incompréhensible, en s'obstinant à éviter le regard de Sara.

— Combien sont-ils ? Et quel âge ont-ils ? reprit-elle, avec le secret espoir que sa fierté de père l'emporterait sur sa colère. Dites-le-moi.

— J'ai un fils de sept ans, lâcha-t-il entre ses dents.

Puis, comme à regret, plantant son regard dans celui de Sara, il ajouta :

— Et une fille de huit. Une bâtarde. Voulez-vous la voir aussi, celle-là, madame ?

Sara se redressa, comme sous l'effet d'un coup. Son

mari pensait-il la choquer ou l'humilier en lui demandant d'accueillir une enfant naturelle ? Quel insensé ! C'est avec un franc sourire qu'elle lui répondit :

— Je serais très heureuse d'être la mère des deux, si vous me le permettez.

La plus complète incrédulité se peignit sur le visage de Richard. Il préféra changer de sujet.

— Le roi souhaite que je m'occupe de la question écossaise dès que je serai mieux. C'est pour cette raison qu'il a permis ce mariage. Et pas pour vous récompenser.

— Si vous réussissiez, répondit Sara sans se troubler, ce serait déjà pour moi une grande récompense. Les Ecossais ont tué mon père. Pourquoi croyez-vous que je vous aie choisi de préférence aux autres ?

— Il y en avait donc d'autres ?

— Oui, aussi surprenant que ça paraisse, dit Sara avec un sourire et un petit haussement d'épaules.

— Et pourquoi n'ont-ils pas eu droit à la même sollicitude que moi ?

— Le premier était aussi insupportable que nos voisins écossais, et le second trop attaché à ses terres du Kent. Vous, je vous imaginais sans terre, à cause de la vie errante que vous meniez à la suite du roi. Je pensais que cet arrangement nous conviendrait à tous les deux.

Elle avait baissé les yeux. Ses doigts jouaient nerveusement avec le gland qui ornait l'extrémité pendante de sa ceinture.

Richard, après l'avoir observée un court instant, déclara sans ambages :

— C'est exactement ce que doit être ce mariage, un arrangement. Le roi veut pacifier la région, et je m'y emploierai. Si vous espériez avoir, en plus du guerrier, un mari aimant, vous avez fait erreur. Quand tout sera réglé, je retournerai à Gloucester, en vous abandonnant dans votre précieux Fernstowe.

Le sourire de Sara avait disparu. Sans plus accuser le coup qui la frappait, elle répondit :

— Je sais que, telle que je suis, je ne dois pas me montrer trop ambitieuse, messire. Je l'ai appris de ma mère. Je ne vous demande que l'aide de votre épée, dès que vous serez guéri.

Elle se leva pour partir.

— Attendez un instant. Nous n'en avons pas fini. Où est votre mère ? Morte ?

— Non. Elle s'est retirée dans un couvent après la mort de mon père.

— C'est l'endroit indiqué pour une mère qui rabaisse ses enfants au lieu de leur donner confiance dans la vie. J'espère que la fréquention de Dieu lui ouvrira le cœur.

— Ma mère a bon cœur ! répliqua vivement Sara. Elle ne me rabaissait pas. Elle m'ouvrait simplement les yeux.

— En méprisant votre valeur ?

Sara ne s'attendait pas à cette réponse. Elle resta silencieuse. Richard reprit :

— Espérez-vous gagner ma sympathie avec cette histoire ? Ou voulez-vous me forcer à vous dire qu'elle avait tort et à vous couvrir de compliments ? Eh bien soit, je le dis, vous êtes belle. Belle au-delà de toute comparaison. Même si vous ne le savez pas.

La bouche ouverte, Sara ne savait plus quoi dire. Où voulait-il en venir ?

— Vous parlez de dureté de cœur, et vous vous moquez de moi.

— Je vois que vous comprenez vite, madame. C'est que je méprise la beauté. Pour moi, elle n'a aucune valeur. Aucune !

— Vous êtes d'une cruauté indigne, messire ! lui lança Sara, emportée par la colère, et plus encore blessée de ce coup inattendu. J'ai compris que vous ne vouliez pas de moi comme femme. Mais il faudra vous faire à l'idée que vous n'avez pas le choix !

Puis, d'un mouvement rageur, elle lui tourna le dos et quitta la pièce.

Richard regrettait déjà ses propos. Même s'il avait des raisons d'être mécontent, il n'avait pas le droit d'humilier cette femme. Elle pensait à coup sûr qu'il ne voulait pas d'elle à cause de son visage défiguré. Comment lui faire comprendre qu'elle se trompait, qu'il avait d'autres raisons de refuser ce mariage, des raisons d'autant plus difficiles à expliquer qu'il lui était, à lui aussi, difficile de les admettre ?

La main sur les yeux, Richard respira profondément pour se libérer du poids qu'il sentait peser sur son cœur. Mais comment cela aurait-il suffi à lui faire oublier les soucis qui l'accablaient ? Il pensa à tous ceux qui comptaient sur lui pour continuer de vivre, ses vieux parents, ses enfants si jeunes encore, les paysans des terres de son père, et, comme si ça n'avait pas suffi, une nouvelle femme et toutes ses difficultés. Grand Dieu, comment aurait-il pu se permettre de mourir maintenant !

Si Richard n'avait jamais fui ses responsabilités, il n'avait aucune envie d'assumer celles des autres. Et pourtant, c'était lui qui était obligé de prendre soin des terres familiales, que son frère aîné, sire Alain, toujours absent, négligeait complètement. Afin que ce domaine pût être exploitable, il était même allé jusqu'à accepter de l'augmenter de terres nouvelles en se mariant à lady Eveline. Cette pensée le mit dans un état d'agitation qu'il tenta de calmer en se rappelant que c'était aussi à ce mariage qu'il devait le bonheur d'être le père de Christophe et de la petite Nane.

Mais qui s'occuperait du domaine tant qu'il serait immobilisé à Fernstowe ? Il avait prévu d'être là-bas pour s'occuper de l'embarquement de la laine et il s'apercevait que ce serait impossible. Il lui fallait retrouver des forces, au plus vite. Et ce n'était pas en restant dans ce lit qu'il y parviendrait.

Péniblement, il posa les pieds sur le sol, et se leva. Les premiers pas réveillèrent sa blessure. Mais il avait assez d'expérience pour savoir que cette douleur lui paraîtrait plus supportable s'il persévérait. Elle l'aidait à dissiper l'état d'indolence où le mettait son inactivité et lui aiguisait l'esprit.

Dieu sait combien il avait besoin d'être ingambe pour faire face à tout ce qui l'attendait !

— Vous allez rouvrir votre plaie et vous vider de votre sang ! s'écria une voix dans son dos.

Richard l'aimait, cette voix, mais il se serait bien passé de l'entendre en ce moment.

Il se retourna un peu vivement et manqua de tomber.

— Que faites-vous ici ? demanda-t-il.

— Je suis venue faire amende honorable, répondit Sara. Il faut que vous excusiez mon mauvais caractère.

— Vous n'avez pas à me dire ce qu'il faut que je fasse.

— Je suppose, continua-t-elle avec un sourire, que

c'est parce que j'ai pris l'habitude de donner des ordres. Il y a six mois maintenant, depuis la mort de mon père, que je dirige toute seule cette maison.

La blessure de Richard était toujours aussi douloureuse. Il se sentit faiblir et craignit de s'évanouir. Après avoir inspiré profondément, il retint sa respiration un moment. Puis, une fois qu'il eut repris son souffle, il demanda :

— Pourquoi ?

— Les Ecossais qui ont tué mon père ont aussi blessé notre intendant. Il est mort peu après de ses blessures. Après l'enterrement de son mari, ma mère a quitté la maison pour entrer dans un couvent. Et notre vieux chapelain est mort récemment. Bien sûr, Eustache fait son possible pour me seconder, mais personne ne tient compte de ce qu'il dit. Il n'est pas facile pour lui de faire oublier qu'il est écossais. Et voilà pourquoi tout le monde compte sur moi... et maintenant sur vous.

— Et maintenant sur moi, répéta Richard en hochant pensivement la tête. Asseyez-vous.

Sara s'assit sur un escabeau, près de la cheminée, tandis qu'il s'installait dans le fauteuil qu'elle occupait habituellement.

— Tout d'abord, expliqua-t il, nous devons régler la question des attaques. J'enrôlerai tous ceux qui sont capables de porter une arme et de s'en servir. Evidemment, il faudra du temps pour entraîner ces gens-là. Mais je ne vois pas d'autre solution pour me procurer des soldats.

Sara, silencieuse, approuva d'un mouvement de tête et d'un sourire.

— Aucun seigneur, reprit Richard, ne peut être partout à la fois, et les Ecossais en profitent. Ils attaquent les plus faibles, ceux qui leur opposent la moindre résistance. C'est donc à nous de renforcer cette résistance.

— Vous avez raison, approuva Sara. Et quand voulez-vous commencer ?

— Immédiatement, bien sûr. Le plus tôt sera le mieux.

— Aujourd'hui ? Mais vous n'êtes pas encore remis. Comment pourriez-vous entraîner des hommes à se battre alors que vous tenez à peine debout tout seul.

— Je ferai ce qui doit être fait, madame, et c'est à moi, pas à vous, de décider comment je m'y prendrai.

— Bravo ! railla-telle. C'est bien la peine que je me fatigue à vous soigner. Allez défier Alain le Juste si vous arrivez seulement à...

— Qui ça ? l'interrompit Richard. Quel nom avez-vous dit ?

— Alain le Juste, le tyran de Bannockburn et l'ami du vieux Bruce. N'avez-vous jamais entendu parler de lui ? Nous le craignons tous. Je suis sûr que le roi connaît cet homme.

Richard avait senti son cœur se serrer violemment. Il ne pouvait plus douter à présent qu'Edouard voulût éprouver sa loyauté.

— Oui, le roi doit le connaître, bien qu'il n'ait jamais prononcé ce nom devant moi. Ce qui m'intéresse, madame, c'est de savoir ce que vous, vous savez de cet homme... Vous me dites, en somme, que c'est lui qui est à l'origine des attaques écossaises.

Les yeux de Sara exprimèrent une telle haine que Richard s'en étonna. Quand elle parla, il eut l'impression que chacun dcs mots qu'elle prononçait était empoisonné.

— Il s'est vanté de son nom devant nos hommes qu'il abandonnait, blessés, dans la forêt. Après avoir tué mon père, il s'est assuré que tout le monde apprendrait ce qu'il avait fait. Si, une fois remis, vous me rapportiez la tête de cet homme, vous pourriez exiger tout ce qu'il est en mon pouvoir de vous donner.

Les mâchoires serrées jusqu'à la douleur, Richard n'osait parler, de peur de ce qu'il pourrait dire. Cette femme ne se rendait pas compte de ce qu'elle lui demandait. Puis l'idée lui vint qu'elle en savait peut-être plus qu'elle ne le laissait paraître. Si Edouard était au courant des origines de sire Alain, il avait pu l'en informer. Etaient-ils de connivence ? Le roi aurait-il amené Richard jusque dans le Nord à la seule fin de l'opposer à cet Alain ? Sa blessure, pourtant, ne pouvait avoir été prévue. Et son séjour à Fernstowe lui semblait tout aussi fortuit.

Il n'était sûr que d'une chose : il ne ferait pas ce que le roi et Sara de Fernstowe attendaient de lui, ou, tout au moins, pas comme ceux-ci l'imaginaient.

Il était hors de question que, pour complaire au premier et satisfaire les désirs de vengeance de la seconde, il assassinât son propre frère !

3.

Le coude posé sur le bras du fauteuil, Richard massait son front du bout des doigts, comme pour chasser le mal de tête qui le torturait. En vain. Les pensées se bousculaient dans son esprit, et résistaient aux efforts qu'il faisait pour les mettre en ordre.

Sara, se disait-il, semblait ne pas avoir encore compris qu'Alain le Juste et Alain de Strode étaient le même homme. Sans doute parce que son frère avait renoncé à utiliser le nom de Strode, qui était celui d'un fief anglais. D'ailleurs, Alain n'était pas né à Strode et n'y avait jamais vécu. Il eût été plus logique qu'il se fît appeler Alain de Byelough, puisqu'il était seigneur de cette terre d'Ecosse. Mais c'est à un surnom, le Juste, qui était d'usage depuis longtemps dans la famille, que semblait aller sa préférence.

Alain avait pris le parti des Ecossais. Il était des leurs par le sang et les sentiments. L'Ecosse était le pays de sa mère. Il y était né et y avait passé vingt ans de sa vie. Ce qui n'avait pas empêché leur père, pourtant anglais jusqu'à la moelle des os, d'être très attaché à son fils. Et Richard lui-même avait de l'indulgence pour ce frère plus âgé, qu'il se rappelait à peine.

Il était si jeune, la dernière fois qu'il l'avait vu, que bon nombre de ses souvenirs pouvaient bien être nés de ce que lui avaient raconté ses parents.

De l'autre côté de la frontière, dans les collines, se dressait le château de Byelough. C'était là que vivait Alain. Cette maison lui venait de la veuve d'un ami, qu'il avait épousée après la bataille de Bannockburn. Et Richard se demandait si la situation de son frère était si difficile qu'il dût piller le pays voisin pour nourrir sa famille.

Devait-il révéler à Sara ce lien de parenté ? Elle était si convaincue qu'il tuerait pour elle le meurtrier de son père, qu'il était trop difficile de lui faire entendre un autre langage. Richard jugea plus sage d'attendre de voir comment la situation évoluerait. De toute façon, il n'était pas question, faible comme il l'était, qu'il partît se battre pour l'instant.

— Il a attaqué d'autres domaines, reprit Sara en se levant pour faire quelques pas dans la pièce, mais, autant que je sache, mon père est le seul noble qu'il ait tué.

Richard ne parvenait pas à imaginer que ce frère, qui écrivait à leur père des lettres si tendres et si spirituelles, fût la sombre brute que décrivait Sara. Il ne l'imaginait pas tuant délibérément lord Simon de Fernstowe pour s'en vanter ensuite grossièrement. Que son frère volât pour survivre ou capturât des ennemis pour en exiger une rançon, il pouvait le comprendre, mais comment concevoir qu'il tuât gratuitement ? Cela allait contre la réputation qu'il s'était acquise jusque chez ses ennemis. Les Anglais eux-mêmes, dont bien des hommes avaient perdu la vie sur les champs de bataille par sa faute, le considéraient comme un chevalier fidèle aux devoirs de son état.

Décidément, ce que Richard apprenait sur son frère ne pouvait être la vérité. Il lui fallait en savoir plus.

— Vous allez le trouver et l'éliminer, n'est-ce pas ? demanda Sara, tirant Richard de ses pensées. Je m'en chargerais moi-même, si j'en avais la force.

— Je le trouverai. N'en doutez pas.

Sara s'efforçait de maîtriser les émotions qui lui bouleversaient le cœur chaque fois qu'elle évoquait la mort de son père. Lord Simon avait été le meilleur des hommes et le meilleur des pères. L'idée que ses assassins fussent toujours de ce monde lui était insupportable. Que n'était-elle un homme pour les exterminer tous, où qu'ils soient ! Elle s'efforça de respirer profondément pour retrouver son calme.

Son mari lui paraissait préoccupé, mais il semblait ne plus avoir de ressentiment contre elle. Le moment était peut-être venu de se rapprocher de lui en tentant d'établir progressivement des liens d'amitié. C'était à elle de faire le premier pas.

A présent qu'ils avaient en commun le même ennemi et le même but, il était possible de s'entendre. De toute façon, si elle voulait vaincre les réticences de Richard, il fallait que leurs relations fussent amicales

Elle se força à sourire. Les années lui avaient appris qu'elle se trouvait mieux lorsqu'elle se donnait l'illusion qu'elle était heureuse.

— Je voudrais vous redire qu'il est encore trop tôt pour entreprendre quoi que ce soit. Remettez-vous d'abord. J'ai l'impression que vous êtes mieux depuis que vous vous êtes levé. Voudriez-vous prendre vos repas dans la grand-salle ? Vouspourriez y rencontrer nos gens, et leur parler de vos projets.

— Hum, se contenta de répondre Richard, qui pensait à autre chose.

— Vous pourriez même faire quelques pas dehors, dans la cour, pour prendre le soleil. Qu'en pensez-vous ?

— Comment ? fit Richard, qui sortait enfin de sa rêverie.

— Or ça, cher seigneur, dit Sara avec un petit rire, quel talent de séducteur ! Aucune femme n'y résisterait.

— Pardonnez-moi, j'étais ailleurs.

Sara s'assit et, les yeux baissés, lissa les plis de sa robe d'un mouvement de main distrait.

— Richard, sachez que je n'exige rien de vous. J'accepterai ce que vous voudrez bien me donner.

— Bien, dit celui-ci en appuyant la tête contre le dossier de son fauteuil, le regard soudain plus sévère. Moi je vais vous dire ce que j'attends de vous.

Un frisson parcourut Sara. Qu'allait-il demander ? Etait-il de ces hommes tyranniques qui considèrent leur femme comme une servante ? Sara savait que bien des femmes de la noblesse se trouvaient dans cette situation. Sa mère, Dieu merci, avait eu la chance d'épouser un homme bon.

— Eh bien, donnez vos ordres, dit-elle en jouant maladroitement avec sa cordelière. S'ils devaient être trop nombreux, laissez-moi le temps de demander de quoi écrire.

— Vous avez la langue bien pendue, Sara de Fernstowe, dit Richard avec un demi-sourire. Un peu trop, malheureusement. Il faudrait que vous appreniez à la tenir.

— Il faudrait, se contenta-t-elle de répéter.

Après avoir promené un regard dédaigneux sur les vêtements de Sara, Richard déclara :

— J'aimerais que vous ne portiez plus ce genre de chiffons. Je sais que vous avez mieux à vous mettre.

— Comme vous voudrez. Si je me suis habillée modestement aujourd'hui, c'est à cause du travail que j'avais à faire.

— Du travail ? Quel travail ? demanda Richard en levant un sourcil inquisiteur.

— Panser un blessé, par exemple, dit-elle en souriant doucement.

— Pardonnez-moi. Je m'aperçois que je ne vous ai pas encore remerciée de m'avoir soigné. Je saurai vous dédommager.

— Le roi s'en est chargé.

Richard comprit l'allusion. Il baissa les yeux, les sourcils froncés, puis, les levant de nouveau sur Sara, il répéta :

— Arrangez-vous, dès que possible, pour vous habiller autrement.

— Bien sûr.

Sara ne pensait pas que Richard fût très au fait des questions de mode féminine. Mais, comme beaucoup d'hommes, il voulait être fier de sa femme. Elle l'imagina honteux de recevoir inopinément quelque seigneur voisin en compagnie d'une femme vêtue comme une souillon. Cette pensée la fit sourire.

Richard se méprit sur ce sourire. Il lui demanda brutalement :

— Est-ce moi qui vous amuse ?

— Quelle susceptibilité, messire ! Ayez un peu plus d'humour. Sans lui, la vie serait insupportable. Pour moi, si je n'en avais pas, il y a longtemps que je me serais jetée du haut du donjon. Pourquoi êtes-vous donc si morose ?

— Vous me le demandez ?

— Allons donc ! Que vous manque-t-il ? Vous avez de nombreux biens, encore augmentés des miens. Vous avez des enfants et un grand roi à servir. Votre santé vous revient. De quoi vous plaignez-vous ? De moi, votre femme, qui ne suis pas des plus attirantes ? Mais ce n'est quand même pas la fin du monde ! Et si je n'ai pas pour moi la beauté, j'ai de la conversation comme un homme. Pourquoi n'essaieriez-vous pas de faire la paix avec moi au lieu de chercher à venger votre fierté blessée ?

Richard la regarda un instant, silencieux. Puis il laissa tomber, laconiquement :

— Vous vous méprenez.

Ce fut au tour de Sara de le regarder sans mot dire. Imperturbable, il continua :

— Vous êtes très mauvais juge, madame, de vos charmes physiques. Et comment pourrait-il en être autrement, d'ailleurs, quand vous semblez ne pas avoir toute votre raison ?

— Ah, je vous reconnais bien là, messire, répliqua Sara dans un éclat de rire, si sérieux que la moindre fantaisie vous paraît folie. Ne vous arrive-t-il donc jamais d'être léger ?

— Pas depuis que je suis entré dans cette maison, fit-il en fronçant les sourcils.

— Alors, il va falloir remédier à cela. J'aimerais vous voir enfin sourire.

Après avoir poussé un soupir, Sara se leva de son tabouret. Elle s'approcha de Richard, et s'autorisa à avancer la main, avec l'intention de remettre en place une boucle de cheveux qui lui balayait le front. Il lui saisit le poignet.

— Ne me touchez pas !

La main de Richard était ferme, mais son regard trahissait un trouble qui n'échappa pas à Sara. Elle voulut y voir un motif d'encouragement.

— Je veux bien, admit-elle, mais comment vivre mariés sans se toucher ?

Lentement, Richard éloigna de lui le bras de Sara et desserra ses doigts, qui abandonnèrent le poignet de la jeune femme. Puis, le plus calmement qu'il put, afin de cacher son émotion, il dit :

— J'ai pour mission de protéger la frontière de l'est, et vos terres aussi, dont je m'occuperai comme s'il s'agissait des miennes, tant que je serai ici. Mais nous ne vivrons pas comme mari et femme. Je suppose que c'est à ça que vous faisiez allusion.

Sara se contenta d'acquiescer de la tête, mais sa pâleur trahissait sa détresse.

— Vous avez fait un mauvais calcul en épousant un homme qui ne souhaitait pas se remarier.

— Ne voulez-vous pas d'enfant ?

— J'ai déjà ce qu'il me faut.

— Ce n'est pas mon cas, fit remarquer Sara en baissant les yeux.

— Ne vous en prenez qu'à vous-même.

— Votre première femme vous a fait du tort, dit Sara en tendant la main vers celle de Richard.

— Laissez-moi en paix, réagit-il avec un mouvement de recul. Et n'abordez plus ce sujet. Je n'ai plus aucune envie d'en parler.

— A votre guise. Mais, si vous le voulez, nous pourrions au moins essayer d'être amis. Etes-vous d'accord ?

Richard eut un petit rire incrédule.

— Grand Dieu ! Vous êtes la femme la plus étrange que j'aie jamais rencontrée. Et la plus entêtée. Mais n'avez-vous donc aucune fierté ? Je viens de vous dire que je ne voulais pas partager votre lit, que je ne voulais pas avoir d'enfant de vous. Et vous me proposez votre amitié.

— C'est vrai, admit-elle. Mais puisque nous sommes appelés à vivre sous le même toit, n'est-ce pas plus raisonnable ?

— Honnêtement, je n'arrive pas à vous suivre. Comment faites-vous pour me demander de tuer un homme à un moment donné et rire d'une plaisanterie l'instant d'après ?

— Peu importe que vous me compreniez ou non ; le principal est que vous pensiez à moi... J'ai l'espoir que cette incompréhension n'aura qu'un temps. Vous savez, Richard, il faut que vous me fassiez confiance. Je serai pour vous une femme fidèle, qui saura vous aimer si vous lui en laissez la possibilité. Je donnerai à vos enfants le même amour qu'à ceux que je pourrais avoir. Libre à vous de penser que je n'ai pas toute ma tête, mais ne doutez jamais de ce que je viens de vous dire.

Et, avant de lui laisser le temps de répondre, Sara tourna les talons pour sortir de la pièce. Manifestement, ce n'était pas ce jour-là qu'elle le convaincrait. Mais elle y parviendrait, à force de persévérance. Elle en était certaine.

« Le principal est que vous pensiez à moi », avait-elle dit. Richard sentit tout le comique de la situation. Il était assis dans ce damné fauteuil, à peine capable d'en sortir tout seul, et pourtant dévoré du feu qu'elle avait allumé en lui. En avait-elle conscience ? Quelle était la part du calcul dans les quelques gestes qu'elle avait faits pour le toucher ?

Il poussa un grognement en essayant de se lever. Si au moins la douleur physique avait pu lui faire oublier son désir. Il se traîna jusqu'au lit pour s'y étendre. Sara avait-elle compris quelle séduction elle exerçait sur lui ? Oui, il n'en pouvait douter. Les femmes sentent ces choses. Ce sont justement les armes qu'elles utilisent. Eveline en avait usé quand elle l'avait jugé utile. Et Richard, qui sortait tout juste de l'adolescence, était tombé dans le piège, sans doute par excès de confiance en soi. Maintenant, au contraire, à l'âge de vingt-sept ans, il aurait pu se croire à l'abri de ce genre de danger.

Voilà longtemps qu'il était veuf, et n'avait connu que quelques amours ancillaires. Mais, après la nuit qu'il avait passée avec une servante, dans une auberge de Douvres, à la Saint-Michel dernière, il s'était promis de renoncer à ces étreintes furtives. Le souvenir lui en restait cependant très vif, et il les regrettait. Il aimait ces filles sans complications, qui savaient donner du plaisir, et il n'aurait pas exclu d'épouser l'une ou l'autre s'il n'avait craint d'avoir à lui faire subir les conséquences d'une union mal assortie. Il se rappelait que l'enfant qu'il avait eue avant son premier mariage n'était toujours, aux yeux de tous, qu'une bâtarde, et qu'elle en souffrait.

La propre mère de Richard était pourtant une roturière, une ancienne servante de la première femme de son père. Bien que son mariage eût été une réussite, Richard, dès son enfance, avait compris que sa mère subissait des humiliations à cause de ses origines. Et il s'était promis de ne jamais épouser une femme hors de sa condition. La question était qu'il n'avait aucune intention non plus d'épouser une femme de sa condition. Il en avait assez fréquenté à la cour et durant ses voyages avec le roi pour savoir qu'elles étaient toutes assoiffées de pouvoir ou trop parfaites. Eveline était de la seconde catégorie. Chaste, réservée, digne, bref, au-dessus de tout reproche. Elle avait le caractère qu'on pouvait attendre d'une dame de la haute société, mais Richard, qui aurait dû se féliciter de l'avoir épousée, ne la trouvait que froide et ennuyeuse.

Puisqu'il lui était impossible de trouver, dans le peuple ou dans la noblesse, la femme qui lui aurait convenu, il avait décidé de renoncer au mariage. Et voilà qu'il se retrouvait marié, contre son gré, et à une femme de la première catégorie !

Il lui restait à comprendre ce que Sara de Fernstowe attendait vraiment de lui. Elle souhaitait, bien sûr, la mort de son ennemi. Richard ne pouvait lui refuser cette satisfaction, puisque c'était un ordre du roi. Mais que voulait-elle de plus ? Un enfant ? Un héritier pour les terres de son père ? Elle le disait en tout cas. Et pourtant, il était probable qu'une femme de son genre attendait encore autre chose du mariage. Mais quoi ?

Le corps de Richard désirait si ardemment Sara qu'il en vint à oublier les intentions de la jeune femme, pour ne plus penser qu'à l'amour qu'elle pourrait lui donner. Si, blessé comme il l'était, il avait si grande envie d'elle, comment diable résisterait-il une fois rétabli ? Malheureusement, il était impossible d'obtenir ce genre de plaisir d'une femme de son monde, élevée dans l'idée que les gestes de l'amour sont dégradants et ne peuvent être tolérés que pour la procréation. Elle le détesterait de les lui imposer. Et lui-même convenait que, s'il n'eût pas aimé qu'elle les lui refusât, il eût été embarrassé qu'elle en parût trop friande. Dans ces conditions, mieux valait s'abstenir.

Alors, l'amitié ? Richard se prit à rire. Il n'y fallait pas penser. C'était la dernière chose qu'il voulait de sa femme.

Le matin suivant, Sara, les bras chargés de vêtements qui avaient appartenu à son père, s'arrêta devant la porte de la chambre de Richard. Elle sourit et s'appuya au mur, attendant qu'il fût entré dans le bain qu'Eustache avait préparé pour lui. Par l'entrebâillement de la porte, elle avait eu le temps de le voir nu, de dos, et la beauté de ce corps puissant lui avait fait battre le cœur.

Sur ces entrefaites, Eustache sortit. Il passa devant elle en lui lançant un regard amusé. Sara, sans attendre, entra dans la pièce en fredonnant et déposa les vêtements sur le lit.

— Voilà de quoi vous vêtir. Si vous avez...

— Tudieu ! Mais qu'est-ce que vous faites ici ? s'exclama Richard en se retournant brusquement, au milieu des éclaboussures.

— Pardi, je viens m'occuper de votre bain, fit Sara en s'approchant du baquet.

Elle lui adressa un sourire et s'agenouilla près de lui. Instinctivement, il avait dissimulé son sexe des deux mains, l'air menaçant, comme s'il avait craint qu'elle n'eût des intentions coupables. Pour ménager sa pudeur, Sara leva la tête et regarda le plafond pendant qu'il protestait :

— Je peux me baigner tout seul. Laissez-moi à présent.

— Je ne suis pas née de la dernière pluie, messire mon mari. Inutile de faire la sainte-nitouche.

— La sainte-nitouche ? Vous n'avez donc jamais entendu parler de pudeur ?

— Quand on est fait comme vous l'êtes, la pudeur est un sentiment inutile et une perte de temps ! Maintenant, penchez-vous, que je vous savonne le dos. Et prenez garde à ne pas mouiller votre blessure.

— Mais par le diable, allez-vous me laisser tranquille ?

C'est avec moins de force, cependant, que Richard avait prononcé ces derniers mots, qui sonnèrent plus comme une question que comme une injonction. Sans en tenir compte, Sara s'était saisie d'un morceau de savon et d'un chiffon, et commençait de lui frotter le dos. Elle sentit les muscles noués se détendre progressivement. Richard poussa un soupir de bien-être et Sara se réjouit de ce petit succès.

— Quand vous dites, reprit Richard en choisissant ses mots, que vous n'êtes pas née de la dernière pluie, dois-je comprendre que vous avez déjà vu des hommes se baigner ? Eustache peut-être ?

— Eustache ? Vous n'y pensez pas. Il craint l'eau plus qu'un chat. A l'entendre, elle donne la fièvre, tierce, quarte et quinte.

Richard ne répondit pas. Après lui avoir nettoyé le dos, Sara lui demanda de renverser la tête et entreprit de lui savonner les cheveux. Elle pétrit l'épaisse masse de boucles brunes, qui paraissait si douce entre ses doigts, la rinça abondamment, puis la sécha avec une serviette de lin.

— Pourquoi faites-vous cela ? demanda Richard.

— Pourquoi se lave-t-on ? Pour être propre. Ne vous sentez-vous pas mieux maintenant ? Moi, je vous trouve bien plus présentable comme cela. C'est vraiment un plaisir de vous voir de nouveau en pleine forme.

Sara passa le savon sur le chiffon avec l'intention de laver la poitrine de Richard. Elle approchait la main quand Richard, s'emparant du chiffon, déclara rapidement :

— Je finirai moi-même.

— Alors je vous regarde faire.

— Non !

Loin d'être impressionnée pas le ton de Richard, Sara jeta un coup d'œil par-dessus le baquet et sourit.

— Quand je vous jugeais en pleine forme, mon cher, je ne croyais pas si bien dire.

— Sara !

L'air scandalisé de Richard n'émut pas Sara le moins du monde, mais elle fut touchée de l'entendre utiliser pour la première fois son nom de baptême. C'était de bon augure pour la suite.

— Comme vous voudrez. Je vais appeler Darcy pour qu'elle se charge du travail. Si elle est plus à votre goût... Ce n'est pas une mauvaise fille, mais vous pourriez prétendre à mieux.

— Grand Dieu, madame, voilà que vous me poussez dans le lit de votre servante ! Vous oubliez que je me suis fait une promesse, à laquelle je veux me tenir.

Manifestement, Richard était choqué. Sara jugea que

la conversation avait assez duré. Elle se releva en lui lançant avec désinvolture :

— N'y pensez plus. C'était juste une idée comme ça.

La détermination de Richard la surprenait. Jamais elle n'aurait cru qu'un homme, quand il en avait vraiment besoin, pût refuser un plaisir de ce genre. Son propre père n'avait jamais fait mystère des petites satisfactions qu'il trouvait auprès des servantes. Ce qui, par ailleurs, ne l'empêchait pas d'aimer tendrement sa femme. Sara aurait compris qu'il en fût de même pour son mari, mais elle se sentit particulièrement heureuse que Richard n'eût pas accepté son offre.

Hélas, s'il ne voulait pas de Darcy dans son lit, il refusait aussi d'y mettre sa propre femme. Mais Richard était un homme de devoir. Il le montrait assez en respectant la promesse qu'il s'était faite. Sara pouvait donc espérer qu'un jour il se souviendrait aussi qu'un homme marié était tenu au devoir conjugal. Le temps passant, il oublierait sa fierté froissée. Son corps réclamerait son dû. Et s'il ne trouvait alors personne à son goût parmi les servantes et les paysannes de Fernstowe, il finirait peut-être par se rappeler qu'il avait une épouse.

Sara ne pouvait se retenir d'observer Richard, qui se savonnait vigoureusement les bras en s'obstinant à ne pas la regarder. Soudain, il lui commanda, sans ménagement :

— Allez demander à l'office qu'on me monte quelque chose à manger. Quand je serai vêtu et rassasié, j'irai faire le tour de la maison.

Puis, tournant vers elle son regard, les sourcils froncés, il ajouta :

— Seul.

— Comme vous voudrez, répondit Sara avec un sourire radieux.

A présent, elle pouvait quitter la pièce. Elle avait obtenu ce qu'elle voulait.

Richard trouva que Fernstowe était bien plus facile à défendre qu'il ne l'avait craint. Le mur d'enceinte était en bon état. Certes, il n'y avait pas de douves, mais le terrain alentour était suffisamment en pente pour interdire à des machines de guerre de s'en approcher. Si des ennemis voulaient s'emparer des lieux, il leur faudrait utiliser la ruse, ou affamer les défenseurs.

— Ce n'est pas la défense du château qui m'inquiète, mais celle des terres, expliqua Sara.

Richard avait vainement tenté de se défaire de sa femme, qui l'avait accompagné malgré ses protestations. Même la bruine légère qui tombait depuis l'aube n'avait pas réussi à la dissuader. Décidément, elle ne faisait rien comme tout le monde.

Richard avait du mal à la comprendre. Quand il était dans son bain, elle lui avait fait des avances, puis lui avait proposé sa servante. Et depuis une heure qu'ils faisaient le tour du propriétaire, elle l'aurait presque convaincu qu'elle entendait quelque chose à la gestion d'un domaine pareil. C'était bien sa chance! Se trouver encombré d'une femme aussi effrontée, toujours à la limite de l'impudeur! Avait-elle remarqué combien sa robe de laine légère, mouillée par la pluie, moulait et mettait en valeur ses seins. Richard sentit son corps s'émouvoir de nouveau, comme lorsqu'il prenait son bain. Mais cette fois, il ne donnerait pas à Sara le plaisir de le constater. Il s'éclaircit la gorge, et, feignant l'indifférence, il demanda :

— Les Ecossais vous ont-ils volé beaucoup de têtes de bétail ?

— Ils ne volent pas. Ils détruisent. Toutes les bêtes qu'ils rencontrent sur leur route sont égorgées et laissées sur place.

— Quelle peut être la raison d'un pareil carnage ? fit Richard, incrédule.

— Pourquoi cette question ? Je vous rappelle qu'ils ont tué mon père ! Que nous importe le nombre de...

— Il m'importe, à moi, de le savoir. Et vous deviez vous en inquiéter aussi.

Richard avait parlé sèchement, en avançant la main pour l'interrompre. Il regretta immédiatement ce mouvement d'humeur et se radoucit pour expliquer :

— Ce n'est donc pas par besoin que les Ecossais vous... nous attaquent, ni même par cupidité, mais par haine.

— En doutiez-vous ? Les Ecossais nous ont toujours détestés. Ne croyez-vous pas que la mort de mon père en est un bon exemple ?

— Nous devrions faire venir ici les paysans qui vivent entre le château et la frontière, suggéra Richard.

Sara, le regard sévère, les lèvres serrées, paraissaient loin d'être convaincue.

— Qu'y a-t-il ? s'enquit Richard. Mon idée ne semble pas vous plaire.

— Si nous mettons tous ces gens à l'abri des murailles de Fernstowe, il faudra les nourrir. Nos réserves de nourriture n'y suffiront pas ; elles seront épuisées en une semaine. En outre, je doute que ces pauvres gens viennent ici de leur plein gré, en laissant leur maison sans surveillance.

Le beau regard ambré de Sara se fit soudain plus insistant, quand elle lui demanda :

— Ne serait-il pas plus simple d'éliminer immédiatement la crapule qui se dit le chef de tous ces brigands. Ça réglerait la question une fois pour toutes.

Richard fit quelques pas pour se donner le temps de la réflexion. Comment aurait-il pu avouer à Sara que la « crapule » dont elle parlait était son propre frère ?

— Je ne suis qu'un homme, et un homme diminué par sa blessure. Quand je serai complètement remis, j'envisagerai des solutions plus radicales.

Comment Richard aurait-il pu croire qu'Alain fût capable de se conduire comme Sara l'en accusait, pour le seul plaisir de nuire ? S'il avait tué lord Simon, c'était sans doute avec une bonne raison. Et en exterminant le bétail des paysans, il visait manifestement un but. Mais lequel ? Richard avait l'impression que quelqu'un tentait, par tous les moyens, de provoquer la colère du roi Edouard. Les Ecossais cherchaient-ils à susciter une guerre ? Mais c'était grâce à Edouard que Bailleul, leur roi, avait pu coiffer la couronne. Quel motif auraient-ils eu de s'en prendre à lui ?

Il était encore trop tôt pour trouver des réponses à ces questions, et Richard préféra ne plus y penser. Il regagna la grand-salle du château pour s'y sécher devant la cheminée. Sara le suivit, aussi trempée que si elle s'était jetée tout habillée dans la rivière. Avec un grognement d'impatience, Richard l'arrêta, pour refermer le manteau de la jeune femme, qui bâillait largement sur sa poitrine provocante. Comment pouvait-elle ne pas être plus farouche ? Il était visible que, depuis la mort de son père, elle avait été laissée à elle-même, sans personne pour la diriger.

— Si vous continuez ainsi, la gronda-t-il, vous allez prendre froid. Montez dans votre chambre et changez-vous, c'est compris ?

Elle leva vers lui un visage où brillaient des gouttelettes de pluie et lui sourit largement. Quand il la vit approcher, lentement, ses lèvres des siennes, Richard suspendit sa respiration. Leurs deux bouches s'effleurèrent un très court instant, puis Sara détourna la tête et s'éloigna d'un pas rapide vers l'escalier de l'étage.

— Dieu du ciel, murmura-t-il, frustré de n'avoir pas eu le temps de goûter ce baiser.

Il la regarda gravir les marches avec une agilité et une légèreté qui semblaient surprenantes pour une femme de sa taille, et s'en voulut d'être attentif à ce genre de détail.

4.

Il y avait plus de quinze jours que Richard avait été blessé. Il remerciait Dieu que les Ecossais ne se fussent pas avisés de franchir la frontière pendant cette période, de sorte qu'il avait pu achever sa convalescence et se faire lentement à sa nouvelle situation.

Sara s'était établie dans sa vie. Il avait non seulement à la fréquenter dans la journée, mais, la nuit, il était assiégé de rêves qu'il cherchait vainement à éviter. Et, quand il se réveillait, le corps plus ému qu'il n'aurait voulu, il croyait encore sentir sur l'oreiller le parfum légèrement fleuri de cette femme, comme si elle avait dormi à son côté. Les yeux grands ouverts, le regard fixé aux poutres du plafond, il laissait alors monter en lui le désir de toucher sa peau si fine et si douce, de donner à sa bouche provocante le baiser qu'elle semblait attendre, de la faire gémir de plaisir comme il eût aimé gémir lui-même.

Ce matin-là, il s'éveilla une nouvelle fois en sueur, le sang en ébullition et l'esprit encore tout plein du rêve qu'il venait de faire.

Avant qu'il ait eu le temps de réagir, Sara était entrée dans sa chambre, en lui lançant :

— Il fait grand jour. Et le temps est splendide. Je pense qu'il vaudrait mieux que l'audience de justice se tienne dehors.

La voix de Sara avait le don de mettre du feu dans les veines de Richard, même quand elle disait les choses les plus anodines. Mais, cette fois, la surprise l'emporta sur le désir.

— L'audience de justice? fit-il en regardant la fenêtre, qu'éclairaient à peine les premières lueurs de l'aube.

Ses devoirs de seigneur lui revinrent à l'esprit. Il allait lui falloir arbitrer des heures durant des querelles de paysans. Sara lui tendit la coupe de bière qu'elle avait apportée et précisa :

— En fait, vous n'aurez pas à rendre la justice aujourd'hui. Par chance, il n'y a aucune affaire pendante actuellement. Les villageois viennent seulement vous voir pour vous jurer fidélité. Ça mérite que nous organisions une petite réception. Rien d'extraordinaire. Juste un peu de bonne bière, des gâteaux, du fromage et de la viande.

Elle alla soulever le couvercle du coffre à vêtements, en examina rapidement le contenu et demanda:

— Que voulez-vous mettre? Je vais vous aider à vous habiller.

Richard posa la coupe sur un escabeau et s'assit au bord du lit, prenant soin que le drap cachât l'émotion de son corps.

— Laissez-moi. Je me débrouillerai seul.

Sara lui jeta un regard par-dessus son épaule et, pendant une fraction de seconde, elle parut hésiter. Son visage s'empreignit d'une expression de fragilité qu'il ne lui avait jamais vue et qui le toucha. Mais, déjà, elle avait réagi et lui répondait avec un sourire :

— Très bien. Je suis heureuse que vous vous sentiez mieux.

Elle reposa dans le coffre la tunique qu'elle s'apprêtait à en sortir et se dirigea vers la porte. Elle sembla hésiter, puis se retourna.

— Richard, m'accorderiez-vous une faveur, juste le temps de la cérémonie qui va avoir lieu et de la petite fête qui suivra ?

Après la nuit agitée qu'il venait de vivre par la faute de Sara, Richard ne se sentait pas disposé à lui accorder quelque faveur que ce fût. Mais il était curieux de savoir ce qu'elle avait à lui demander.

— Je vous suis redevable, dit-il, des soins que vous m'avez donnés, comme vous le savez. Et j'ai l'habitude de payer mes dettes. Que désirez-vous ?

— J'aimerais, commença Sara, en tentant d'oublier la rougeur qui lui montait aux joues, que vous ne manifestiez pas publiquement, aujourd'hui, l'aversion que je vous inspire.

Il était visible que cette demande lui coûtait. Elle se tenait immobile, très droite, comme insensible, mais elle se mordait la lèvre, et ses mains, crispées l'une sur l'autre, blanchissaient aux jointures.

— Je vous le promets, répondit-il en la regardant avec plus d'intensité qu'il n'avait accoutumé de le faire jusqu'alors.

— Je vous remercie.

Elle avait accompagné sa réponse d'un petit mouvement de la tête. Puis, sans attendre la réaction de Richard, avait tourné le dos et quitté la pièce en refermant silencieusement la porte sur elle.

Resté seul, Richard commença de s'habiller, en se demandant pourquoi il se sentait subitement coupable.

L'avait-il traitée plus sévèrement qu'elle ne le méritait ? Après ce qu'elle avait fait, pouvait-elle espérer qu'il se comportât autrement ? Mais il avait beau tenter de se convaincre de son bon droit, sa conscience le bourrelait.

Il essaya de trouver des excuses à Sara. Elle s'était imaginé qu'il était un cadet sans terre et en avait conclu qu'il trouverait au mariage assez d'avantages pour ne pas lui reprocher d'avoir agi égoïstement. D'ailleurs, si l'on exceptait un moment d'emportement, elle avait toujours agi avec gentillesse et patience envers lui, même quand il avait tout fait pour l'irriter. De toute façon, il n'était pas question qu'il manifestât publiquement son ressentiment. Son honneur de chevalier le lui eût interdit, même si elle n'avait rien demandé. Et dans le cas présent, il ferait même un effort pour paraître aimable.

Richard chassa toutes ces pensées d'un haussement d'épaules et appliqua son esprit à choisir avec soin des vêtements qui fussent adaptés à sa situation de nouveau seigneur de Fernstowe. Puis il descendit dans la salle. Il y rencontra Sara, qui s'entretenait avec deux hommes. A dire vrai, il semblait s'agir plus d'une dispute que d'un entretien.

Dans les deux hommes, Richard reconnut Everil et Jace, des gens d'armes du château. Ils semblaient n'être pas d'accord avec ce que leur disait Sara.

Richard s'approcha et posa sa main sur la taille de sa femme. Everil et Jace se turent. Ils observaient avec curiosité le comportement du nouveau seigneur vis-à-vis leur maîtresse.

— Quelque chose ne vous conviendrait-il pas ? demanda Richard en adressant aux deux hommes un regard qui se voulait un avertissement.

— A vrai dire, messire, répondit avec un sourire celui qu'on appelait Jace, milady voudrait que nous allions ce matin aux terres que borde la frontière, afin d'escorter jusqu'à Fernstowe les paysans qui vivent là-bas. Everil et moi pensons que ces gens-là n'ont pas besoin de nous pour ça... Ils savent que c'est jour de justice, aujourd'hui, au château. Nous préférons rester ici.

Everil, qui avait écouté sans mot dire l'explication de son compagnon, approuva d'un hochement de tête. Un silence se fit. Les deux hommes attendaient la réponse de Richard, dont l'œil sévère n'annonçait rien de bon.

— Si votre maîtresse vous a ordonné de vous mettre en route, je ne comprends même pas ce que vous faites encore ici à discuter. Sachez que ses ordres sont les miens. Il est dans votre intérêt de le comprendre au plus vite. Me suis-je bien fait entendre ?

Sans demander leur reste, Everil et Jace se retirèrent pour se hâter vers les écuries.

Quand ils eurent quitté les lieux, Richard retira sa main de la hanche de Sara pour la poser sur le pommeau de l'épée qu'il portait au côté.

— Ces deux-là vous ont-ils déjà fait des difficultés ? demanda-t-il.

— Pas vraiment, répondit Sara avec un petit rire. Je pense qu'il leur a semblé injuste de risquer d'être moins bien servis en bière que les autres à cause de cette mission.

— Je suppose qu'ils n'appréciaient pas non plus de recevoir les ordres d'une femme. C'est une conduite que nous ne pouvons tolérer. Si elle se reproduit, je les mettrai à la porte.

— Je suis heureuse que vous me souteniez, dit Sara avec un peu d'embarras. Je ne m'y attendais pas. Soyez-en remercié.

— C'est mon devoir,

Richard aurait dû se contenter de cette réponse. Mais, en voyant levés vers lui les beaux yeux de Sara, pleins de reconnaissance, il ajouta :

— ... et un plaisir.

Pourquoi diable ce mot lui vint-il à la bouche ? N'était-ce pas courir le risque d'encourager Sara à plus de familiarité encore. Tant qu'elle s'entêterait à vouloir gagner son amitié, il devait éviter tout propos ambigu. Son amitié ! Quelle idée incongrue ! Pour Richard, l'amitié reposait sur la confiance. Or il était loin de faire confiance à Sara, qui n'agissait jamais sans arrière-pensées. Ainsi, quand elle lui faisait des avances, ce n'était certainement pas le désir d'avoir un homme dans son lit qui la poussait. Richard connaissait assez les femmes de la noblesse pour savoir ce qu'elle cherchait. Comme les autres, elle voulait un enfant, et sans doute pour empêcher le premier fils de son mari d'hériter de Fernstowe.

Mais il ne pouvait lui donner tort. Il était normal que Fernstowe revînt à Sara et à ses héritiers directs. Richard n'y avait aucun droit. Quant à son fils, Christophe, il était déjà suffisamment pourvu de biens qui lui venaient de sa mère et qui s'augmenteraient encore, si son oncle Alain n'en héritait pas, de Strode et de ses terres.

Si Richard pouvait reprocher à Sara d'être ambitieuse, au moins pour l'enfant qu'elle voulait, il devait convenir qu'elle avait des qualités. Elle avait accepté sans se plaindre tout ce qu'il lui avait demandé. Depuis qu'il souhaitait la voir se vêtir comme une châtelaine, elle attachait plus de soin au choix de ses vêtements, usant de tissus de belle qualité, et taillés à la dernière mode.

Au fond, bien qu'il ne lui pardonnât pas aisément d'avoir fait de lui son mari, il ne pouvait s'empêcher de se sentir flatté qu'elle l'eût choisi. Mais pour rien au monde il ne l'aurait avoué.

Sara était occupée à parler à l'une de ses filles de cuisine. Ce qu'elle lui demandait dut déplaire à la servante, qui rechigna en faisant une grimace des plus comiques. Loin de s'en formaliser, Sara éclata de rire et renvoya la jeune fille avec une tape affectueuse au bas des reins. Richard admirait qu'elle fût toujours si proche des autres. Elle aimait à les toucher, donnant une caresse ici, une poignée de main là. Ni avec ses gens, ni, assurément, avec lui elle n'était distante.

Dieu sait combien lui aussi eût aimé la toucher. Il n'oubliait pas le contact de ce corps vivant dans ses mains, quand elle lui avait donné un baiser. Mais pouvait-il passer outre sa fierté et sa colère pour donner à cette femme l'héritier qu'elle lui demandait. Et quel plaisir éprouverait-il en sachant qu'elle subissait ses étreintes à la seule fin de devenir mère? Non, plus jamais il ne se retrouverait dans ce genre de situation, quelque grand que fût son désir.

— Pourquoi secouez-vous la tête ainsi? s'amusa Sara en posant familièrement sa main sur le bras de Richard. On dirait que c'est à vous que je viens de demander de traire les chèvres!

Le désir de Richard resurgit. Il aurait voulu dégager

son bras pour enlacer Sara. Il aurait voulu, d'un baiser, effacer le sourire qui illuminait son visage, l'entraîner dans la chambre pour lui faire sentir la force de son désir. Mais à quoi bon aller de nouveau au-devant des désillusions. C'est avec soulagement qu'il entendit Sara lui proposer :

— Allons nous asseoir dans la salle pour déjeuner d'un peu de pain et de fromage. Nous en profiterons pour établir le programme de la journée.

C'est aux environs de midi que les paysans arrivèrent à Fernstowe pour l'audience de justice. Sara les présenta à leur nouveau seigneur. Elle fut surprise du ton juste que Richard sut trouver pour s'adresser à eux. C'était un mélange de gentillesse et de fermeté qui ne laissait aucun doute sur ses intentions. Il serait bon avec eux, intraitable avec leurs ennemis. Sara ne pouvait que se féliciter du choix qu'elle avait fait. Elle avait trouvé l'homme qu'il fallait pour protéger Fernstowe.

— Quelle belle journée ! dit-elle lorsqu'ils s'assirent à l'une des tables dressées en plein air.

Beaucoup de paysans allaient et venaient autour d'eux. D'autres s'étaient assis pour les observer manger. Tous semblaient satisfaits de ce qu'ils venaient d'entendre.

— Il ont prêté leur serment d'allégeance sans réticence, constata Sara.

Richard approuva de la tête. Il était occupé à couper une tranche du pain que Sara avait fait cuire spécialement pour cette journée et la lui offrit. Elle la prit en le remerciant d'un mouvement de la tête.

— Je pense, continua-t-elle, qu'ils n'auront qu'à se louer de vous avoir comme seigneur.

— Il ne me semble pas qu'ils aient eu à souffrir du précédent.

— Je vous remercie, messire.

Bien qu'elle fût persuadée que Richard se forçait à être aimable, Sara ne lui en était pas moins reconnaissante de ses efforts. De toute la journée, il n'avait dit un mot désagréable, manifesté d'un geste ou d'un regard qu'il n'aimait pas sa position de mari et de seigneur de Fernstowe. Mieux, en restant constamment au côté de sa femme, en posant discrètement la main sur son dos, en lui prenant le bras, il n'avait cessé de montrer qu'il était son mari et le maître des lieux.

Mais, surtout, ce compliment de Richard touchait Sara plus que les autres parce qu'il avait été fait sans témoins. Elle y vit une marque de sincérité qu'elle trouva encourageante.

Elle observait les puissantes mains de son mari, occupées à découper un petit morceau de viande. Quand il le lui tendit, sur la lame de son couteau, elle lui prit doucement le poignet pour conduire le morceau à sa bouche. Le pouls de Richard lui sembla battre très vite sous les doigts qui l'enserraient, et dans son regard vert s'alluma un feu qu'elle y avait vu chaque fois que leurs deux corps s'étaient rapprochés. Si seulement Richard avait accepté de se laisser aller à son désir. Si, au lieu de se contenter de dévorer des yeux les lèvres de Sara, il avait pu les prendre dans un vrai baiser. Elle comprenait ce désir, bien qu'elle ne se fît aucune illusion sur ses charmes, et se sentait prête à le satisfaire. Elle se jura qu'aucune femme à Fernstowe, même cette Marie-couche-toi-là de Darcy, ne prendrait sa place dans le lit de Richard, à moins qu'elle ne l'ait décidé elle-même...

Sara espérait que l'intimité qu'il commençait à partager avec elle amènerait Richard à s'adoucir peu à peu. Deux êtres ne peuvent rester longtemps étrangers l'un à l'autre lorsqu'ils partagent ainsi la même vie. Déjà, elle imaginait ce que seraient ses jours aux côtés de cet homme dont la seule présence faisait couler dans ses veines un sang plus léger. Peut-être lui faudrait-il encore beaucoup de temps pour l'apprivoiser, si elle en jugeait par la façon dont il avait détourné la tête brusquement, comme avec humeur, après lui avoir tendu le morceau de viande. Mais rien ne pressait. Elle saurait l'attendre. Un jour viendrait où il abandonnerait ses préventions.

Pour lui changer les idées, elle aborda un sujet de conversation qui ne pouvait que lui plaire :

— Les messagers que vous avez envoyés à votre père doivent être arrivés depuis longtemps dans le comté de Gloucester. Vos enfants ne devraient pas tarder à arriver à présent.

— Dans quelques jours, s'il plaît à Dieu, répondit Richard en hochant la tête, les yeux fixés sur la tranche de pain qui lui servait d'assiette. Comme ils sont d'excellents cavaliers, ils n'auront pas besoin de chariot. Ils seront escortés de deux chevaliers qui pourront nous être très utiles ici tant que la frontière ne sera pas pacifiée.

— Parlez-moi d'eux.

— Des chevaliers ?

— Non, s'exclama Sara en riant, des enfants ! Je ne connais même pas leur nom.

Richard la regarda avec un air suspicieux. Il hésita avant de répondre :

— Ils semblent vous intéresser.

— Ils ne semblent pas, Richard, ils m'intéressent.

— Et pourquoi ça ? demanda-t-il en piquant nerveusement sa tranche de pain de la pointe du couteau.

— Parce que je suis impatiente d'être mère.

Pendant un long instant, Richard resta silencieux. Puis il accepta de parler, mais son ton était loin d'être amène.

— Christophe est grand pour son âge. On dit qu'il me ressemble. Il avait commencé à servir comme page, quand ma mère a préféré mettre fin à cet apprentissage.

— Il nous faudra donc commencer son éducation de futur chevalier dès qu'il sera ici. Et votre fille ?

La main de Richard s'immobilisa. Il posa le couteau sur la table et tourna le visage vers Sara.

— Ma petite Nane a déjà assez souffert comme cela. N'imaginez pas que je vous laisserai en faire une de vos servantes.

Surprise par le ton véhément de cette réponse, Sara protesta, en secouant la tête :

— Oh, Richard, ce n'était pas mon intention !

— Veillez à ce qu'il en soit toujours ainsi. Je veux que Nane reçoive ici une éducation soignée, afin qu'elle puisse faire plus tard un beau mariage. Personne ne devra parler de sa naissance devant elle. Personne. Avez-vous compris ?

— Mais bien sûr. Et je suis entièrement de votre avis. Sait-elle qu'elle est une enfant naturelle ?

— Depuis qu'elle est née, grogna Richard, des gens bien intentionnés se sont chargés de le lui répéter Toujours dans mon dos, évidemment. Mais si cela se reproduisait ici, je finirais par l'apprendre. Et tant pis pour le coupable.

— Vous l'aimez, se contenta de constater Sara avec un sourire ravi.

— Elle n'a que moi, répondit Richard dans un souffle.

Doucement, Sara avait avancé la main et ses doigts s'étaient refermés sur le bras de son mari. Elle ne savait comment traduire par des gestes l'admiration qu'elle éprouvait pour lui.

— Soyez rassuré. A présent, je suis là aussi.

Elle lut de l'espoir dans le regard que lui adressa Richard. Il ne semblait pas la croire tout à fait, mais elle sentait qu'il aurait aimé pouvoir lui faire confiance. C'était là un progrès indéniable. Sara décida que ces enfants seraient les siens, comme si elle les avait mis elle-même au monde.

Elle donna une petite tape affectueuse sur le bras de Richard avant de dire :

— Maintenant, finissez votre repas et montez vous reposer. Il faut que vous soyez en pleine forme pour l'arrivée de Christophe et de Nane. Rien n'est plus incompréhensible pour un enfant qu'un père fatigué.

Richard se leva et accompagna Sara vers l'escalier qui conduisait à la porte du donjon. On aurait dit, à les voir, qu'ils avaient pris l'habitude depuis fort longtemps de marcher ainsi, côte à côte, en se donnant le bras, alors que, la veille encore, il l'aurait plantée là, sans plus de manières.

— Votre père était-il souvent malade? demanda Richard.

— Non, en général, il était en bonne santé. Mais je l'ai vu blessé plusieurs fois. Mon père était le plus imprudent des hommes. Je me rappelle ma peur d'enfant à l'idée qu'il pourrait mourir et me laisser.

— C'est ce qu'il a fait.

Il y avait de la sympathie dans la voix de Richard, qu'il tentait de masquer. Sara savait à présent que c'était un homme de cœur, même s'il faisait tout son possible pour qu'elle ne s'en aperçût pas. Elle leva les yeux vers lui.

— Oui, il m'a laissée. Mais je n'étais plus une enfant quand c'est arrivé. Bien que la mort d'un père soit toujours une épreuve qui vous atteint au dépourvu, j'étais assez grande pour y faire face et prendre sa suite toute seule.

— Jusqu'à ce que l'idée vous vienne de vous marier.

Ils étaient arrivés au pied de l'escalier. Avant de commencer à en gravir les marches, Richard s'arrêta pour lui demander :

— Ne me dites pas que vous n'avez pas eu d'autres prétendants que les deux hommes dont vous m'avez parlé. Pourquoi avez-vous attendu si longtemps avant de vous marier ? La plupart des femmes sont mariées, ou à tout le moins fiancées, lorsqu'elles arrivent à la moitié de votre âge.

Ils montèrent l'escalier. Sara, le regard fixé sur les marches, répondit :

— J'attendais de trouver l'homme idéal.

Il y eut un silence, puis elle ajouta, en le regardant, l'air heureux :

— Et, ça y est, je l'ai trouvé !

Ils traversèrent la grand-salle, puis montèrent l'escalier de l'étage. Quand ils arrivèrent devant la porte de la chambre de Richard, Sara l'ouvrit, sans attendre qu'il le fît.

Richard prit un air renfrogné qui donna mauvaise

conscience à Sara. Pourquoi se permettait-elle de le harceler ainsi. Peut-être était-ce parce qu'il réagissait toujours avec beaucoup de patience. Elle se demanda si elle n'aurait pas un jour à se repentir de son attitude, mais elle ne pouvait se retenir.

— Richard, pourquoi faites-vous cette têtc ? Je plaisantais, vous savez.

— Je dois vous dire que j'ai du mal à goûter votre humour.

— Je m'en étais aperçue. Que faut-il faire pour que vous consentiez à rire ?

Sans attendre la réponse, Sara le laissa là pour redescendre vers les cuisines. Elle sentait dans son dos le regard de Richard, plus présent que les battements de son propre cœur. Elle savait qu'il observait les courbes de son corps, qu'il imaginait ses longues jambes sous la robe. Elle se surprit à étudier le mouvement de ses hanches, pour attiser le désir qu'elle devinait.

Elle venait de disparaître, quand un serviteur essoufflé se précipita vers Richard dans l'escalier.

— Milord ! Des bannières... le roi... à un quart de lieue... ! Il y a un héraut devant les portes !

Le roi Edouard approchait. Richard ravala le juron qui lui vint aux lèvres. Il se serait bien passé de cela !

5.

Richard renvoya le serviteur avec une tape amicale sur l'épaule, en le chargeant d'avertir sa maîtresse de l'arrivée du roi.

— Et demandez à lady Sara de venir me rejoindre dans la cour.

A peine Richard avait-il redescendu l'escalier, que Sara accourait, très agitée. Il s'amusa de la voir moins faraude tout à coup. Elle passa devant lui dans un grand mouvement de robe, donnant aux serviteurs des ordres qui lui semblèrent confus.

Mais quand il arriva dans la cour, il s'aperçut que tout s'organisait pour le mieux. Chacun avait son travail et l'accomplissait avec diligence. Déjà, les tables qui avaient servi à la fête étaient de nouveau chargées de victuailles, et les reliefs du repas qui jonchaient le sol avaient disparu.

Il lui fallait bien reconnaître que Sara ne laissait rien au hasard. Comme chaque fois, c'est elle qui agissait sur les événements.

Quelques instants plus tard, le roi et sa suite entraient dans la cour. Il y avait là des chevaliers qui avaient été les compagnons d'armes de Richard. Tous devaient être au courant de son mariage précipité. Certains, peut-être, s'en amusaient. Mais Richard décida qu'il ferait devant eux aussi bonne figure que devant les paysans de Fernstowe.

Il leva la main en signe de bienvenue, un sourire de commande aux lèvres.

Sara, comme il convenait, se tenait à son côté. Elle avait mis de l'ordre dans ses cheveux et paraissait si paisible qu'elle n'aurait pas été émue, semblait-il, par le diable lui-même.

Elle adressa un sourire rapide et espiègle à Richard, avant de se composer un visage sérieux pour saluer le roi.

— Ah, par Dieu, le voilà ! s'écria Edouard en descendant de cheval. Vivant et en bonne santé !

Sans s'occuper des gens de Fernstowe qui s'inclinaient et le saluaient sur son passage, le roi s'avança vers Richard. Celui-ci s'inclina à son tour.

— Je souhaite la bienvenue à Votre Majesté.

— Nous sommes heureux de vous voir assez remis pour venir nous accueillir, dit Edouard chaleureusement.

Puis, prenant la main de Sara pour écourter sa révérence, il ajouta :

— Chère lady Sara, j'espère que ce drôle ne vous fait pas regretter de lui avoir sauvé la vie.

— Pas pour le moment, sire. Il me donne entière satisfaction, répondit-elle sur le même ton.

La réponse fit partir le roi d'un grand éclat de rire, où Richard sentit une certaine complicité. Ces deux-là ne l'avaient-ils pas marié à son insu ? Mais il préféra ravaler son ressentiment et entrer dans leur jeu en souriant.

Le roi arrêta son regard sur lui. Soudain plus sérieux, il lui dit :

— Nous avons à parler tous les deux.

— Je propose à Votre Majesté d'entrer. La salle sera plus accueillante pour un entretien.

Sara s'apprêtait à gravir avec eux les marches du perron, quand le roi lui dit avec courtoisie :

— Pardonnez-nous, madame, j'aimerais parler en privé à votre mari.

— Oh oui, bien sûr. Dois-je vous faire porter du vin et de la nourriture ?

— Non, c'est inutile. Nous vous rejoindrons plus tard, d'ici une heure. En attendant, ne laissez pas mes hommes vous déranger.

Richard conduisit le roi dans la salle, impatient d'en finir avec cette conversation. Il savait déjà qu'il serait question des Ecossais et, probablement, de son frère.

— Pourquoi, sire, êtes-vous revenu ici ? Vous savez que la région n'est pas sûre.

— Contesteriez-vous les décisions que je prends, Richard ?

— N'y voyez que l'expression de ma sollicitude. La dernière fois que vous êtes passé par ici, vous avez failli y laisser la vie. Qui va arrêter les flèches qu'on vous destine si je ne peux plus vous accompagner ?

— Qui, en effet ?

Edouard prit place dans un fauteuil garni de coussins, où s'asseyait ordinairement Sara. Comme Richard restait debout, le roi, d'un geste impatient, l'invita à faire comme lui. Richard avança un escabeau, sur lequel il se trouva assis, ainsi que le voulait l'usage, plus bas que son souverain.

— Où est donc le jeune Jean, sire ? demanda-t-il. Est-il resté à York ?

Le roi évita le regard de Richard, comme s'il était embarrassé. Il répondit :

— Je l'ai fait chevalier. Je savais que vous n'y verriez pas d'inconvénient. Après tout, il a presque dix-huit ans maintenant. C'était le souhait de son père, et Jean était prêt.

Richard avait formé Jean de Brabant pendant plus de cinq ans, à partir de son treizième anniversaire. Personne n'était mieux placé que lui pour savoir si ce garçon était prêt ou non à devenir chevalier. Mais lord Brabant n'avait aucune envie de voir son fils servir dans les régions troublées du Nord. C'était là la raison essentielle. Et il avait probablement raison, puisque Jean n'était pas aussi prêt que l'imaginait le roi à verser son sang pour la Couronne.

— Comment les choses vont-elles à York? demanda Richard en cachant sa déception.

— Comme toujours, répondit Edouard, qui pensait manifestement à autre chose.

Soudain, il se pencha vers Richard et lui dit :

— Je suis venu vous voir parce que ma conscience ne me laisse pas en paix. Je me reproche d'avoir mal agi envers vous.

Que fallait-il répondre à cela? Le roi parlait-il d'Alain, que Richard serait amené à combattre, ou du mariage avec Sara?

— La reine n'a pas apprécié, reconnut Edouard, avec un ton contrit que Richard ne lui connaissait pas. Elle m'a écrit qu'elle avait consulté l'archevêque à ce sujet. Le mariage peut être annulé. A moins que vous ne l'ayez consommé. Si c'était le cas, je suppose que votre honneur vous dicterait alors de ne pas abandonner lady Sara.

— Ce n'est pas le cas, répondit Richard, qui se sentait mal à l'aise, alors qu'il aurait dû éprouver de la joie.

— Est-ce parce que vous n'étiez pas assez remis, ou parce que cette femme ne vous plaisait pas ?

— A la vérité, je ne voulais pas me marier, répondit Richard en éludant la question.

Il tenait une occasion unique de se dégager du piège où il était tombé. Pourquoi ne la saisissait-il pas pour demander l'annulation de son mariage ?

— Qu'arrivera-t-il à lady Sara si ce mariage est annulé et si je quitte Fernstowe ?

— Je la donnerai à quelqu'un d'autre, répondit le roi en levant les épaules.

— Qui ?

— Lord Aelwyn, je suppose. Il est mieux placé que quiconque pour protéger les lieux, puisque ses terres sont voisines.

— Non ! dit Richard, un peu vivement, avant d'ajouter, à voix plus basse : Pas lui.

— Connaissez-vous donc cet homme, interrogea le roi Edouard d'une voix amusée. Serait-il si peu recommandable ?

Richard devait bien admettre qu'il n'avait jamais rencontré lord Aelwyn, et qu'il n'en avait d'ailleurs jamais eu l'intention.

— Non, mais je sais que Sara n'en veut pas. Et qu'elle ne serait pas heureuse d'avoir à l'épouser. Ne lui avez-vous pas promis le lui laisser le choix de son mari ?

— Aelwyn, répondit le roi sans tenir compte de l'objection, a certainement une bonne raison de prétendre aussi assidûment à la main de lady Sara. Sans doute le désir d'arrondir son patrimoine. Mais il a du mérite, quand on connaît, comme moi, le visage de notre hôtesse.

— Mais qu'a-t-il donc, son visage ? Une cicatrice ? Elle est à peine visible. Cette femme est belle. Vous l'avez dit vous-même.

— Simple courtoisie, fit le roi en faisant un geste évasif de la main. Vous savez bien que mon état m'impose ce genre de mensonge. On s'étonnerait du contraire. Mais, même si l'on peut passer sur le défaut du visage de lady Sara, il reste sa taille. Elle dépasse d'une bonne tête bon nombre de mes chevaliers. Il n'y a guère que vous et moi qui ne soyons pas obligés de lever les yeux pour lui parler. Connaissez-vous le sobriquet qu'on lui donne parfois ? le Donjon !

Richard préféra tenir sa langue avant de dire quelque parole imprudente et serra les mâchoires, jusqu'à la douleur. Le roi Edouard allait-il continuer à se mêler longtemps encore de sa vie ? Il l'avait marié sans son avis, il avait fait un chevalier de son écuyer et voilà qu'il prétendait maintenant l'éloigner de Sara.

— Alors ? reprit le roi. Voulez-vous demander l'annulation ? Je suis témoin que vous n'aviez pas votre conscience quand le mariage a été prononcé. Et, puisqu'il n'a pas été consommé, l'affaire ne fait aucune difficulté.

Richard se disait qu'il n'avait pas le droit de disposer ainsi de la vie de Sara. S'il l'abandonnait maintenant, elle en conclurait qu'il avait été rebuté par son apparence, et elle se retrouverait sans défense devant les entreprises de lord Aelwyn de Berthold, dont, manifestement, elle ne voulait pas.

— Je préfère rester, déclara Richard. Si lord Aelwyn avait été capable de protéger la frontière, ce serait chose faite. Votre Majesté a besoin de moi ici. Et lady Sara aussi. Les Ecossais n'attendront pas longtemps avant de se manifester. Quant au mariage, la nouvelle s'en est répandue dans toute la région. Je ne peux pas faire à lady Sara l'affront de la répudier.

— Voilà qui est bien dit, s'exclama le roi en se levant brusquement. Puisque c'est votre choix, je l'accepte. Si vous quittiez la région maintenant, il me faudrait y laisser plus d'hommes. Vous ici, je sais que j'aurai bientôt, pour protéger la frontière, un corps de miliciens d'autant plus efficaces qu'ils auront à défendre leurs propres biens.

Le roi s'approcha de Richard et, posant une main sur son épaule, il ajouta :

— N'oubliez pas que, lorsque tout cela sera terminé, il vous sera toujours possible de reprendre votre liberté.

Richard hocha la tête, pensivement, se demandant pourquoi cette idée ne le tentait pas plus. Puis il s'imagina foulant au pied son honneur de chevalier, et l'amour-propre de Sara. Décidément, la décison qu'il avait prise était la seule possible s'il ne voulait pas se mépriser.

Le roi se dirigea vers la porte. La main sur la poignée, il crut bon de préciser :

— Quand je dis que vous pourrez toujours reprendre votre liberté, il est bien entendu qu'il y faut une condition... ne pas partager la couche de lady Sara. Il est vrai que vous ne devriez pas avoir à faire beaucoup d'efforts pour résister à la tentation. Si j'avais mieux regardé lady Sara l'autre fois, je ne vous aurais pas infligé ce mariage. Il me semble que lord Aelwyn, avec son visage vérolé, faisait mieux l'affaire.

Peut-être aurait-il mieux valu, se demanda Richard, que la flèche destinée au roi eût atteint son but.

Sara était occupée à parler avec quelques personnes de la suite royale, quand elle vit sortir Edouard de la grand-salle. Il était suivi de Richard, dont l'air sombre ne laissait présager rien de bon. Il était aisé de deviner ce qui s'était passé. Richard avait voulu obtenir l'annulation de son mariage, et le roi s'y était opposé.

— Allez ! En selle ! s'écria le roi en descendant l'escalier qui conduisait à la cour.

Il monta à cheval prestement et, s'adressant à Richard, lui lança :

— Au revoir, mon ami. Je serai au château de Morpeth le mois prochain. Tenez-moi au courant de la situation.

Richard s'inclina. Plusieurs chevaliers de l'escorte lui adressèrent à leur tour quelques mots de congé. Mais il n'avait pas échappé à Sara que ces hommes ne s'étaient pas privés, auparavant, d'échanger entre eux des sourires entendus et des plaisanteries railleuses sur le sort de leur infortuné compagnon. Elle était sûre que Richard avait remarqué leur manège. Dieu merci, toute la troupe, derrière son roi, quittait enfin Fernstowe, et Sara poussa un long soupir de soulagement.

— Je n'ai pas l'impression que vous êtes satisfait de votre entretien avec le roi, dit-elle en se dirigeant vers Richard.

Immobile, les poings fermés, les dents serrées, il regardait fixement l'entrée de la cour, que venaient de franchir les cavaliers. Les gardes du château s'employaient à faire redescendre la herse, dont on entendait les sinistres grincements.

Sara espérait que Richard se confierait. Mais il se contenta, pour toute réponse, de secouer la tête. Quand il se tourna vers elle, il la regarda avec une intensité qui la mit mal à l'aise, puis, sans dire un mot, s'éloigna à grands pas.

Le roi et Richard avaient parlé d'elle. Elle en était sûre à présent. Quel besoin Edouard avait-il eu de venir les voir à Fernstowe ! Pourquoi n'était-il pas retourné à Londres au lieu de venir troubler leur vie. Il avait gâché en quelques instants tous les efforts qu'elle avait faits depuis tant de jours pour se rapprocher de son mari.

Berthe, la meilleure des tisserandes du château, s'approcha.

— Lady Sara, pensez-vous que sire Richard soit mécontent que nous n'ayons pas fait plus d'efforts pour plaire au roi ? Les servantes ont préféré ne pas trop se montrer pendant que tous ces chevaliers étaient ici. Vous vous rappelez que, la dernière fois, il y avait eu un peu de grabuge.

Le mot amusa Sara, qui adressa un sourire à Berthe. Elle avait de l'affection pour cette petite femme potelée, pleine de chaleur, et toute sincérité.

— Ne vous inquiétez pas, Berthe. Je pense que mon mari est préoccupé par les soucis que la frontière donne au roi.

— Ah, tant mieux, fit la servante en découvrant, dans un sourire, une denture un peu ébréchée. C'est une bonne chose que tous ces gens-là n'aient pas traîné ici. Il ne reste presque plus de pain et la bière commence à manquer aussi. Le cuisinier se demande ce qu'il va faire à souper.

— Merci, Berthe d'avoir ce genre de souci. Je dois

reconnaître que j'ai été trop absorbée aujourd'hui pour m'occuper de tout cela.

Berthe avait toujours eu à cœur le bien-être de tous. Sara ne pouvait que se louer des services que cette femme robuste, au caractère enjoué et volontaire, rendait à Fernstowe. L'idée lui vint que ces qualités pourraient être employées autrement.

— Dites-moi, Berthe, aimez-vous les enfants ?

Le visage tout rond de la servante s'épanouit.

— Oh oui, madame. Je raffole des bouts de chou. Je n'en ai jamais eu à moi. Mon vieux Morgan ne m'en a jamais donné, durant les vingt années que nous avons passées ensemble.

Sara se rappela le vieux Morgan. C'était un homme grand et maigre, dur à la tâche, comme sa femme, qui était mort de la fièvre l'hiver précédent. Berthe, elle, n'avait pas encore trente ans. Elle pouvait se remarier et avoir les enfants qu'elle désirait. Il fallait utiliser ses talents et ses bonnes dispositions sans tarder.

— Voudriez-vous m'aider à m'occuper de mes enfants, Berthe ? Vous vivriez avec moi.

— Oh, madame, bien sûr, répondit la servante avec, dans les yeux, un mélange de joie et de respect. Quand ce jour-là viendra, ce sera un honneur pour moi.

— Ce jour-là pourrait venir plus tôt que vous ne le pensez, répondit Sara en riant. Ils seront peut-être ici dans une semaine, si les routes sont en bon état.

— Les enfants de sire Richard ?

— Son fils et sa fille. Vous savez que ce ne sont plus des nourrissons. Etes-vous toujours d'accord ?

Le visage de Berthe s'éclaira de nouveau d'un grand sourire. Sans un mot, elle prit dans ses mains celles de Sara, pour lui manifester sa reconnaissance, et s'éloigna en courant afin d'apprendre aux autres la bonne nouvelle.

Sara se demanda si Richard avait fait accompagner ses enfants d'une gouvernante. C'était improbable, parce qu'ils voyageaient sans chariot. Elle se promit de les entourer de tous les soins et de toute l'affection dont elle serait capable. Et elle savait que Berthe ferait de même.

Les six jours qui suivirent furent épuisants. Afin que tout fût prêt pour l'arrivée des enfants de Richard, Sara exigea beaucoup de chacun.

Les habitants de Fernstowe furent chargés de faire disparaître tous les objets qui auraient pu être dangereux. Elle fit installer une balançoire dans le jardin. Jusque tard dans la nuit, elle fabriqua des poupées de chiffon pour Nane. Au vieux Tom, elle demanda de sculpter pour Christophe des toupies, de petits chevaux, et une épée de bois qu'elle voulut toute pareille à celle que son père avait fait faire pour elle quand elle était enfant.

Ses travaux ressuscitaient de vieux souvenirs. Sara se souvint de son père, qui s'était donné tant de mal pour la rendre heureuse. Elle sentit plus que jamais combien il lui manquait... Elle se promit de se rappeler toujours son exemple quand elle élèverait les enfants qui lui étaient confiés.

Richard passait le plus clair de son temps à l'ignorer. Jamais il ne faisait la moindre remarque sur ses efforts. Lui-même se fatiguait à entraîner les gardes du château, chaque jour, durant des heures. Il faisait beaucoup d'exercice pour raffermir ses muscles, retrouver sa force, puis il s'enfermait dans l'étuve avec ses hommes, bien certain que sa femme ne viendrait pas l'y déranger.

Au moins Sara était-elle libre de faire ce que bon lui semblait. Quand il lui arrivait de croiser son mari dans le château, ils se contentaient de se saluer. Le soir, à table, leur conversation n'était faite que de propos sans importance. Un soir cependant, elle prit un tour plus sérieux. Richard aborda un sujet que Sara avait presque fini par oublier : les Ecossais.

— Il semble, dit Richard que la nouvelle de notre mariage se soit répandue partout. J'ai reçu un message d'Alain le Juste, qui voudrait me parler.

— Mais c'est impossible !

Richard coupa un quartier de pomme, y posa un morceau de fromage et mangea le tout sans se presser, comme s'il n'avait pas l'intention de répondre.

— Dites-moi, Richard, que c'est une plaisanterie.

Toujours aussi calmement, Richard mâcha sa bouchée, l'avala, et reposa son couteau, pour signifier qu'il avait fini. Puis, levant les yeux sur Sara, il lui dit :

— Ne me parlez pas comme si j'étais un faible d'esprit. Cela ne convient pas à une épouse.

— Qu'allez-vous faire ? l'interrogea Sara, qui craignait pour la vie de Richard.

— Le rencontrer en rase campagne, dans deux jours. Le messager qui est venu m'apporter sa proposition m'a dit qu'il souhaitait la paix.

— Pardonnez-moi de vous donner une nouvelle fois l'impression que vous avez l'esprit faible, Richard, mais je ne comprends pas comment vous pouvez tomber aussi facilement dans le piège que cet homme vous tend. Il vous tuera !

Richard se contenta de sourire. C'était si inhabituel que Sara en oublia presque le sujet de la discussion. Avant que se fût dissipé le charme, Richard s'était levé de table. La jeune femme se leva à son tour, le rejoignit et, le retenant par la manche, lui intima :

— Attendez ! Dites-moi quel est votre plan. En détail !

— Allons dans le chauffoir pour pouvoir parler en privé. Il y a trop de monde ici.

D'un mouvement de tête, Sara approuva. Elle le précéda dans la pièce voisine, l'esprit assailli de pensées confuses. Il s'assit dans un fauteuil près du feu. Elle l'imita, et, penchée en avant, attendit qu'il commençât.

— Il faut que je rencontre l'Ecossais. Il est important de connaître son adversaire. Je pourrai jauger l'homme et mieux comprendre ses intentions. Mais ne vous inquiétez pas. J'aurai pris soin de placer auparavant des archers dans les bois voisins, pour parer à tout mauvais coup.

— Mais, par Dieu, Richard, nous connaissons ses intentions ! Cet homme est un tueur, à la tête d'une bande d'hommes sans foi ni loi. Que faut-il pour que vous compreniez ?

Richard se mordilla la lèvre inférieure. C'était son habitude, lorsqu'il réfléchissait. Sara s'attendait à le voir réagir brusquement. Au lieu de cela, il se pencha vers elle, lui prit les mains et lui dit :

— Ne vous inquiétez pas, Sara. J'ai une certaine expérience de la trahison. Cet Ecossais pourrait être étranger à ce qui est arrivé à votre père et souhaiter sincèrement la paix.

C'étaient là des propos qu'elle ne pouvait pas

admettre. Mais elle se rendait compte qu'elle se serait opposée inutilement à la détermination de Richard. Elle préféra se montrer raisonnable.

— Pouvez-vous me dire ce que contenait le message ?

Il se redressa, et sortit de sa manche un papier plié en quatre.

— Le voici. Vous savez lire ?

— Bien sûr que je sais lire !

« Rencontrons-nous seuls, disait le message, dans le pré de la Dispute, d'ici deux jours. Je viendrai en paix. »

Sara ironisa :

— Il signe simplement Alain. Le voilà bien familier, tout à coup.

— C'est sans doute parce que cet homme tient à me montrer qu'il n'est pas mon ennemi. Il veut une trêve. Je ne sais pas pourquoi, mais je lui fais confiance.

— Pardi ! C'est votre mort qu'il veut, c'est évident. Et vous, vous y courez !

— Calmez-vous, Sara. Je n'ai pas l'intention de mourir. Mais je veux découvrir quelles sont ses intentions. Et pour cela, il me faut le rencontrer.

— Et vous pensez qu'il respectera la trêve ? Ah, Richard, comment pouvez-vous être si naïf ?

Sara sentit des larmes lui monter aux yeux, mais elle les refoula. Après l'avoir observée un instant, Richard se leva. Il replaça dans le feu une bûche qui avait roulé, puis resta immobile devant l'âtre, à contempler les flammes.

Sara avait quitté son siège, elle aussi. Elle s'approcha de lui. Doucement, elle glissa ses deux bras autour de la taille de Richard et posa la tête sur son large dos.

Quand il parla, elle sentit vibrer chaque mot à son oreille :

— Vous craignez d'être obligée de vous remarier si je suis tué ? C'est ce qui vous rend si soucieuse, n'est-ce pas ?

— C'est pour vous que j'ai peur, Richard, pas pour moi.

Il soupira et appuya ses deux mains au manteau de la cheminée.

— Allez vous coucher, Sara.

— Venez avec moi, murmura-t-elle.

Richard ne répondit pas. Lentement, elle se détacha de lui, le regarda un instant, puis s'éloigna sans bruit et quitta la pièce. Quand il entendit se refermer la porte. Richard se retourna. Dans ses yeux verts brûlaient des flammes et tout son corps était embrasé de désir.

Mais il estimait que le moment n'était pas encore venu.

Tandis qu'elle gravissait l'escalier qui conduisait à sa chambre, Sara continuait de penser à Richard. Peut-être l'ignorait-il encore, mais il avait besoin de quelqu'un pour s'occuper de lui. Peu importait qu'il l'aimât ou pas. Elle ne lui demandait que de la laisser lui prouver son amour. Car elle était certaine de l'aimer. C'était plus qu'une simple attirance physique. Elle l'admirait pour l'amour qu'il portait à ses enfants, pour sa loyauté envers son roi, et pour son courage. Mais ce qui l'émeuvait plus encore, c'était sa solitude.

Comment aurait-elle pu supporter de le perdre maintenant ?

Quand il parla, elle sentit vibrer chaque mot à son oreille.

— Vous craignez d'être obligé de vous remarier si je suis tuée ? C'est ce qui vous rend si soucieux, n'est-ce pas ?

— C'est pour vous que j'ai peur, Richard, pas pour moi.

Il soupira et appuya ses deux mains au chambranle de la cheminée.

— Allez vous coucher, Sara.

— Vous avez raison, murmura-t-elle.

Richard ne répondit pas. Lentement, elle se détacha de lui, le regarda un instant, puis se dirigea sans bruit et quitta la pièce. Quand il entendit se refermer la porte, Richard se retourna. Dans ses yeux verts brillaient des flammes et tout son corps était embrasé de désir.

Mais il sentait que le moment n'était pas encore venu.

Tandis qu'elle gravissait l'escalier qui conduisait à sa chambre, Sara continuait de penser à Richard. Peut-être l'ignorait-il encore, mais il avait besoin de quelqu'un pour s'occuper de lui. Peu importait qu'il l'aimât ou pas. Elle ne lui demandait que de la laisser lui prouver son amour. Car elle était certaine de l'aimer. C'était plus qu'une simple attirance physique. Elle l'admirait pour l'amour qu'il portait à ses enfants, pour sa loyauté envers son roi, et pour son courage. Mais ce qui l'émouvait plus encore, c'était sa solitude. Comment aurait-elle pu s'empêcher de la partager ?

6.

Richard n'avait jamais envisagé d'aller seul au rendez-vous, comme le lui demandait le message. Quoi qu'en pensât Sara, il n'était pas fou à ce point. Il était sûr qu'Alain avait des intentions pacifiques, mais comment savoir s'il aurait assez de pouvoir sur ses hommes pour tenir sa promesse. Car Alain ne serait pas seul. Il était inimaginable qu'il franchît la frontière sans une escorte. Lui non plus n'était pas fou.

Six hommes l'accompagnaient dans son expédition vers le nord. Leur nombre réduit était la preuve qu'il n'avait pas d'intentions belliqueuses. Mais c'étaient des soldats de valeur, qui pourraient se montrer particulièrement efficaces en cas de besoin.

Dans la cour du château, Richard et ses hommes venaient de se mettre en selle quand Sara s'approcha pour offrir à son mari le coup de l'étrier.

— Méfiez-vous de l'Ecossais, dit-elle une dernière fois en lui tendant une coupe de bière.

— Je serai de retour pour le souper, se contenta de répondre Richard.

D'une lampée, il but la bière et rendit la coupe à Sara.

— Dieu vous protège, dit-elle.

— Vous aussi, répondit-il machinalement.

Richard attendit prudemment que Sara se fût éloignée de quelques pas pour faire avancer sa monture. Au petit trot, il alla se placer à la tête de sa troupe. Elle était composée de trois archers à pied et de trois cavaliers entraînés au combat rapproché. Aucun n'était écuyer, mais tous avaient l'habitude des batailles. Richard avait été bien aise de trouver, en arrivant à Fernstowe, ces quelques soldats aguerris parmi les hommes d'armes que lord Simon avait engagés pour la défense du château. Il était d'autant plus important pour lui d'être accompagné d'archers que les Ecossais, comme le lui avait dit Eustache, étaient malhabiles à l'arc. Ils lui préféraient l'épée et la lance. Si donc il était attaqué dans le pré de la Dispute, plusieurs de ses ennemis rouleraient à terre avant que d'avoir pu seulement arriver jusqu'à lui.

Mais Richard ne voulait pas croire à une trahison de son frère. Il repensa aux lettres si pleines d'amour filial qu'Alain écrivait à leurs parents. Il se rappela ses efforts pour aider leur père à regagner l'Angleterre quand ce pays était entré en guerre contre l'Ecosse. Un homme aussi respectueux des devoirs familiaux ne pouvait assassiner son frère, gratuitement, au coin d'un bois. Pas plus que lui, Richard, ne consentirait à tuer Alain, même si le roi Edouard le lui demandait. Ils étaient l'un et l'autre des Strode, élevés selon le même code de l'honneur.

Cette rencontre leur donnerait l'occasion de se revoir après tant d'années. Ensemble, ils pouvaient espérer découvrir l'assassin du père de Sara et l'auteur des troubles de la frontière.

Certes, Richard aurait préféré retrouver Alain un autre jour, pour ne pas être absent si ses enfants arrivaient à Fernstowe. Mais comment refuser cette rencontre sans donner l'impression qu'il ne la souhaitait pas vraiment ?

Richard et ses hommes marchèrent vers le nord pendant environ une heure. Le soleil, qui avait rapidement dissipé la brume du matin, était chaud et déjà haut dans le ciel quand Markham s'approcha pour lui dire, à voix basse, en montrant du doigt la direction du pré de la Dispute :

— C'est là, messire, après le bosquet.

Il s'agissait d'une clairière de quelques arpents, qui avait tant de fois changé de propriétaire qu'on ne savait plus très bien à qui elle appartenait vraiment. Elle était devenue une sorte de lieu neutre, désert, où personne ne vivait, ne plantait, ne récoltait ou ne menait paître les bêtes.

Richard nota tout de suite que le pré était entouré de bois qui permettrait à ses hommes de se mettre à couvert. Il ne pouvait rêver lieu de rendez-vous plus propice. Il chargea Markham de cacher les hommes assez loin pour qu'ils fussent invisibles, mais assez près pour qu'ils pussent intervenir rapidement en cas de besoin.

— Laissez-moi vous accompagner, messire.

— Non, Markham. Restez ici. Il m'a demandé de venir seul. Je resterai sous le couvert des arbres jusqu'à ce que je l'aperçoive. Où est le pennon ?

— Le voici, dit Markham en déroulant les couleurs de Richard, azur et sable.

Elles avaient été surmontées, pour la circonstance, d'un morceau de tissu blanc. Le vent léger qui soufflait ce jour-là se mit à jouer dans les plis du tissu.

***

Richard se saisit de la hampe et attendit quelques instants, à l'abri des arbres de la lisière. C'est alors qu'il aperçut un cavalier, monté sur un cheval à la robe d'un bai brillant, qui sortait des bois de l'autre côté de la prairie. Il fut surpris de voir son frère monter cet animal si différent des chevaux écossais, de ces « coureurs de marais », aux muscles puissants et au pied sûr, capables de se déplacer avec aisance sur la lande et dans les marécages du pays. Alain cherchait-il à impressionner son jeune frère en montant un cheval de seigneur. Curieusement, il était vêtu comme pour aller à la guerre, avec un casque qui lui recouvrait le visage et, au bras, un bouclier orné des mêmes couleurs que le pennon de son frère. Il leva la main afin de montrer qu'il n'avait pas d'armes. Sans attendre plus longtemps, Richard poussa son cheval pour sortir du bois et se diriger vers le centre de la prairie. Au fur et à mesure que les deux cavaliers se rapprochaient, Richard sentait son trouble grandir. Les yeux fixés sur l'homme à qui il allait parler dans quelques instants, il s'efforçait de se raisonner, quand, soudain, il entendit un hennissement dans le bois, derrière lui, suivi d'exclamations confuses et d'un cri :

— Trahison !

Richard tourna bride brusquement, tira son épée et se précipita pour aider ses hommes.

Il était trop tard. Markham gisait sur le dos, une plaie à la tête. Les trois archers et l'un des cavaliers étaient à terre, eux aussi, assommés, morts peut-être. Seul manquait le nommé Newson. Cinq piétons entourèrent Richard, aidés de deux hommes à cheval qui le flanquèrent sur sa droite et sur sa gauche. Dans son dos, il entendit approcher le cavalier de la prairie.

Il décida de ne pas se battre. Qu'aurait-il pu faire contre huit hommes ? C'était sans doute ainsi qu'était mort le père de Sara. Manifestement, ces gens-là n'avaient pas l'intention de le tuer. Voulaient-ils une rançon ? Il était courant d'échanger des chevaliers capturés sur les champs de bataille contre de l'argent. Mais l'expérience était nouvelle pour lui. C'était la première fois de sa vie qu'il était fait prisonnier.

— Nous nous rencontrons enfin, dit la voix grave du cavalier derrière Richard. Abandonnez votre épée. Aucun de vos hommes n'a été tué aujourd'hui. Alors, ne m'obligez pas à commencer par vous.

— Où est sire Alain ? interrogea Richard en jetant son épée au sol.

— C'est moi, comme promis, mon frère, reprit la voix.

Richard se tourna sur sa selle pour voir le visage de son interlocuteur. Mais un des cavaliers lui porta, sur la nuque, un coup violent qui lui fit perdre connaissance.

Le son d'une corne, sur la tour nord, avertit Sara que le guetteur avait vu approcher des visiteurs. Elle sortit précipitamment dans la cour pour y attendre Richard et ses hommes.

— Il n'y a qu'un cavalier, milady, cria le jeune Fergus, du haut de la muraille.

On ouvrit la porte, on leva la herse, et Newson entra au grand trot. Il avait reçu tant de coups que, n'eût été sa chevelure rousse, Sara ne l'aurait pas reconnu.

Un serviteur arrêta le cheval. Penché sur le pommeau de la selle, Newson oscilla un instant, puis se laissa glisser à terre. Sara se précipita. Elle s'agenouilla près de lui, prit la tête du jeune homme sur ses genoux et demanda :

— Newson, où est mon mari ?

— Je ne sais pas ce qu'ils ont fait de lui.

Le pauvre garçon avait peine à garder les yeux ouverts, et il avalait péniblement sa salive pour continuer à parler.

— Ils nous attendaient dans les arbres, lady Sara. Quand sire Richard est allé rencontrer ce bâtard d'Ecossais, ils nous ont sauté dessus. J'ai essayé de prendre un cheval, mais ils m'ont attrapé.

— Et vous vous êtes échappé.

— Non, milady. C'est eux qui m'ont mis sur un cheval et qui m'ont laissé partir, en me demandant de vous dire d'attendre, qu'ils vous enverront sire Richard ensuite.

— Mon Dieu, sauvez-le, murmura Sara, qui ne savait que trop bien comment les Ecossais renvoyaient leurs prisonniers. Pourquoi ne m'a-t-il pas écoutée ? continua-t-elle en se cachant le visage dans les mains.

Son corps était secoué de sanglots, mais pas une larme ne sortait de ses yeux, tant sa peine était violente. Plusieurs de ses femmes s'approchèrent pour prendre soin d'elle, tandis que deux robustes valets emportaient le jeune Newson.

— Venez, madame, lui dit Berthe en l'aidant à se relever.

De nouveau, on entendit le son de la corne du guet. Sara se redressa, le regard fixé sur la porte. Elle s'attendait à voir entrer Richard, couché en travers d'une selle, mort. Le guetteur cria que c'étaient des cavaliers, dont des enfants, suivis de deux mulets de bât, qui arrivaient par la route du sud.

Les enfants !

— Oh, mon Dieu, non, pas maintenant, gémit Sara.

Elle ne pouvait pas les accueillir ainsi, le visage défait. Comment leur éviter d'être effrayés par le malheur qui frappait Fernstowe ? Comment leur expliquer que leur père était prisonnier ?

Elle prit une inspiration profonde et appela Berthe.

— Madame ? répondit la servante.

— Berthe, les enfants arrivent. Je dois les accueillir. Mais je ne m'attarderai pas. Je vous charge de vous occuper d'eux. Donnez-leur un bain et distrayez-les.

— Je m'occupe de tout, madame, ne vous inquiétez pas.

— Il faut que je parle, continua Sara, le regard fixé sur l'entrée, à ces chevaliers que mon mari nous envoie. Ils pourront peut-être m'aider à le retrouver. En attendant, je ne veux pas que Christophe et Nane apprennent ce qui s'est passé. C'est compris ?

— Comment empêcher les gens de parler ? objecta Berthe. Ne vaudrait-il pas mieux qu'ils connaissent la nouvelle ?

— Plus tard, quand ils auront pris un bain, fait un repas et dormi un peu. C'est moi qui la leur apprendrai. Jusque-là, pas un mot.

— Comme vous voudrez. Les pauvres choux, ils vont être effrayés.

Sara savait que Berthe, comme tous les habitants de Fernstowe, était sûre de la mort de Richard. Elle n'était pas éloignée de penser comme elle, mais elle se refusait à l'admettre tant qu'elle n'aurait pas vu le corps de son mari. Ne pouvait-on espérer, si les Ecossais apprenaient que Richard était un familier du roi, qu'ils demanderaient une rançon.

Soudain, un enfant se détacha du groupe de cavaliers et entra au galop dans la cour du château. Sara resta figée, croyant que le cheval s'était emballé. Et si l'enfant allait se rompre le cou sur les pavés ! L'un des chevaliers qui l'accompagnaient se précipita à sa suite, mais sa monture n'était pas assez rapide.

— Père ! cria l'enfant. Père, où êtes-vous ?

Il s'arrêta brusquement, à quelques pas de Sara, glissa rapidement de sa selle et lui demanda :

— Où est mon père ?

Il avait des cheveux roux ébouriffés, et des yeux verts qui regardaient Sara sans ciller. Sa tunique, ses braies et ses petites bottes étaient couvertes de la poussière de la route. Un nouvelle fois, il répéta :

— Où est mon père ? Je veux le voir maintenant.

— Vous devez être Christophe, répondit Sara en s'efforçant de sourire.

— Pas du tout. Je m'appelle Nane.

Sara tenta de dissimuler sa surprise, et son inquiétude. Le moins que l'on pût dire était que la fille de Richard avait un tempérament remuant. Mais elle ne pouvait se permettre de réprimander cette petite diablesse dès leur première rencontre. Et elle devait se montrer d'autant plus compréhensive qu'elle aurait à lui apprendre bientôt une mauvaise nouvelle.

— Je suis Sara de Fernstowe, votre nouvelle mère, dit-elle en passant la main sur les boucles de Nane.

L'enfant recula la tête pour échapper à la caresse et répondit :

— Ma mère s'appelle Annie Causey, et elle est morte. Maintenant, je veux voir mon père.

Le chevalier qui avait tenté de rattraper l'enfant descendit de cheval et s'approcha. C'était un gros homme barbu, qui marchait d'un pas lourd.

— Mademoiselle Nane, votre père serait mécontent de vos manières. Reculez un peu et attendez que je vous présente.

— Inutile, répondit Nane en lui décochant un regard assassin. Elle me connaît maintenant.

Le chevalier poussa un soupir de lassitude. Il se tourna vers Sara.

— Je suis sire Edmond Folway, madame, et voici, Mlle Nane. Je vous prie de lui pardonner son...

Mais déjà Sara n'écoutait plus. Le reste du groupe venait d'entrer dans la cour. Un jeune garçon s'approcha à cheval et lui adressa un sourire.

— Je m'appelle Christophe de Strode, et voici sire Matthieu Turnsbridge, continua-t-il en montrant de la main le chevalier qui l'accompagnait. Vous êtes la femme de mon père, lady Sara ?

— C'est exact, répondit Sara en lui rendant son sourire. Je vous souhaite la bienvenue à Fernstowe, Christophe.

— Vous devriez faire la révérence et l'appeler milord, déclara Nane.

Christophe haussa les épaules et descendit de son cheval.

— Je ne suis pas lord, expliqua-t il patiemment à sa sœur. Pas encore.

Il s'avança vers Sara, lui prit la main d'autorité et y plaqua un baiser.

— Et maintenant, nous souhaiterions manger, se contenta-t-il de dire.

Les chevaliers échangèrent un regard. Les enfants de sire Richard ne péchant pas par excès de timidité, il fallait que Sara imposât immédiatement son autorité, ou ces deux garnements se rendraient rapidement maîtres du château.

— Mes enfants, vous allez tout d'abord suivre dame Berthe, qui sera votre gouvernante. Elle va vous donner un bain et un repas. Vous irez m'attendre ensuite dans vos chambres. J'ai à vous parler.

Nane éclata de rire, et lança à son frère, en faisant une grimace :

— Chris, elle veut que nous prenions un bain !

Le garçon fit une moue dégoûtée, et fixa sur Sara le regard hautain que Richard pouvait avoir parfois.

— Mon père n'est-il pas ici ?

— Non, répondit Sara, qui essayait de cacher sa peine. Pas pour l'instant. Maintenant, vous allez suivre dame Berthe et faire ce que je vous ai dit.

— Je ne veux pas ! s'écria Nane, les bras croisés et le menton arrogant.

Christophe prit la même attitude et ajouta :

— Nous allons attendre notre père ici.

Sara se pencha vers eux, et, son visage tout près du leur, elle leur demanda :

— Avez-vous vu ma taille ?

Les deux enfants, qui ne savaient pas où elle voulait en venir, ne dirent mot. Elle continua, d'un ton sans réplique :

— Alors vous avez le choix : ou bien je prends

chacun de vous sous un bras, comme deux petits chiens morveux, pour vous faire entrer de force dans cette maison. Ou vous suivez dame Berthe de votre plein gré, ce qui, à mon avis vaudrait mieux pour votre dignité. J'attends votre réponse.

— Si c'est comme ça..., fit Christophe d'un air dédaigneux. Mais la prochaine fois, nous ne prendrons nos ordres que de notre père.

Berthe emmena les enfants. Quand ils eurent disparu à l'intérieur de la maison, Sara se tourna vers les chevaliers.

— Mon mari a été capturé par les Ecossais. Peut-être est-il mort à l'heure qu'il est.

Et, en quelques mots, elle leur répéta ce que lui avait dit Newson. Elle proposa d'organiser une opération de secours, que sire Edmond jugea irréaliste.

— Si les Ecossais le gardent prisonnier, expliqua-t-il, il se trouve certainement trop bien caché pour que nous le trouvions. Et quand bien même nous y parviendrions, ses gardiens l'exécuteraient à notre approche. Ils vous ont demandé d'attendre ; c'est ce que nous devons faire. De toute façon, s'ils ne veulent pas de rançon, l'affaire est sans espoir.

Sara ouvrait la bouche, quand sire Edmond leva la main pour lui signifier qu'il n'avait pas fini.

— Madame, votre mari et moi sommes amis depuis notre plus jeune âge. Son père m'a élevé. S'il y avait la moindre chance de le sauver en taillant en pièces les scélérats qui l'ont enlevé, je serais le premier à y aller.

Un frisson parcourut les épaules de Sara. Il n'y avait donc rien à faire.

— Attendons, dit-elle dans un souffle. Sire Edmond, et vous, sire Matthieu, suivez-moi dans la grand-salle. Vous pourrez vous y restaurer. Nous avons de la viande et du vin. Et il y de la place pour vous si vous acceptez notre hospitalité.

Sire Matthieu, le plus jeune des deux hommes, s'approcha de Sara pour lui dire :

— Sire Richard est un homme plein de ressources. S'il a la moindre chance de s'échapper, il ne la laissera pas passer.

D'un mouvement de la tête, Sara le remercia de sa sollicitude. Mais elle craignait que la blessure de Richard, incomplètement guérie, ne lui permît pas de faire des exploits. Il ne pourrait pas s'échapper. S'il était encore en vie, il resterait à la merci des Ecossais, jusqu'à ce que ces hommes décidassent de son sort.

Et maintenant, elle allait devoir expliquer aux enfants que leur père n'était pas l'homme invulnérable qu'ils croyaient.

Richard se réveilla en sursaut. De la main, il essuya la bière qu'on venait de lui jeter au visage. Il tenta de se rappeler ce qu'il faisait là. Il se trouvait dans une sorte de couloir voûté, qu'il ne connaissait pas, sans doute proche des cuisines de quelque donjon, s'il en jugeait par l'odeur de viande grillée qui parvenait jusqu'à lui. Quelqu'un s'approcha par-derrière, qui lui banda les yeux sans ménagement. Les souvenirs de son arrestation lui revenaient à la mémoire. Le rendez-vous dans la clairière, ses compagnons étendus sur le sol, la voix du cavalier casqué. Il était prisonnier. Il avait l'impression d'avoir la tête enflée comme une courge et tout son corps lui faisait mal.

— Ah, vous voilà revenu parmi nous ! lança une voix.

C'était manifestement celle de l'homme de la clairière. Richard, aveuglé, et ficelé comme on trousse une dinde pour Noël, ne pouvait réagir. Il se contenta de tourner la tête dans la direction d'où venait la voix.

Pourquoi cet homme était-il venu à la place de son frère? A sa façon de parler, Richard estima qu'il n'était pas écossais. Il était vrai que beaucoup de nobles d'Ecosse faisaient leur éducation hors de leur terre natale, mais ils gardaient malgré tout une façon très particulière de prononcer l'anglais. Or celui-ci parlait sans accent.

Mais si cet homme était son frère, comme il le prétendait, Richard devrait admettre qu'il avait mal évalué la situation et qu'il aurait mieux fait, au lieu de se fier aux liens du sang, d'écouter les conseils de prudence de Sara.

— Que voulez-vous? se contenta-t-il de grommeler.

L'effort qu'il fit pour parler aviva la douleur qu'il sentait dans ses côtes. La bière lui piquait les yeux.

L'homme rit. Pour la première fois, Richard remarqua qu'il avait une voix jeune, trop jeune pour être celle de son frère, qui avait à présent une cinquantaine d'années. Si seulement il avait pu voir le visage de son geôlier; il aurait pu se rendre compte si c'était Alain, qui, au dire de la mère de Richard, ressemblait beaucoup à lord Strode, leur père. Et ce rire? Etait-ce le sien? Son frère avait dans la famille la réputation de rire volontiers.

— Je crois, dit l'homme en poussant du pied l'épaule de Richard, que ta femme nous donnera de toi un bon prix. C'est par cela que nous allons commencer.

— Une rançon?

L'homme fit entendre un petit rire.

— N'est-il pas normal que tu partages avec ton frère un peu des richesses que tu as accumulées en Angleterre ? Cela s'appelle avoir le sens de la famille.

Si cet homme n'était pas Alain, qui pouvait-il être ? Peu de gens savaient que Richard avait un frère, hormis les membres de la famille, et le roi.

— Tu peux toujours faire allégeance à Edouard, lui dit Richard, et hériter du titre et des terres de notre père, si tu le veux. Ça dépend de toi.

Le silence se fit. Puis, soudain, la voix retentit :

— Emmenez-le !

Apparemment, la discussion prenait fin. Richard contracta ses muscles pour se protéger des gestes brutaux des deux hommes qui se saisissaient de lui. Il sentit qu'on lui faisait descendre un escalier de pierre, puis on le poussa dans ce qui devait être une cellule. Une dague trancha les liens qui lui entravaient les poignets et les chevilles. Puis la porte se referma.

Resté seul, Richard retira le bandeau qui l'aveuglait. Il était dans l'obscurité. A travers le judas de la porte passait encore la faible lumière de la torche que ses gardiens avaient utilisée et qu'ils emportaient avec eux. Quand elle eut disparu, Richard perdit jusqu'à ce petit point de repère. A tâtons, il s'assit sur le sol, étira ses membres pour examiner ses plaies. Elles étaient nombreuses : des coupures, des contusions, une grosse bosse sur la tête, mais sans gravité. Et pourtant, il se sentait épuisé. C'était sans doute les séquelles de sa première blessure, dont il n'était pas encore tout à fait remis. Il se dit que même si ses geôliers avaient laissé la porte ouverte, il n'aurait peut-être pas eu la force de remonter seul l'escalier.

Sara paierait la rançon, c'était certain, mais cela suffirait-il à lui sauver la vie ? Rien n'était moins sûr. L'homme qui se faisait appeler Alain ne donnait pas l'impression de s'embarrasser de sentiments familiaux.

Après avoir retrouvé son calme, Richard tenta d'explorer sa prison. Les mains en avant, à l'aveugle, il trouva un baquet dont l'odeur disait assez l'usage, puis un seau empli d'une eau croupissante et une couverture que l'humidité effilochait. Rien d'autre. Gagné par la fatigue, il s'étendit sur le côté, un bras sous la tête, et ferma les yeux...

7.

Après une journée d'inquiétude, les habitants de Fernstowe se préparèrent pour la nuit. Berthe raconta à Sara que ses nouveaux protégés n'avaient offert de résistance que pour prendre un bain et passer des vêtements de nuit. Mais ils avaient mangé de très bon appétit.

Sara les avait rejoints dans la chambre de Christophe pour leur parler de leur père. Elle les écoutait à présent, stupéfaite, commenter la nouvelle qu'elle venait de leur apprendre.

— Il faut, ordonna Nane à son frère, que tu réunisses demain matin tous les hommes de Fernstowe. Nos chevaliers, et ses soldats, continua-t-elle en montrant Sara d'un mouvement de la tête.

— Nous devons aussi envoyer un message au roi, répondit Christophe. Qui pourra le lui porter ? Sire Matthieu ?

— Est-ce qu'il connaît le roi ? objecta Nane. Il vaudrait mieux envoyer sire Edmond.

— Un moment, vous deux ! s'écria Sara. Comme vous y allez ! Attendez au moins d'avoir entendu la fin de mon histoire.

Sara n'en croyait pas ses oreilles. Elle s'était attendue à des pleurs, à des questions angoissées, et voilà qu'elle se trouvait en face de deux petits va-t'en-guerre qui donnaient l'impression d'avoir délivré des prisonniers toute leur vie. Et elle devait admettre qu'ils s'y entendaient fort bien.

Sara observait que Nane ne se pliait pas à l'autorité de Christophe sous prétexte qu'il était un garçon et l'héritier de leur père. Mais elle ne se prévalait pas non plus de son statut d'aînée pour lui en imposer. Ils agissaient l'un et l'autre comme les meilleurs amis du monde, dans la plus parfaite égalité. Et la naissance illégitime de Nane ne changeait rien à la situation. C'était là le résultat de l'éducation de Richard, qui avait dû se montrer très strict sur cette question.

Les deux enfants ressemblaient à leur père. Ils avaient les mêmes yeux verts, vifs et attentifs. Les cheveux de Christophe, qui ondoyaient comme les siens, étaient d'un châtain un peu plus clair. En cela, Nane était fort différente. Elle avait une chevelure d'un roux doré, dont les boucles abondantes devaient être rebelles à la brosse. Sara s'amusa de constater que, pour cela au moins, c'est plutôt à elle que l'enfant ressemblait.

Bien que Christophe eût un an de moins, le frère et la sœur étaient de la même taille, et sans les abondantes boucles couleur de feu de la petite Nane, ils eussent pu passer pour des jumeaux.

C'étaient vraiment là les enfants de Richard de Strode, beaux et intelligents comme lui. Le cœur de Sara se gonfla de fierté à l'idée qu'elle était à présent la femme de cet homme et la mère de ses enfants.

Pour ne pas les alarmer inutilement, elle ne leur avait pas dit que Richard pouvait avoir été tué. Pour eux, il était invincible, puisqu'il était leur père. Qu'arriverait-il s'il fallait leur apprendre qu'il était mort ?

— Le message nous demande d'attendre, leur expliqua-t-elle encore. Si nous envoyions des hommes pour le délivrer, les Ecossais pourraient le... lui faire du mal.

— Vous voulez dire qu'ils pourraient le tuer ? demanda Nane, qui poussa un gros soupir, avant d'ajouter, en se tournant vers son frère : Tu penses qu'ils le feraient, Chris ?

— Bien sûr que non ! S'ils tuaient papa, le roi Edouard les exterminerait.

Puis, regardant Sara, avec le regard grave que pouvait avoir son père, il expliqua :

— Je pense qu'ils vont réclamer de l'argent. Grand-père m'a dit que c'est ce qui arrivait quand un chevalier était fait prisonnier à la guerre. Les ennemis demandent de l'argent pour le libérer. Si nous en donnons aux Ecossais, ils le laisseront partir.

— Et lui, après, ils les tuera tous ! s'enthousiasma Nane.

— Exactement.

— Nous ne savons pas où votre père est retenu prisonnier, intervint Sara pour tempérer leur ardeur. Même si nous voulions aller le délivrer, nous ne le pourrions pas.

Elle n'ajouta pas qu'elle avait envoyé quelqu'un recueillir des informations en secret, à ce sujet. Il était certainement plus payant d'agir ainsi que d'envoyer une troupe d'hommes en armes de l'autre côté de la frontière.

— Alors, attendons, conclut Christophe sagement.

Comme son père quand il réfléchissait, l'enfant renversa légèrement la tête, plissa les yeux, et, le regard plus incisif, demanda :

— Avons-nous assez d'argent ?

Sara n'avait aucune intention de parler de l'état de ses finances avec un petit garçon de sept ans. Mais elle ne pouvait pas non plus le traiter comme un enfant ordinaire. Christophe et sa sœur étaient trop intelligents pour se contenter de banalités. Et ils se montraient d'autant plus exigeants qu'ils n'avaient pas de sympathie particulière pour cette femme qu'on leur imposait pour mère. Jusqu'à quel point, d'ailleurs, ne lui reprochaient-ils pas de n'avoir pas su sauver leur père ? S'ils ne se montraient pas plus vindicatifs, c'était sans doute parce qu'ils sentaient qu'ils avaient besoin d'elle pour venir en aide à Richard.

La vie avait appris à Sara combien les enfants peuvent souffrir d'être traités avec condescendance par des adultes qui les croient trop jeunes pour comprendre. A leur âge, elle avait eu plusieurs fois l'impression de ne pas compter plus qu'un petit animal de compagnie, et l'humiliation qu'elle en avait ressentie ne s'était toujours pas effacée de son esprit. Peut-être Christophe et Nane avaient-ils éprouvé le même sentiment quand elle leur avait parlé avec une prudence excessive de la situation de leur père. Elle ne devait pas recommencer. Désormais, ils partageraient les mêmes soucis, à égalité.

— Nous avons suffisamment d'argent, répondit-elle à Christophe.

— Et pourquoi ne pas appeler le roi ? demanda Nane.

— Le roi est à Morpeth actuellement. Il faudrait trop de temps pour le prévenir. Et s'il venait ici, il ne pourrait pas être plus efficace que nous, parce qu'une opération militaire serait dangereuse pour la sécurité de votre père. C'est à nous de nous débrouiller.

— Vous ne pleurez pas quand vous parler de notre père, fit remarquer Christophe. Pourquoi ? Ne souffrez-vous pas de ce qui lui arrive ?

— Bien sûr que si. Il est mon mari. Mais à quoi sert de pleurer ? Vous ne pleurez pas non plus, que je sache. Et pourtant, Dieu sait que votre père mérite qu'on verse des larmes pour lui.

— Elle l'aime, dit Nane à son frère en lui jetant un regard entendu ; puis, s'adressant à Sara, elle ajouta : Grand-mère disait que maman faisait des yeux de merlan frit quand elle parlait de lui de cette façon.

Christophe observa plus attentivement le visage de Sara et approuva d'un mouvement de la tête.

— Voyez-vous un inconvénient à ce que j'aime votre père ? questionna Sara.

Après s'être regardés silencieusement, les deux enfants tournèrent ensemble les yeux vers Sara, et, d'un ton grave, Christophe répondit :

— Nous verrons.

— Prudents, n'est-ce pas ? Je pense que votre père aurait approuvé votre réponse.

Le bref sourire que Christophe et sa sœur échangèrent manifestait plus leur besoin de se soutenir mutuellement qu'une vraie satisfaction.

Sara continua, changeant de sujet :

— Il faut maintenant que nous prenions du repos, pour pouvoir nous réveiller de bonne heure. Si des nouvelles de votre père arrivaient demain matin, il faudrait que nous ayons les idées claires pour prendre une décision.

Elle se tourna ensuite vers Nane et proposa :

— Je vais te raccompagner jusqu'à ta chambre.

Pour la première fois, elle sentit vaciller l'assurance de la petite fille, qui jeta un regard inquiet à son frère.

— Nane restera avec moi, déclara Christophe calmement.

Mais il était moins calme qu'il n'affectait de le paraître. Il avait peur que Sara, en les obligeant à se séparer, ne leur retirât le réconfort qu'ils trouvaient à vivre ensemble, jour et nuit.

— Mon père m'a chargé de veiller sur ma sœur la dernière fois que nous l'avons vu. Elle dormira dans ce petit lit.

Du doigt, il désigna le lit de camp qui servait à la servante. Il était initialement prévu que Berthe y dormirait, pour leur tenir compagnie, mais Sara avait demandé à la gouvernante d'installer provisoirement sa paillasse dans la grand-salle afin de la laisser seule avec les enfants. La pauvre femme devait être endormie à présent. Il aurait été peu charitable de la réveiller. Quant à laisser les enfants seuls, assiégés de pensées angoissantes, dans ce château qu'ils ne connaissaient pas, elle ne pouvait l'envisager. Ils affrontaient la situation avec courage, mais elle devinait qu'ils avaient peur de ce que le lendemain leur réserverait. Elle qui avait essayé de faire bonne figure toute la journée, elle savait combien il en coûtait de se montrer brave. Comment aurait-elle pu leur imposer une épreuve supplémentaire ?

Toutefois, elle ne pouvait retenir l'idée de Christophe. Que penserait Richard s'il apprenait que, malgré ses recommandations, on avait fait dormir sa fille dans le lit de la servante ?

— Que diriez-vous, proposa-t-elle, si je prenais le grand lit avec Nane ? Christophe est un futur chevalier qui doit laisser aux femmes la meilleure part. Il pourrait dormir sur le lit de camp.

Les deux enfants parurent soulagés. Mais, bien qu'elle fût heureuse d'avoir remporté une victoire aussi facile, Sara ne s'illusionnait pas. Elle savait que, le lendemain, l'absence de Richard pourrait faire naître d'autres difficultés entre elle et ses protégés.

— Faisons maintenant une prière pour votre père, et au lit !

Richard, dans son cachot, prenait son mal en patience. Il savait que Sara avait besoin de temps pour rassembler l'argent de la rançon et le faire parvenir à ses geôliers. Si la faim commençait à lui tenailler l'estomac, c'était la soif qui le faisait souffrir le plus. Il luttait pour ne pas céder à la tentation de boire l'eau croupie du baquet, craignant qu'elle ne fût dangereuse. Mais combien de temps allait-il résister ? La fatigue des dernières heures s'ajoutant aux séquelles de ses blesssures, il sentait le sommeil le gagner. Et pourtant, il lui fallait lutter s'il ne voulait pas que l'obscurité lui fît perdre complètement la notion du temps.

La fièvre le gagnait. Incapable de s'habituer à l'odeur fétide qui régnait dans sa cellule, il sentait son estomac se soulever. Il plia la vieille couverture, s'assit dessus et appuya son dos contre le mur humide. Le doute commençait de s'insinuer en lui. Sara allait-elle payer la rançon ? Pourquoi le ferait-elle, après tout ? Qu'est-ce qui, dans les conversations qu'ils avaient eues, pouvait lui laisser croire qu'elle viendrait à son secours ? Elle devait avoir compris, depuis leur mariage, qu'il n'était pas l'homme qu'elle attendait. N'avait-elle pas intérêt à le laisser mourir à présent dans cette misérable geôle, en attendant d'en choisir un autre ?

Non ! Il ne pouvait pas croire qu'elle fût capable de cela. Si elle l'avait conduit au mariage sans lui demander son avis, c'était la preuve qu'elle le voulait, lui, et pas un autre. Il ne pouvait y avoir de doute à ce sujet. Mais le temps avait passé. Etait-elle toujours dans les mêmes dispositions d'esprit ? Elle avait découvert combien il pouvait être autoritaire et discourtois. Il devait bien admettre qu'il s'était mal conduit avec elle, et n'arrivait pas à se trouver d'excuses convaincantes. Ce qu'elle avait attendu de lui, c'était sa protection contre les Ecossais. Et un enfant. Dans les deux cas, il avait failli. Peut-être avait-il signé là son arrêt de mort.

Richard eut beau lutter, le sommeil finit par le gagner. Quand il s'éveilla, il retrouva ses pensées noires, tapies dans un coin de son cerveau, comme un animal malfaisant qu'il s'efforça de tenir en respect. A présent qu'il avait dormi, il avait un peu perdu la notion du temps. C'était le matin du jour précédent, un jeudi, qu'il avait été fait prisonnier. Il devait avoir passé une nuit dans ce cachot. On était donc vendredi, et le jour était déjà bien avancé, s'il en jugeait pas la soif et la faim qui le torturaient. Personne ne se souciant de lui apporter de quoi boire et manger, il décida de se désaltérer à la cruche d'eau qu'il avait trouvée, en priant Dieu de lui éviter de tomber malade.

Des heures plus tard, les deux hommes qui l'avaient enfermé dans ces lieux, revinrent de nouveau. Ils lui bandèrent les yeux et lui lièrent les mains par-devant. C'était peut-être le signe qu'il aurait à monter à cheval. L'espoir lui remplit le cœur. Sara avait-elle payé la rançon ? Ses deux gardiens l'avaient saisi solidement par les bras, et s'étaient immobilisés. Richard entendit un bruit de pas sur les dalles du couloir qui menait à son cachot. Quelqu'un entra.

— En vérité, voilà un beau chevalier ! lança une voix en riant.

C'était l'homme qui l'avait enlevé, celui qui se disait son frère.

— On fait moins le bravache à présent. Ton roi ne serait pas fier de toi s'il te voyait comme ça. Quant à ta femme...

Richard leva ses mains liées vers son visage pour arracher le bandeau. Mais la voix l'avertit :

— Si tu fais ça, tu es mort.

— La rançon ? demanda Richard.

— Ta femme n'en a payé que la moitié, dit l'homme en riant de nouveau. Je devrais te tuer tout de suite pour en finir avec toi. Mais, malheureusement pour elle, j'ai décidé de me montrer généreux. Cette fois !

Richard serrait les dents. Il aurait voulu se libérer de ses liens et se précipiter sur cet homme pour lui faire rentrer ses paroles dans la gorge. Et après, il aurait réglé ses comptes avec Sara. La moitié de la somme !

L'exposer à la mort par avarice. Ou bien lui fallait-il croire que les coffres de Fernstowe étaient si peu pleins ? Dans l'intérêt de Sara, il valait mieux que ce fût la bonne explication.

Comme si l'homme avait pu lire les pensées de Richard, il lui dit :

— Sara de Fernstowe est une fine mouche. En donnant la moitié de la rançon, elle savait qu'elle en avait fait assez pour que le roi fût convaincu de sa bonne volonté, et trop peu pour que tu puisses sauver ta peau. Malin, non ?

L'homme s'était mis à arpenter la cellule. Richard pouvait entendre le bruit de ses pas sur les dalles du sol. Il s'arrêta pour dire :

— Mais peu importe. J'ai décidé de ne pas me mettre le meurtre d'un frère sur la conscience. Au moins pour le moment. Tu vas être libre. Mais à une condition.

— Laquelle ? fit Richard, dont le cœur battait la chamade.

— Je veux que tu me paies le reste de la rançon quand tu seras rentré chez toi. En fait, tu me verseras la même somme tous les trimestres. Deux cents marcs, que tu laisseras toujours au même endroit, sous le grand chêne mort, du côté écossais de la frontière. Si tu fais la moindre tentative pour capturer ou seulement interroger l'homme qui viendra chercher l'argent, tu le paieras cher. Je massacrerai tout ce qui vit sur les terres de Fernstowe, hommes et bêtes.

— Deux cents marcs par trimestre ? Mais c'est de la folie !

— Si tu refuses, je mettrai ma menace à exécution. Si tu paies, nous vous laisserons en paix. Alors ? c'est entendu ?

Richard aurait eu besoin d'un peu de temps pour réfléchir. Mais avait-il le choix ? S'il refusait de se plier aux exigences de son geôlier, il mourrait, sans revoir jamais la lumière du jour. Il ne lui restait qu'à accepter, en sachant que sa promesse le lierait irrévocablement. Même si cet homme était un fou.

Il poussa un soupir qui était comme l'expression de sa défaite et, tournant la tête dans la direction d'où venait la voix, il dit :

— Je promets que je paierai cette somme dès que ce sera humainement possible. Je m'engage aussi à ne pas capturer l'homme qui viendra prendre livraison de l'argent. Acceptez-vous de me laisser un peu de temps pour rassembler cette somme ?

— Tu as exactement deux semaines. Vendredi en quinze, il me faut cette rançon, ou tu sais à quoi tu t'exposes.

Puis, s'adressant à l'un des hommes qui tenaient Richard, il ordonna :

— Alfred, veille à ce que sire Richard rentre sain et sauf à Fernstowe. N'oublie pas que si tu t'avisais de lui faire payer la mort de ton frère, l'autre jour, nous perdrions gros. Les cadavres ne rapportent rien.

Le nommé Alfred eut un petit rire amusé. Alain s'adressa de nouveau à Richard :

— Quand tu reverras ta femme, présente-lui mes hommages. Dis-lui que son stratagème pour se débarrasser de toi était bien trouvé, même si ça n'a pas marché.

Il partit d'un grand éclat de rire, et quitta le cachot.

Les yeux toujours bandés, Richard écouta les pas d'Alain s'éloigner dans le couloir. Qu'allait-il se passer à présent. Il s'attendait, avant d'être libéré, à être battu pas ses gardiens, qui avaient manifestement à venger la mort de l'un des leurs. Le premier coup arriva à l'improviste, dans l'estomac. Richard, plié en deux, eut besoin de quelques secondes pour reprendre son souffle. Brusquement, il se releva et, au jugé, lança devant lui ses poing liés, qui rencontrèrent un visage. Jouant des pieds, au hasard, il frappa ce qui devait être une jambe. Puis il arracha le bandeau qui lui couvrait les yeux. Mais, avant qu'il ait pu seulement voir le visage de ses assaillants, un autre coup, dans les reins, le fit tomber à genoux. Un troisième l'atteignit à la tempe. Il vacilla ; tout devint noir, et il s'évanouit.

Quand il reprit connaissance, ses yeux étaient de nouveau bandés. On s'employait à le hisser sur un cheval. Une fois en selle, il se saisit du pommeau et affermit son assiette. Ses pieds trouvèrent les étriers. Il se sentit tout à coup en sécurité, et quasiment libre. Mais ses gardiens n'en avaient pas terminé avec lui. Un nouveau coup l'atteignit au visage. Il eut le goût du sang sur ses lèvres. Que lui réservait-on encore avant de le libérer ? Serait-il rossé une dernière fois, quand on arriverait à destination ? Son cheval, brutalement frappé, partit soudain au grand galop. Après l'avoir laissé courir un moment, Richard parvint à réduire son allure et à le ramener au trot. Personne ne semblait l'accompagner. Il s'arrêta, ôta son bandeau. Il était seul, à l'orée des bois. Derrière lui s'étendait le pré de la Dispute. « Sinistre endroit ! » pensa-t-il.

Après avoir réussi à se libérer de ses liens, il éperonna son cheval pour prendre la direction de Fernstowe.

***

— Il arrive ! Il arrive ! cria Fergus, très agité, en montrant du doigt un nuage de poussière au loin.

Les guetteurs se précipitèrent aux créneaux, mais ils n'avaient pas la vue perçante de leur camarade et hésitaient à reconnaître Richard dans le cavalier qui approchait. Depuis que la rançon avait été versée, Sara avait augmenté le nombre des guetteurs sur les murailles, afin d'être avertie le plus vite possible du retour de Richard. Elle-même avait passé une partie de la journée sur le chemin de ronde, les yeux tournés vers le nord, à attendre anxieusement. Elle rejoignit ses hommes et, penchée entre les merlons, ne quitta plus du regard le cavalier. Si ce n'était pas là le destrier de Richard, c'était incontestablement un cheval de Fernstowe, un de ceux qui n'étaient pas rentrés après l'affaire du pré de la Dispute. L'homme qui le montait était penché vers l'avant, comme s'il était blessé.

— Prenez un cheval et allez à sa rencontre ! lança Sara aux deux chevaliers. Faites-le passer par la poterne. Il serait dangereux d'ouvrir la porte principale. C'est peut-être un piège des Ecossais.

Sara se précipita derrière les deux hommes jusqu'à cette petite porte, ouverte dans le mur arrière du château, qui permettait tout juste le passage d'un cavalier. Les enfants l'avaient rejointe, ainsi que plusieurs serviteurs. Tous attendaient, anxieusement, guettant l'arrivée de Richard par l'étroite ouverture.

— Papa est blessé ! s'écria Nane en voyant arriver son père.

Elle tenta de courir vers lui, mais Christophe la retint par sa robe. Elle se débattit et tous deux tombèrent dans une flaque de boue.

— Espèce de sotte ! Les chevaux vont te piétiner, lui cria Christophe en la retenant au sol.

— Mais laisse-moi, imbécile ! laisse-moi ! répondit la petite fille, qui donnait vainement des coups de poing à son frère.

— Levez-vous immédiatement ! Et soyez prêts à accueillir votre père !

C'était Sara qui venait de les rappeler à l'ordre. Elle les aida à se remettre debout, mais en les maintenant à une longueur de bras, pour ne pas se crotter à leur contact.

Les enfants se relevèrent. Ils la regardaient, le sourcil froncé, la mine boudeuse. Sara s'efforça de mettre un peu d'ordre dans leur tenue, en tentant de défroisser leurs vêtements et de discipliner leurs cheveux. Quand les cavaliers arrivèrent, ils avaient retrouvé un aspect un peu plus présentable. L'apparition de leur père, tout sanglant, acheva de leur faire oublier l'incident.

Richard avait beaucoup saigné du nez et de la bouche, au point que sa tunique en était toute maculée. Il essaya de parler, mais il était trop épuisé pour y parvenir. Sara craignit que ce sang ne provînt de blessures internes, graves et difficiles à soigner.

— Emmenez-le dans mes appartements, ordonna-t-elle.

Les enfants, bouleversés par ce qu'ils voyaient, ne disaient mot. Il fallait les éloigner pour que Sara pût s'occuper de Richard.

— Nane, dépêche-toi de trouver dame Berthe pour qu'elle m'apporte le coffret où je serre mes remèdes. Christophe, va dans les cuisines. Tu diras au cuisinier que nous avons besoin d'eau chaude. Qu'il apporte la baignoire dans ma chambre. Puis tu iras dans la chambre de ton père pour prendre quelques vêtements. Dépêche-toi !

Sara s'était approchée des chevaux.

— Comment est-il ? demanda-t-elle à sire Edmond.

— Pas très bien, madame. A peine conscient.

— Mais vivant, grogna Richard. Plus que vous ne le souhaitiez, ma femme, semble-t-il.

Les deux chevaliers, après être descendus de cheval, aidèrent Richard à faire de même. Celui-ci grimaça quand ils l'aidèrent à abandonner sa selle.

— Vous aurez... à rendre des comptes, madame, continua Richard dans un souffle.

L'accusation frappa Sara comme un soufflet. Elle se raidit. De quoi la croyait-il donc coupable ? Mais le moment était mal choisi pour s'expliquer. Il y avait là trop de témoins que cette affaire ne regardait pas. Le plus important, pour le moment, était de le soigner, en remerciant Dieu qu'il fût vivant.

Les deux chevaliers soutinrent Richard pour l'aider à monter l'escalier jusqu'à la salle, puis jusqu'à la chambre de Sara, où Berthe avait disposé, devant la cheminée, une épaisse paillasse. Christophe et Nane tournaient autour du groupe des adultes, nerveusement, pendant que les chevaliers couchaient le blessé sur ce lit de fortune.

— Papa ? murmura Nane.

La petite fille s'était agenouillée près de son père. Du bout des doigts, elle lui caressa la joue. Christophe, craignant qu'elle ne l'importunât, lui saisit le poignet. Et, contre toute attente, Nane se laissa faire.

— Tu as battu les méchants, papa ? demanda-t-elle.

— Oui, ma chérie, répondit Richard en prenant dans la sienne la main de sa fille. Chris, approche-toi aussi. Je veux... je veux vous voir tous les deux.

Sara s'était agenouillée de l'autre côté de la couche. Elle observait Richard, qui faisait manifestement des efforts pour parler.

— Tout va bien, les enfants, dit-elle en leur faisant un sourire. Vous allez maintenant rejoindre dame Berthe dans la salle et attendre que nous ayons fini. Nous devons examiner les blessures de votre père et les soigner. Vous pourrez revenir ensuite et lui parler.

Chistophe et Nane n'étaient manifestement pas de cet avis. Sara se leva, fit le tour de la paillasse, les prit par la main et, sur un ton qui n'admettait pas de réplique, leur intima :

— Faites ce que je dis. C'est pour le bien de votre père. Nous ne le laisserons pas mourir, je vous en fais la promesse. Allez maintenant.

Elle leur donna un baiser rapide sur le front et les poussa vers l'entrée. Les enfants s'éloignèrent de mauvaise grâce, en jetant des regards par-dessus leur épaule. Sara sentait bien qu'ils avaient du mal à la croire et hésitaient à confier la vie de leur père à une femme qu'ils connaissaient à peine.

— Sara.

C'était la voix de Richard. Elle revint vers lui.

— Si vous avez des reproches à me faire, attendez d'être mieux. Vous pouvez à peine respirer. Avez-vous quelque chose de cassé ?

— Des côtes, peut-être. Le nez.

Sara lui tâta les flancs, passa la main sur son nez, et conclut :

— Tout cela a souffert. Mais il n'y a pas de fracture. Le nez n'a pas besoin d'être redressé. Ouvrez la bouche.

Elle fut surprise de constater qu'il lui obéissait sans réticence. Elle trouva une blessure sur la face interne de la joue. C'était l'explication du saignement de la bouche. Ayant craint qu'une côte brisée n'eût perforé le poumon, elle se sentit soulagée, au point d'avoir soudain l'impression d'être vidée de toute énergie. Elle s'assit sur le sol et, une main sur les yeux, adressa à Dieu un petite prière d'action de grâces.

— Déshabillez-le, demanda-t-elle à sire Edmond quand elle se fut reprise. Un bain chaud lui fera du bien. Après ça, je lui banderai les côtes. Je crois ne pas me tromper en disant qu'elles sont en bon état.

Soudain, Richard lui saisit le bras, avec une force qui la surprit.

— Pourquoi, Sara ? Pourquoi n'en avoir payé que la moitié ?

— De quoi parlez-vous ?

— De la rançon. Pourquoi ? murmurait Richard entre ses dents serrées.

Interdite, Sara regardait alternativement son mari et sire Edmond.

— Mais la rançon a été payée entièrement, messire, intervint sire Edmond. J'ai lu la demande de votre ravisseur, et c'est moi-même qui ai porté l'argent au lieu dit. Le compte y était, messire. Je le jure sur l'honneur.

Richard ferma les yeux et se mordit la lèvre, comme si une nouvelle vague de douleur le submergeait. Les mâchoires serrées, il maudit les Ecossais en grommelant un chapelet de jurons. Puis il se tourna vers Sarah et, sans quitter son ton brusque, il dit :

— Je me suis trompé... sur tout. Sur vous... sur notre mariage...

— Mon pauvre ami, fit Sara en secouant la tête. Voilà ce qu'ils ont fait de vous. Vous qui étiez si courtois, voici que vous jurez comme un charretier.

— S'il vous plaît, dit-il d'une voix entrecoupée, ne parlez-plus, vous allez me faire rire.

— Et cela fait mal, n'est-ce pas ? répondit-elle en souriant. Maintenant, nous allons nous occuper de vous. Vous devez reprendre des forces pour régler nos comptes avec nos voisins, et je ne parle pas d'argent. Il faut que vos actes illustrent les gros mots que vous venez de débiter. Sire Edmond, déshabillez-le, et rendons-lui une apparence décente. J'ai peur que les deux monstres qui attendent dans la salle ne perdent patience très vite.

— Les monstres ? s'étonna Richard, la voix soudain plus forte.

— Je plaisantais, Richard, répondit Sara en posant une main sur son épaule pour l'empêcher de se redresser. Je ne faisais que plaisanter. Ce sont en fait les enfants les plus adorables que j'aie jamais vus. J'en suis coiffée, vraiment. Et eux ne jurent que par moi.

Sire Edmond étouffa un petit rire. Sara lui lança un regard réprobateur. Le chevalier s'éclaircit la gorge avant d'ajouter :

— C'est vrai, un accord parfait. C'en est attendrissant.

Richard se détendit. Il se laissa dévêtir. Sara suivait avec attention les gestes du chevalier en s'efforçant de ne pas paraître trop ostensiblement intéressée par le corps de cet homme qu'elle désirait pourtant plus que tout au monde. Elle fut soulagée de constater que, malgré les mauvais traitements que lui avaient infligés les Ecossais, son mari n'était pas blessé. Il se remettrait rapidement. La vie allait reprendre pour eux, différente, plus heureuse. C'est sans doute ce qu'avait voulu dire Richard, quand il avait avoué qu'il s'était trompé sur sa femme et sur son mariage.

8.

Au cours de la vie aventureuse que Richard avait menée jusqu'alors, les occasions de prendre des coups avaient été nombreuses. Il se rappelait certains tournois qui l'avaient plus mis à mal que les Ecossais. Et ses blessures ne l'avaient pourtant jamais empêché de vaquer à ses obligations. Aussi trouvait-il un peu exagérés les soins que Sara prenait de lui. Même si son nez enflé et son œil poché pouvaient faire pitié, il n'avait après tout que quelques hématomes et quelques côtes froissées. Et pourtant Sara l'obligeait à rester couché. Elle lui avait bandé le torse de charpie et venait régulièrement appliquer des compresses d'eau froide sur les plaies de son visage. Ses enfants, aussi, s'occupaient de lui. Nane lui coiffait les cheveux. Christophe comptait ses gouttes de potion avec un sérieux attendrissant. Et Richard, assis dans son grand lit, regardait son petit monde aller et venir autour de lui, en savourant ces moments d'intimité douillette.

— Descends du lit, maintenant, Nane, pria Sara en souriant à la petite fille. Ton père est bien coiffé.

— Mais je n'ai pas fini, répondit l'enfant en passant avec plus d'énergie encore son peigne de bois dans les cheveux de Richard, qui ne put s'empêcher de grimacer.

Christophe tenta de faire descendre sa sœur, mais ne réussit qu'à renverser sur le bras de son père la tasse de tisane que celui-ci tenait à la main. Sara, sans dire un mot, saisit un enfant sous chaque bras et les posa au sol à bonne distance du lit. Allait-elle les punir ? A la surprise de Richard, elle leur donna à chacun un baiser sonore sur la joue et les poussa gentiment vers la porte.

— Vous avez fait du bon travail tous les deux. Je suis fière de vous. Votre père a besoin de repos à présent. Nane, va demander à la blanchisseuse de faire tremper la tunique de ton père dans l'eau froide, pour faire partir le sang. Quant à toi, Christophe, je te confie une tâche d'écuyer. Tu examineras la cotte de mailles de sire Richard pour me signaler les parties endommagées, et nous les ferons réparer. Dans deux heures, nous nous retrouverons afin de préparer le travail de la journée de demain.

Les deux enfants se précipitèrent hors de la chambre. C'était à qui exécuterait le plus diligemment des ordres si importants pour la bonne marche de la maison. Richard ne put retenir un cri d'admiration :

— Extraordinaire !

Sara eut un petit rire charmant. Elle s'approcha du lit et, avec un mouchoir, épongea tant bien que mal le liquide renversé.

— Ils étaient en train de vous tuer avec leur affection débordante. Mais ils avaient besoin de vous voir. Pour se convaincre que vous êtes vivant.

— Et j'avais besoin de passer quelques instants avec eux. Merci de leur avoir permis de rester. Beaucoup de femmes les auraient mis à la porte immédiatement.

— Je vous avoue que je ne sais pas vraiment ce qu'il convient de faire dans ce genre de circonstances. Jamais ma mère n'aurait mis les pieds dans la chambre d'un malade. Et elle ne supportait pas d'être entourée d'enfants.

— Pourquoi vous a-t-elle quittée ? Vous n'étiez pourtant plus une enfant quand votre père est mort.

— Je ne sais pas exactement pourquoi elle voulait partir. Nous n'étions pas assez proches pour qu'elle me fasse ses confidences. J'ai le souvenir d'une femme qui n'était pas heureuse ici. Elle supportait difficilement mon père, qui l'aimait pourtant sincèrement. Quant à moi, je la décevais.

— Vous la déceviez ? Elle se reposait pourtant de tout sur vous, dans cette maison.

Ce que venait de dire Sara ne faisait que confirmer le mal que Richard pensait des femmes de la noblesse. Heureusement, sa fille semblait n'avoir retenu de son éducation que ce qu'il ne fallait pas faire.

Sara s'était assise sur le bord du lit, et, les yeux baissés, machinalement, elle s'employait à tirer les plis de la couverture. Sans relever la tête, elle ajouta :

— J'ai fait la châtelaine bien avant la mort de mon père. Sans ces occupations domestiques, qui m'obligeaient à sortir de moi-même, je serais peut-être morte de chagrin.

Richard ferma les yeux, et soupira. Cette femme ne cessait de le surprendre. Elle aurait été en droit de lui demander des comptes pour avoir été injustement accusée de trahison. Elle aurait pu se plaindre du travail que lui donnait l'administration de Fernstowe, et lui reprocher d'ajouter à ses soucis en lui confiant la garde de deux enfants difficiles, dont une bâtarde. Et pourtant, c'est tout le contraire qui se produisait.

Il se demanda comment elle se débrouillerait s'il l'abandonnait après avoir réglé la question écossaise. Admirablement, à n'en pas douter. Elle accepterait l'annulation que le roi proposait, et elle garderait la tête haute. Comme indifférente à l'humiliation.

Mais elle souffrirait silencieusement de penser que son mari l'abandonnait à cause de sa trop haute taille et de sa balafre. Richard ne pouvait pas se résoudre à la blesser ainsi, même si c'était là le prix de sa liberté.

— Sara, j'ai beaucoup de sympathie pour vous, dit-il à haute voix, sans l'avoir vraiment voulu.

Elle tourna la tête vers lui, et, avec un sourire malicieux, lui demanda :

— Est-ce parce que je vous tiens à ma merci ?

— C'est ça, acquiesça-t-il avec un sourire.

Il avança la main et prit celle de Sara. La voix soudain plus sérieuse, il lui dit :

— J'ai un secret à vous confier. Vous croyez-vous capable de le garder ?

— Il restera entre nous, je vous le promets.

Richard savait que, sur ce point, il pouvait lui faire confiance. Il reprit :

— Tout d'abord, je ne crois pas que l'homme qui m'a fait prisonnier soit Alain le Juste.

— Et pourquoi ça ? répondit Sara en fronçant les sourcils. C'est pourtant lui qui a envoyé le message. Et lui qui vous attendait dans la prairie.

Si Richard voulait découvrir l'identité de l'homme qui l'avait rançonné et menaçait de tuer les paysans de ses terres, il lui fallait en dire plus. Mais comment avouer à Sara qu'il avait un lien de parenté avec cet Alain ?

— Tout d'abord, reprit-il, il ne parle pas comme un Ecossais.

— Beaucoup d'Ecossais de la frontière s'expriment comme vous et moi, surtout s'ils ont reçu une bonne éducation. Ça ne veut rien dire.

— Quand nous nous sommes rencontrés, il avait le visage dissimulé sous son casque. Après avoir été capturé, je ne l'ai jamais rencontré que les yeux bandés. Ne trouvez-vous pas que c'est là la preuve qu'il avait quelque chose à cacher ? Et puis cet homme était trop jeune pour être Alain. A en juger par son apparence et par sa voix, il n'avait pas plus de trente ans. Alors que l'Ecossais doit en avoir une cinquantaine.

— Comment savez-vous ça ? demanda Sara, la voix soudain plus vive.

Une légère rougeur avait coloré ses joues et faisait paraître plus claire sa cicatrice. Richard aurait aimé y poser les doigts. Il préféra se retenir.

— Que savez-vous d'autre ? continua-t-elle sur le même ton.

Richard considéra qu'il était encore trop tôt pour qu'il pût se confier. Il valait mieux qu'il renonçât, dans l'immédiat, à livrer son secret.

— Ça n'a pas beaucoup d'importance pour l'instant. Ce qui m'inquiète plus, c'est ce que cet Alain réclame. Il veut le double de la somme que vous lui avez donnée, et dans quinze jours.

— Quoi !

— Sans compter d'autres versements à échéances fixes. C'est cela ou une guerre sans merci contre les terres et les gens de Fernstowe.

— La peste l'emporte ! Il n'aura pas une maille !

— Non, il n'aura rien. Et je vous délivrerai de ce fléau dès que je pourrai de nouveau tenir sur un cheval.

Sara quitta la main de Richard et se leva.

— Reposez-vous, lui ordonna-t-elle. Pendant ce temps, je vais parler à sire Edmond et à nos hommes.

— Non ! Attendez...

— Attendre ? Il n'est plus temps d'attendre. Nous allons trouver ce maudit château de Byelough et le faire disparaître de la surface de la terre.

— Sara...

— Ecoutez-moi, messire Richard, rétorqua-t-elle, en agitant son index, comme pour donner plus de poids à ses propos. Ces Ecossais ont tué mon père, ils ont failli tuer mon mari et maintenant, vous les laisseriez nous conduire à la ruine ? Je n'attends plus !

— La colère ne sert à rien, répondit Richard fermement. Nous réglerons cette affaire ensemble, mais plus tard, en temps voulu.

Sara cherchait à calmer sa respiration. Elle croisa les bras, fit quelques pas de long en large, puis, s'arrêtant devant Richard, elle acquiesça :

— C'est entendu. Nous agirons en temps voulu.

— Tope là, dit Richard en lui tendant la main.

Quand Sara la saisit, avec une détermination que confirmait l'éclat de son regard, Richard sentit le désir s'allumer en lui, un désir d'une force qu'il ne connaissait pas. C'était comme un courant palpable, vivant, animé de sa vie propre, qui s'établissait entre eux et semblait ne jamais devoir cesser.

— Pas maintenant, murmura-t-il en se promettant de rattraper un jour le temps perdu.

Les yeux de Sara s'arrêtèrent sur le corps de Richard, si complaisamment qu'elle ne put manquer de noter l'état d'excitation où le désir le mettait. Elle eut alors un sourire des plus engageants, qui fit à Richard l'effet d'une caresse.

— Comme vous voudrez, se contenta-t-elle de dire, avant de lui tourner le dos pour quitter la pièce.

Le jour suivant, Sara était occupée à préparer, avec Berthe, la collation du matin, quand elle vit Richard descendre l'escalier, traverser la salle et se diriger vers la porte à pas réguliers et prudents, comme s'il avait craint de réveiller ses blessures. Il ne portait ni cotte de mailles, ni armes, hormis une courte dague. Elle en conclut qu'il n'avait pas l'intention de s'aventurer au-dehors.

De la main, elle lui fit un signe. Il y répondit pas un mouvement de la tête et sourit. Si ce n'était pas une invitation à venir le rejoindre, elle pouvait y voir au moins une manifestation de sympathie. Elle aurait préféré qu'il restât allongé, mais il était trop peu grièvement blessé pour qu'elle pût l'obliger à passer sa convalescence au lit. Elle se remit à aider Berthe à disposer sur la table le pain, la viande et le fromage du déjeuner.

Quand il n'y avait pas d'hôtes au château, cette collation matinale se prenait debout et rapidement. Les familiers venaient se servir et retournaient ensuite à leur travail.

Tout en mangeant, debout elles aussi, Sara et Berthe bavardaient.

— Les enfants se font à leur nouvelle vie, dit Sara. J'ai remarqué qu'ils sont toujours fourrés aux cuisines.

— Ah ces deux-là ! s'exclama Berthe en mâchant un morceau de pain. Ils sont délicieux, mais ils me donnent bien du tintouin, madame. Pas plus tard que ce matin, ils ont fait le siège du cuisinier pour avoir du massepain. Et, afin de le convaincre, ils ont prétendu qu'ils en mangeaient auparavant tous les jours.

— Ça, j'en doute fortement, répondit Sara dans un éclat de rire.

Elle n'avait pas terminé ces mots que Christophe et Nane entraient dans la pièce. Ils avaient tous les deux une moustache de lait de chèvre.

— Bonjour, les enfants ! leur lança Sara.

Ils ne répondirent pas, et se dirigèrent droit vers leur père, qui venait de rentrer. Arrivés devant lui, Christophe s'inclina et Nane fit une révérence. Ce n'était plus là le comportement affectueux des jours derniers, quand Richard, alité, blessé, avait besoin de soins. A présent, les enfants se présentaient à lui comme on le fait devant un suzerain. Sara fut surprise, mais se garda de le montrer. C'est apparemment ainsi qu'ils avaient été élevés.

Il ne leur manifesta qu'une attention distante, se contentant de serrer la main de son fils et de passer machinalement la main sur la tête de sa fille.

Les enfants le suivirent comme deux petits chiens. Ils réglaient leur pas sur le sien et, les yeux levés vers lui, semblaient guetter un mot d'encouragement. Nane, si bavarde et si affectueuse avec son frère, semblait figée. Et Christophe se comportait en petit adulte. Comment se faisait-il que Richard ne parût pas s'en rendre compte ? Elle pensa à son propre père, à ses plaisanteries, à ses gestes chaleureux, à ses sourires. C'est de cela que ces enfants avaient besoin. Il devaient se sentir chéris, et non pas adorer une espèce de dieu vivant qu'ils n'osaient embrasser. Et Richard avait besoin de la même affection, même s'il ne semblait pas l'avoir compris. Sara se jura que si elle et lui ne parvenaient pas à s'aimer, elle s'emploierait au moins à rapprocher ce père de ses enfants.

— Terminez votre repas, avec votre gouvernante, demanda-t-il aux enfants sur un ton que Sara trouva un peu trop ferme.

Christophe et Nane quittèrent leur père et vinrent, à contrecœur, mais sans protester, rejoindre Berthe de l'autre côté de la table. Richard, à son tour, s'approcha. Il se servit d'un morceau de pain et d'un bout de fromage, les disposa l'un sur l'autre avec soin, afin de se libérer une main pour prendre un verre de bière.

— Venez, lui proposa Sara, allons dans le chauffoir. Il y a du feu. Et vous pourrez vous y asseoir pour boire et manger à votre aise. Vos côtes continuent-elles à vous faire mal ?

— Un peu. Mais, Dieu merci, elles ne sont pas cassées. Et vous ? Avez-vous mangé ?

— Oui, quand vous étiez dehors. Mais je vais prendre un peu de bière. Quelque chose ne va pas ? demanda Sara en se dirigeant avec lui vers le chauffoir. Vous paraissez troublé.

— Et avec raison, grogna-t-il. C'est aujourd'hui l'échéance pour la rançon. Je suis peut-être en meilleure santé, mais pas encore prêt à faire la guerre.

— Voilà qui est sage de votre part.

Elle était soulagée qu'il se montrât patient. En s'asseyant dans son fauteuil, devant le feu, elle chercha un sujet de conversation.

— Si nous parlions des enfants ?

Richard lui lança un regard inquiet et secoua la tête :

— Qu'ont-ils encore fait ? Autant ne pas me cacher la vérité.

— Rien de répréhensible, mais ils...

— Alors laissons là les enfants et parlons d'autre chose, proposa-t-il avec un sourire engageant auquel Sara ne s'attendait pas. De vous par exemple.

— De moi ?

Pendant quelques instants, Richard n'ajouta rien. Il se contenta de siroter sa bière en observant Sara. Puis, à brûle-pourpoint, il lui demanda :

— Pourquoi ne me parlez-vous pas de cette cicatrice ?

Sara faillit en lâcher son gobelet. Machinalement, elle porta la main à sa joue. Jamais personne ne lui avait parlé ainsi. Ou les gens feignaient de ne rien remarquer, ou ils fronçaient le sourcil et détournaient les yeux. Mais aucun n'abordait le sujet.

— Allons, dites-moi, insista-t-il en souriant. Pourquoi la cachez-vous ? Vous paraissez penser qu'elle gâte votre beauté. Il n'en est rien, vous savez. Au contraire, elle lui ajoute du caractère.

Sara était abasourdie. Comment pouvait-il se montrer aussi brutal ?

— Pourquoi vous moquez-vous ? murmura-t-elle.

— Me moquer ?

Lentement, il se pencha vers elle, à la toucher, et, la voix plus basse, il ajouta :

— Jamais je ne ferais une chose pareille, Sara. Si vous ne souhaitez pas que nous en parlions, je le comprendrai. Mais, honnêtement, je crois que vous attachez trop d'importance à cette cicatrice. Moi aussi, j'ai les miennes ; à la cuisse par exemple. Un coup d'épée qui a failli me faire perdre la jambe. Et la trace que j'en ai gardée n'est pas belle à voir. Rien de comparable avec la vôtre, qui... intrigue.

Durant quelques secondes, Sara avait inconsciemment retenu sa respiration. Elle s'aperçut tout à coup qu'elle se remettait à respirer normalement. Le regard attaché aux flammes du foyer, elle se demanda si elle devait répondre à la question de Richard. Mais quelle raison aurait-elle eue de cacher plus longtemps ce petit secret à celui qui était son mari ?

— Je dois cette marque à un homme qui voulait m'épouser. J'avais demandé à mon père de refuser le mariage. Mon prétendant m'a défigurée en me disant qu'au moins personne d'autre ne m'aurait. Au fond, j'aurais peut-être dû l'épouser.

Pendant un instant, Richard resta silencieux. Sara sentait son regard sur elle. Elle devinait la pitié qu'il éprouvait et s'en agaçait. Après tout, il ne faisait que réagir comme les autres. Elle aurait dû y être habituée.

— Quel âge aviez-vous ? demanda-t-il, d'une voix étonnamment légère.

— Quatorze ans.

— Je suppose que votre père a tué cet homme, continua-t-il en mordant dans son morceau de pain au fromage.

Sara devinait que Richard, bien qu'il affectât le plus parfait détachement, était touché par ce qu'il apprenait. Elle voulut y voir une marque d'intérêt pour elle.

— Non, j'ai refusé. Une vengeance aurait dressé les deux familles l'une contre l'autre. Qu'aurions-nous eu à gagner à une guerre ?

— Et pourtant...

— Mon père était prêt à me venger, mais...

— Il aurait bien dû. A sa place, je l'aurais fait.

Richard termina son morceau de pain, qu'il arrosa d'une dernière gorgée de bière. Puis il posa son gobelet sur le sol, à côté du fauteuil, et, sans regarder Sara, demanda, l'air indifférent :

— Et comment s'appelle ce manieur de couteau ?

— Je ne vous le dirai jamais, répondit la jeune femme, qui voyait bien où il voulait en venir. C'est un secret que j'emporterai dans la tombe.

Le regard que Richard posa sur elle était plein d'une colère retenue, mais elle savait qu'elle n'était pas dirigée contre elle.

— N'en concluez pas trop vite que je suis une faible femme qui, au lieu de se défendre, ne sait que pleurer dans sa manche. Ecoutez plutôt la suite.

A l'idée de raconter une histoire que jamais personne n'avait entendue, Sara, soudain, s'anima.

— J'étais sortie furtivement, sur mon poney, par la poterne de Fernstowe, pour me promener seule. Je reconnais que ce n'était pas très intelligent. Après une courte promenade, je me suis étendue dans l'herbe, au bord de la rivière, tandis que mon poney paissait à proximité. C'est alors que cet homme s'est jeté sur moi et m'a balafrée avant que j'aie eu le temps de réagir.

— Mordieu ! gronda Richard en lui prenant la main, comme pour consoler l'enfant qu'elle était alors. Et ensuite ?

— La vue de mon propre sang m'a fait peur. J'ai cru que j'allais mourir. Et cette canaille qui remettait son couteau au fourreau en me promettant de finir vieille fille ! Alors mon sang n'a fait qu'un tour.

Sara eut un petit rire en pensant à sa réaction :

— J'avais à la ceinture un canif. Je l'ai utilisé pour essayer de l'atteindre aux yeux.

— J'espère que vous les lui avez crevés.

— Presque. J'ai pourtant bien cru que j'y étais arrivée, et lui aussi. J'ai profité de sa surprise pour me sauver et rentrer à Fernstowe.

— Oh, Sara, quel courage il vous a fallu !

Richard, plein d'admiration, prit dans ses mains le visage de Sara, et lui baisa les lèvres. Elle en fut d'autant plus surprise qu'elle n'avait pas l'impression de s'être montrée si brave. Sa réaction de défense n'avait été que pur instinct. Quand leurs bouches se séparèrent, Richard garda ses mains sur le visage de Sara, les doigts enfoncés dans les boucles de la chevelure. Il semblait ne pouvoir détacher son regard du sien. Puis, tendrement, il posa ses lèvres sur la fine ligne blanche qui lui parcourait la joue, et murmura :

— C'est la marque de votre valeur. Portez-la fièrement. Toujours. Chaque fois que je la verrai, je repenserai à ce que vous venez de me confier.

Le cœur de Sara se gonfla de joie. Non seulement Richard n'était pas rebuté par cette cicatrice, mais il y voyait un titre de gloire. Il l'avait baisée, et voilà qu'à présent il l'observait avec sympathie, comme s'il se fût agi d'une séduisante coquetterie.

— Merci, dit-elle avec un sourire.

— Et de quoi donc ?

Richard se leva et, les pouces passés dans sa ceinture, se dirigea vers la fenêtre.

— Ne l'avez-vous jamais revu ?

— Si, des années plus tard. Et il avait toujours ses deux yeux. Le courage n'implique pas qu'on vise juste.

Richard se retourna pour lui faire face. La lumière du matin, dans son dos, ne permettait pas de voir ses traits, mais son attitude le disait déterminé.

— Dites-moi son nom, Sara. Il faut que je le sache.

— Non, Richard, répondit-elle avec la même détermination. N'insistez pas.

Durant un instant, ils restèrent silencieux, comme si

chacun avait craint d'aller trop loin. Ce fut Richard qui reprit la parole, mais le ton de sa voix était devenu moins impérieux.

— Sara, un jour, je vous vengerai.

— Je le sais, et je vous en remercie. Mais c'est inutile. Cet homme ne représente plus aucun danger.

— Qu'en savez-vous ? Si c'était lui qui avait assassiné lord Simon pour lui faire payer d'avoir refusé le mariage ? Et si c'était lui qui causait tous les troubles dont nous sommes les victimes en ce moment ?

— Non, ce n'est pas possible.

— Et pourquoi ça ?

— Parce que cet homme ne peut pas être l'Ecossais.

— Ça, c'est à moi d'en juger. Donnez-moi son nom.

— Jamais. Pourquoi tenez-vous donc tant à prouver que l'homme que nous cherchons n'est pas Alain le Juste ?

— Si vous savez son nom, dites-le-moi.

Comme Sara restait silencieuse, Richard se dirigea vers la porte et lui lança, par-dessus son épaule :

— Maintenant, si vous voulez m'excuser, je dois vous laisser. Je serai de retour avant la fin de la journée.

— Revenez, nous n'en avons pas fini.

Richard s'arrêta et se retourna. Avec un sourire, il revint sur ses pas.

— Merci de me rappeler à mes devoirs.

Il franchit si vite la distance qui les séparait que Sara n'eut pas le temps de réagir. Avant qu'elle eût compris ce qui lui arrivait, il l'avait prise dans ses bras et lui cueillait la bouche d'un baiser. Une des larges mains de Richard lui caressa la nuque ; l'autre, plaquée contre ses reins, l'immobilisait. Elle commençait tout juste à apprécier le goût de ce baiser, et à y répondre, qu'il se sépara d'elle. Il lui prit les doigts pour les détacher de lui avant de les porter à ses lèvres.

— Je vous souhaite une bonne journée, ma chère femme.

Sara le regarda s'éloigner. Elle avait une tempête dans la tête. Les jambes soudain faibles, elle se rassit, ferma les yeux, jouissant du souvenir de ce baiser.

— Merci, mon Dieu, murmura-t-elle, tandis que Richard franchissait le seuil et refermait la porte sur lui.

Puis elle ajouta :

— Merci de me le ramener ce soir dans les mêmes dispositions.

9.

Jamais journée ne parut si longue à Sara. Ce n'était pas la première fois que Richard, par ses regards et ses sourires, avait fait naître en elle le désir d'une plus grande intimité. Mais cette fois, il lui avait donné un vrai baiser.

Elle ne le vit que peu durant la journée. Il la rejoignit à la table du souper, où il retrouva les enfants, mais se montra peu bavard. Le repas terminé, il emmena Christophe dans la salle d'armes pour lui donner une leçon de maniement de l'épée. Sara, en insistant, avait obtenu que Nane y assistât.

Elle était surprise de constater que Richard agissait comme si rien ne s'était passé entre eux le matin même. Il semblait ne pas avoir l'intention de prolonger ce délicieux moment d'intimité. Ou il avait complètement oublié ce moment, ou il attendait qu'elle lui fît comprendre qu'elle souhaitait aller plus loin.

A force de se poser des questions, Sara en arriva à la conclusion qu'il ne se sentait pas encore assez bien pour donner plus qu'un simple baiser. C'est ainsi qu'elle expliqua aussi son « pas maintenant » de l'autre soir.

En tout cas, elle était bien décidée à ne pas se laisser humilier. S'il distribuait des baisers comme d'autres se grattent quand ça les démange, c'était son affaire. Mais elle n'irait pas les quémander et encore moins lui proposer d'aller plus loin, en prenant le risque de se voir opposer un refus. D'ailleurs, elle avait autre chose à faire. L'éducation des enfants occupait assez sa vie pour qu'elle ne se sentît pas dépendante des humeurs d'un mari. Par chance, Christophe et Nane lui obéissaient assez volontiers. Elle n'avait que rarement à faire preuve d'autorité. Et, même s'ils se conduisaient parfois en enfants gâtés, ils étaient affectueux aussi, et désireux de plaire.

Richard observait avec intérêt la manière dont Sara les éduquait. Mais elle aussi avait son avis sur les méthodes de son mari, qu'elle trouvait trop souples. Jamais il ne leur demandait ou ne leur interdisait rien. Quoi qu'ils fissent, on avait toujours l'impression que leur père en était satisfait. Pour dire le vrai, leur éducation semblait lui importer très peu. Sans doute sa vie à la cour itinérante du roi Edouard l'avait-elle tenu trop longtemps éloigné d'eux pour qu'il s'en fût soucié.

Ce soir-là, alors que toute la maisonnée était à table, elle aborda le sujet :

— Je vous trouve particulièrement accommodant avec les enfants. Je pensais que votre rôle de père vous rendrait plus... exigeant.

— Vous voulez dire plus autoritaire, répondit-il en découpant un morceau d'agneau. Je préfère m'en remettre à vous.

Sara observa Christophe, qui s'éloignait sans avoir servi de vin les convives de la table principale.

— Il faudra que je le réprimande une nouvelle fois,

au risque de passer pour une marâtre. Il agit comme s'il nous faisait une faveur en venant servir à table.

Pour toute réponse, Richard, toujours occupé à découper son morceau de viande, se contenta d'un petit sourire. Sara reprit :

— Je sais bien qu'il n'est pas habitué à servir. Mais, comme maîtresse de cette maison, c'est à moi que revient son éducation de page. S'il continue ainsi, je le punirai en lui interdisant de s'exercer avec vous à l'épée.

Sara n'ignorait pas que Richard aimait ces moments autant que son fils. Au fond d'elle-même, elle devait bien avouer qu'elle le punissait lui aussi, pour son indifférence à l'égard de son fils et à l'égard de sa femme.

Richard avança la main, qu'il posa sur la sienne.

— Pourquoi ne pas l'envoyer se coucher plus tôt ? Et Nane aussi, qui se montre insupportable avec Berthe ? proposa-t-il en jetant un regard à une table placée, en retour d'angle, au pied de l'estrade où se trouvait la leur.

Nane et sa gouvernante y étaient assises. La petite fille, l'air buté, refusait manifestement d'obéir. Et Berthe semblait ne plus savoir à quel saint se vouer.

— Elle ne veut pas manger ses haricots, dit Sara, qui se rappelait ses propres caprices d'enfant.

— C'est effectivement inadmissible, commenta Richard avec ironie. Mais moi aussi je déteste les haricots. Je n'ai pas mangé les miens.

Sara regarda la tranche de pain qui servait d'assiette, fronça les sourcils, et, sur le même ton badin, le réprimanda.

— Mon garçon, c'est ce qui s'appelle du gaspillage.

— Est-ce que vous allez me mettre au lit plus tôt ? demanda-t-il avec un sourire engageant.

L'allusion de Richard était si claire et lui ressemblait si peu que Sara resta sans voix, se demandant si elle avait bien entendu. C'était là la question qu'elle attendait depuis si longtemps.

Elle voulut continuer sur le même ton et lança, en se retenant de rire :

— Bien sûr, surtout si vous continuez d'y manifester votre goût des saillies.

Le jeu de mots choqua Richard, dont le teint se colora légèrement. Il lâcha sa main. Après s'être éclairci la voix, il demanda :

— Ma chambre, alors ? ou la vôtre ?

— La vôtre, répondit Sara sans hésiter. Dans une heure.

Il parut surpris de lui voir demander un délai.

— La prière, lui expliqua-t-elle. La prière des enfants. Ils y tiennent. Et ils me demandent ensuite de leur raconter une histoire. Voulez-vous vous joindre à nous ?

— Non, dit-il laconiquement, en feignant de s'intéresser à sa nourriture. Alors, venez quand vous serez prête.

— Quand je serai prête ?

Sara prit le bras de Richard et, se penchant vers lui, elle lui murmura :

— Mais je le suis depuis toujours. Si ces devoirs de mère ne me retenaient pas, c'est moi qui vous entraînerais à l'instant dans l'escalier.

Elle rit en voyant les yeux de Richard s'arrondir, puis se leva pour emmener les enfants au lit.

Retiré dans sa chambre, Richard pensait à la repartie de Sara. Il ne s'attendait certes pas à un refus de sa part, mais à un peu de retenue au moins, ne fût-ce que pour la forme. N'avait-elle donc pas appris de sa mère qu'une femme avait tout à perdre en prenant l'initiative dans ce genre de situation ? Ne savait-elle pas que c'est à l'homme de demander, et à la femme d'accorder ?

Richard se servit une autre coupe de vin. L'attitude de Sara le troublait parce qu'il ne la comprenait pas. Il se demandait, à présent, comment il lui faudrait se comporter dans quelques instants, quand elle viendrait le rejoindre. Devait-il l'attendre au lit, déjà déshabillé ? Valait-il mieux qu'il l'attendît au coin de la cheminée pour lui offrir une coupe de vin qui apaiserait ses appréhensions ? Et si c'était lui qui avait des appréhensions, comme un puceau qui ne sait pas à quoi s'attendre. C'est à lui qu'il aurait fallu apprendre ce qu'il fallait faire avec une femme comme elle. Il lui paraissait de plus en plus évident qu'il ne pouvait envisager d'agir comme avec Eveline. Non, Sara devait être plutôt du genre d'Annie Causey, qui était bien la femme la plus délurée qu'il eût connue. Et pourtant, en y réfléchissant, il s'apercevait qu'Annie, bien qu'elle ne fût plus vierge, s'était montrée un peu hésitante la première fois qu'ils avaient passé la nuit ensemble. Peut-être n'avait-elle agi ainsi que par bienséance, mais elle avait au moins fait l'effort de rester dans son rôle. Avec Sara, rien de tel. C'était un cas unique, comme il n'en avait jamais rencontré dans sa vie. Et Dieu sait qu'après son malheureux mariage avec Eveline, il avait connu de nombreuses femmes.

Mais l'heure avançait. Sara n'allait pas tarder à

venir. Il fallait prendre un parti. Que penserait-elle si elle le trouvait faisant nerveusement les cent pas, tel un jouvenceau à son premier rendez-vous ? Un comble !

— Richard ? C'est moi, dit Sara, arrêtée sur le seuil.

Un nouvelle fois, Richard ne put s'empêcher de se dire qu'il aimait le timbre de cette voix.

— Je vois, répondit-il sobrement. Entrez.

Il feignit le détachement. Avec calme, il se servit de vin et en proposa à Sara.

— Bien volontiers, répondit-elle en riant. Ça me calmera. Comme chaque fois que je viens ici, je me sens un peu nerveuse.

L'aveu toucha Richard. Si Sara était parfois un peu trop directe, elle avait au moins le mérite de ne pas être dissimulée.

— Vous êtes franche.

— Toujours.

Elle prit la coupe que lui tendait Richard. Son regard y plongea et s'y attarda, comme s'il y avait un secret à découvrir au fond. Puis elle leva les yeux, hésitante.

— Richard, pensez-vous que nous avons raison ? Soudain, je me sens coupable de vous avoir un peu forcé la main.

C'était exactement cela. Elle lui avait forcé la main. Et il n'avait pas beaucoup apprécié. Mais pouvait-il lui en faire le reproche explicitement ?

— Nous sommes mariés, après tout, répondit-il avec un haussement d'épaules. C'est dans l'ordre des choses.

— Mais peut-être ne le voulez-vous pas. Si nous ne... enfin, si nous n'allons pas plus loin, le roi pourra accepter... une fois que la frontière sera pacifiée...

— Une annulation ? Oui, il me l'a déjà proposée, la dernière fois qu'il est venu.

La confidence fit un effet brutal à Sara. Elle resta figée, la bouche ouverte.

— Où donc est passé votre sens de la repartie ? fit Richard avec un sourire. Oui, Edouard m'a proposé l'annulation du mariage, mais j'ai refusé, continua-t-il en lui retirant la coupe des mains, de peur qu'elle ne la laissât tomber.

— Pourquoi ? demanda-t-elle dans un souffle.

Richard s'approcha. Il prit dans ses mains le visage de Sara. Son pouce caressa la cicatrice qu'elle détestait tant. Depuis qu'elle lui en avait raconté l'histoire, il y voyait une séduction supplémentaire.

— Je vous veux.

— Mais pourquoi ?

Seules les lèvres de Sara avaient bougé, mais aucun son n'était sorti de sa gorge.

— Je pense que vous le savez, dit-il en la prenant dans ses bras pour la rapprocher encore de lui.

Le parfum, léger et doux, qui émanait d'elle lui enivra les sens. Il sentait contre lui les courbes douces et chaudes de son corps.

— Parce que vous êtes belle. Parce que je... te désire. C'est tout.

Sara avait un air incrédule qui n'échappa pas à Richard. Plutôt que d'essayer de la convaincre avec des mots, il préféra user d'autres armes. Il inclina la tête pour lui prendre les lèvres.

Il y avait fort à parier qu'aucun homme ne l'avait embrassée auparavant, ou, du moins, aucun n'y avait mis autant de conviction. Il le déduisait de la réponse innocente qu'elle lui avait faite le matin même, et de la façon dont elle se comportait en ce moment. Cette idée le rendit plus hardi.

Soudain, il la sentit s'animer entre ses bras. Les réticences qu'elle avait marquées s'évanouissaient. Elle n'était plus que désir et énergie. Alors le plaisir le plus pur s'empara de Richard et lui fit bouillir le sang.

Il saisit la robe de Sara par son ourlet et, abandonnant un instant les lèvres qu'il baisait, la lui fit passer par-dessus la tête. Puis il lui reprit la bouche, avec une passion qu'il n'avait jamais mise dans aucun baiser.

Les doigts de Sara glissèrent jusqu'à la taille de Richard. Ils trouvèrent la boucle de la ceinture, qui tomba au sol. Puis, remontant le long du ventre, ils atteignirent la poitrine et tentèrent de dégrafer la tunique. Richard s'empressa de retirer son vêtement et le jeta au loin.

— Tout, murmura Sara contre sa bouche. Je veux te voir.

Sans détacher ses lèvres, Richard, alors, acheva de se déshabiller. L'aide qu'elle lui apportait ne faisait qu'attiser son désir. Quand tous ses vêtements furent au sol, il serra de nouveau son corps contre celui de la jeune femme, dont il n'était séparé que par le tissu léger de la chemise qu'elle portait encore. Sur sa peau couraient les doigts de Sara, qui semblaient lui promettre d'autres plaisirs.

— Mettons-nous au lit, proposa-t-il.

Avant qu'elle ait pu répondre, il l'avait prise dans ses bras et soulevée de terre. Elle s'accrocha au cou de Richard en disant, dans un éclat de rire :

— Je suis trop lourde. Tu vas nous faire tomber.

— Aussi légère que le duvet du chardon, se contenta-t-il de répondre en la déposant sur le lit.

Puis, sans ajouter un mot, il se mit à dévorer de baisers toutes les parties nues du corps de Sara qu'il pouvait atteindre : la nuque, les épaules, la gorge. Ses mains fiévreuses caressaient les formes de ce beau corps qu'il sentait se cambrer sous la fine chemise de lin. Elle mêlait ses gémissements aux siens et se pressait contre lui en faisant onduler ses hanches, pour l'inviter à aller plus loin. Richard aurait voulu calmer leur fièvre, mais il ne le pouvait pas. Il lui restait assez de lucidité pour se rappeler qu'il devait agir avec plus de douceur, donner des caresses moins appuyées, dire des mots tendres. Mais son corps, trop longtemps sevré, parlait plus fort.

— Non, parvint-il cependant à dire en se détachant d'elle.

— Si, souffla-t-elle en s'accrochant aux hanches de Richard pour les maintenir contre son corps. S'il te plaît.

Alors Richard capitula et, avec un grognement de plaisir, lui retira sa chemise.

Elle poussa un bref cri de bienvenue quand il entra en elle.

— Attends, souffla-t-il.

Mais Sara n'était qu'impatience. Alors Richard entra plus profondément et avec plus de force. Il sentait les muscles de Sara travailler à obtenir ce qu'il aurait désiré lui donner plus progressivement.

Soudain, leurs lèvres se séparèrent. Sara cria le nom de Richard, tandis que son corps se mettait à vibrer. Et il la rejoignit dans son extase.

Ils restèrent un moment immobiles, cherchant leur souffle. Richard avait enfoui son visage au creux de l'épaule de Sara, dans ses cheveux défaits. Il en respirait avec volupté le parfum. Il avait envie de rire de joie, mais il était sans force.

Sara poussa un soupir de satisfaction, qui le combla d'aise. Il savait qu'il lui fallait se détacher d'elle pour ne pas lui imposer plus longtemps le poids de son corps. Mais il ne parvenait pas à en trouver le courage. Son esprit engourdi se remettait à fonctionner. Il repensait à son mariage, qu'il avait failli annuler, sans se douter qu'il se serait privé du moment de pur bonheur qu'il venait de vivre.

Du bout des doigts, il écarta les cheveux qui couvraient le visage de Sara. Elle avait un sourire de contentement qui était comme une invitation à recommencer. Jamais une femme n'avait comblé ses sens à ce point. Mais comment le lui dire ? Et d'ailleurs, que dire en pareilles circonstances à une épouse ? A une fille publique on donne plus d'argent pour la remercier, à une maîtresse on fait un cadeau, mais à sa propre femme ?

Ses pensées lui avaient sans doute donné l'air soucieux, parce qu'il entendit brusquement la voix de Sara qui lui demandait :

— Déjà des regrets ?

— En un certain sens, oui, répondit-il dans un rire. Des regrets d'avoir perdu tant de temps.

— Il ne faut pas. Tu es à moi maintenant, et je ne te laisserai pas le temps d'avoir ce genre de pensées.

Et, joignant le geste à la parole, elle commença de se mouvoir lentement sous lui. La virilité de Richard s'émut de nouveau. Il entra une nouvelle fois en elle. Les yeux fermés, il était bien décidé à mieux savourer ces instants.

— Lentement, cette fois-ci, dit-il en se mettant à bouger.

***

Le jour se levait. Richard pouvait apercevoir les traits de Sara endormie. Il avait envie d'elle de nouveau. Durant la nuit, il l'avait réveillée pour obtenir d'autres instants de volupté. Mais à présent, il voulait la laisser dormir. Couché sur le dos, les doigts croisés sous la tête, il décida d'attendre qu'elle sortît seule du sommeil. Il ne lui demanderait qu'un baiser, un baiser de bienvenue, pour l'accueillir au seuil de cette nouvelle journée.

C'est alors qu'il sentit sur sa cuisse une main qui partait en exploration. Il l'arrêta avant qu'elle eût atteint son but.

— Sara !

— Richard ! répondit-elle sur le même ton, avant d'éclater de rire.

— N'avez-vous pas honte ? lui demanda-t-il, déconcerté.

— Honte ? Envolée... comme votre liberté ! répondit-elle avec un sourire malicieux. Mais à quoi faites-vous allusion ?

Richard resta coi. De l'avis de Sara, il manquait parfois singulièrement d'humour. Elle se promit de remédier à cela le plus vite possible. Elle libéra sa main, qui reprit son exploration. Richard, sans un mot, la lui saisit une nouvelle fois, et l'éloigna lentement. Mais ce contact avait éveillé de nouveau son désir. Il s'efforça de penser à autre chose. Il ne pouvait se permettre de se laisser aller à tous les débordements des sens avec une femme qui, la veille encore, était vierge. Il devait lui laisser du temps pour se remettre de ses émotions.

— Vous me tentez, Sara, mais il me semble que nous avons déjà bien mis la nuit à profit pour ce genre de choses.

De nouveau, elle rit et se serra contre lui en murmurant :

— Ce n'est peut-être pas son avis.

— L'avis de qui ?

— De lui, là, messire l'Impatient. J'ai l'impression qu'il accepterait bien d'autres attentions. Ne pensez-vous pas, insista-t-elle en pressant son corps contre celui de Richard, que nous devrions lui faire plaisir ? Il a été si gentil cette nuit.

Richard retenait son souffle. Avant qu'il ait compris ce qu'elle faisait, Sara s'était redressée et assise sur ses cuisses. Alors, c'en fut fini des hésitations de Richard. Son corps refusait désormais d'obéir à son esprit. Il saisit Sara par les hanches et l'assit sur son sexe. Quand elle se mit à bouger, il gémit de satisfaction.

Dehors, la lumière se faisait plus vive. Elle passait à travers le volet et commençait à révéler le corps de Sara. Richard, émerveillé, en caressait les formes de ses deux mains.

Lorsqu'elle se penchait sur lui, il baisait ces seins qu'il aurait voulu dévorer. Puis elle se redressait, le chevauchant avec plus d'ardeur, ou ralentissant l'allure, quand elle le sentait trop près de jouir. Elle dirigeait les opérations avec une maîtrise qui, au goût de Richard, renversait par trop les rôles. Il en fut un peu dégrisé.

Puis, jugeant que le moment était venu pour elle comme pour lui, Sara accéléra le rythme. Il la sentit se raidir au-dessus de lui, sur lui, et, vaincu, s'abandonna en gémissant le nom de Sara.

La jeune femme relâcha son effort, et, avec un sourire, s'étendit sur son compagnon. Il l'entoura de ses bras, la serrant contre lui. Elle pouvait sentir, contre sa poitrine, les battements rapides du cœur de l'homme qu'elle aimait.

— Bien, dit-elle, les lèvres contre le cou de Richard, il faudrait que je me lève.

A contrecœur, elle se sépara de lui, glissa sur le côté, puis se blottit de nouveau contre son corps, comme s'il lui était impossible de s'en éloigner.

Richard poussa un soupir de contentement. Il n'avait, lui non plus, aucune envie de se lever. Mais il était tout aussi incapable de parler à Sara. Il ne savait quoi lui dire. Tout ce qui lui venait à l'esprit lui semblait inadapté à la situation. Et même franchement ridicule parfois.

S'il était satisfait de ce qu'ils avaient vécu ensemble durant cette nuit, d'où venait qu'il ne pouvait en parler librement avec elle ? Pourquoi se sentait-il si embarrassé ? Ne s'était-elle pas conduite mieux qu'il n'aurait pu le souhaiter, mieux qu'il n'aurait pu seulement l'imaginer ? Au lieu d'une épouse résignée subissant les obligations du devoir conjugal, il avait trouvé une maîtresse particulièrement douée. Et pourtant, il se sentait avec elle aussi désemparé qu'avec la froide et triste Eveline.

Si les raisons n'étaient pas les mêmes, l'impression était aussi désagréable.

Sara quitta le lit et commença de rassembler ses affaires. Elle ne semblait pas autrement émue d'aller et de venir nue sous le regard de Richard, qui ne perdait aucun de ses gestes.

S'il avait aimé le corps de sa femme dans l'obscurité, paraissait-elle se dire, il fallait qu'il s'habituât maintenant à le voir en pleine lumière.

— Vous êtes encore plus vigoureux que je ne l'imaginais, avoua-t-elle.

— Sara, ce ne sont pas des choses qui se disent.

— Et pourquoi donc ? Si c'est vrai, pourquoi ne pas le dire ? Je suis impressionnée par vos... capacités. Je suis sûre que vous vous êtes fait une réputation exceptionnelle parmi les femmes que vous avez connues.

Richard, à bout d'arguments, poussa un gros soupir. Il se gratta la tête, comme pour marquer son désarroi. Du coin de l'œil, il observait Sara, qui achevait de s'habiller.

— Grand Dieu, vous ne devriez rien savoir de ces choses, et encore moins en parler !

— On voit bien, répondit-elle en riant, que vous ne savez pas comment les femmes parlent de leur mari. Et, comme j'ai l'ouïe très fine...

L'attitude de Sara commençait à indisposer Richard. Il s'assit, le sourcil froncé.

— J'aimerais que vous...

— Oh, ne vous inquiétez pas, je ne dirai rien, l'interrompit-elle avec un sourire. D'ailleurs, je n'aurai pas à parler. Quand on me verra si heureuse, le regard brillant et la...

— Ça suffit ! ordonna-t-il brutalement en sortant du lit pour saisir sa tunique, qu'il enfila rapidement.

Mais le vêtement était trop court pour couvrir ses jambes.

— Vous avez de belles cuisses, observa Sara avec un soupir. Entre autres choses.

— Par le sang de Dieu ! s'écria Richard. Voulez-vous me laisser tranquille !

— Oui, mais jusqu'à ce soir seulement, murmura-t-elle, avant de sortir de la chambre.

Que cet homme était beau ! Elle ne parvenait pas à lui trouver un défaut physique. Et n'en avait d'ailleurs aucune envie. Certes, il protestait, quand elle lui faisait des compliments trop appuyés, mais elle était bien persuadée qu'il n'en était pas mécontent au fond.

La matinée passa trop lentement au gré de Sara. Elle aurait déjà voulu être au soir. Elle avait espéré un temps que Richard s'adoucirait dans la journée, et qu'il solliciterait peut-être même ses faveurs, mais elle en avait été pour ses frais. Loin de se rapprocher d'elle, il n'avait cessé de la regarder comme s'il avait craint, à tout moment, de s'entendre faire des propositions indécentes. Sara aurait trouvé la situation amusante si elle n'avait pas, précisément, eu grande envie de lui faire ces propositions.

Elle l'observait, si beau malgré la trace des coups que lui avaient donnés les Ecossais. Dieu merci, ses bourreaux ne lui avaient pas brisé le nez, dont la rectitude parfaite faisait son admiration. Elle savait que Richard continuait en revanche de souffrir de ses côtes. Les activités de la nuit dernière n'avaient pas dû arranger les choses, mais il s'était comporté vaillamment, avec plus d'esprit d'entreprise qu'on n'en eût attendu d'un convalescent.

— Je ne comprends pas pourquoi je dois ajouter quatre pierres à ces deux-là, dit la petite Nane, dont la remarque tira Sara de ses pensées. Je n'ai pas besoin de ça pour voir que ça fait six.

L'enfant fit un petit tas des pierres qu'elle tenait dans sa main. Agacée d'être constamment dérangée par ses questions, Sara réussit cependant à garder son calme.

— Je sais, ma chérie. Mais c'est un exercice utile. Imagine qu'un jour tu aies quarante moutons et que tu veuilles en acquérir vingt autres. Il faudra que tu saches les additionner pour savoir que tu en aurais alors soixante.

— Si j'avais des moutons, je saurais aussi les compter, répondit-elle insolemment en faisant la moue. Mais je n'en ai pas. C'est un jeu idiot.

Et, d'un brusque mouvement de la main, Nane fit tomber les pierres par terre.

Sara regarda Richard, attendant qu'il intervînt. Mais il se contentait d'observer la scène, assis sur un escabeau, le dos appuyé au mur, les bras croisés sur la poitrine. A côté de lui, Christophe l'imitait en tout.

— Ramasse-les, demanda Sara à Nane.

La petite fille regarda son père et son frère et comprit qu'ils n'interviendraient pas. Elle refusa d'obéir.

— Comme tu voudras, lui répondit Sara en se penchant pour ramasser les pierres. Mais tu ne joueras pas à l'épée aujourd'hui.

— Papa ?

L'enfant, en pleurant, descendit de son banc pour se précipiter vers son père.

— Elle ne m'aime pas. Je veux qu'elle s'en aille.

Richard mit un genou en terre pour la recevoir dans ses bras. Il la souleva du sol et, après avoir essuyé ses larmes du bout des doigts, se dirigea vers la table pour lui faire reprendre sa place sur le banc.

— Fais tes additions, Nane, et tu pourras jouer avec nous.

Sara se mordit la lèvre. Elle aurait bien volontiers envoyé un tabouret à la figure de Richard. Il ne fallait pas qu'elle laissât passer ce désaveu. La leçon continua, sans plus d'incidents. Mais Sara avait été blessée par le regard supérieur que Nane lui avait lancé au-dessus de la table.

Quand elle demanda aux enfants de se préparer à dîner, Richard les suivit.

— Un moment, messire, fit Sara. J'ai à vous parler.

— Ah oui ? dit Richard en tournant vers elle un menton un peu arrogant. Auriez-vous l'intention de m'empêcher aussi de jouer ?

— J'aimerais beaucoup, soyez-en sûr, rétorqua-t-elle. Ne recommencez jamais plus à me désavouer devant les enfants, entendez-vous ? Comment voulez-vous que Nane devienne obéissante si vous...

— Obéissante ? gronda-t-il. Vous avez donc l'intention de la faire marcher à la baguette ?

Les poings de Sara la démangeaient tellement qu'elle les plaça sur ses hanches pour se retenir d'en frapper Richard.

— Il faudra bien qu'elle s'habitue à obéir, mon cher ami, ou vous aurez un jour sur les bras une jeune femme insupportable.

Richard, se penchant vers Sara, imita son ton pour lui répondre :

— J'y suis habitué, j'en ai déjà une ! Comment pouvez-vous corriger Nane alors que vous êtes deux fois plus entêtée qu'elle ! Et, d'ailleurs, que savez-vous de l'éducation des enfants ?

— Et vous ? Rien, apparemment !

Sara s'assit lourdement, appuyant son dos au bord de la table. Elle entendit Richard pousser un soupir profond. Il la rejoignit sur le banc. Ses jambes touchaient les siennes.

— Vous avez raison, admit-il. Il faut que je m'en remette à vous pour son éducation. Dorénavant, je ne serai pas présent quand vous enseignerez les enfants.

— Non, Richard. Ce n'est pas ce que je vous demande. Ils travaillent dur pour vous donner satisfaction. Il faut que vous soyez là pour leur montrer que vous appréciez leurs efforts. C'est d'ailleurs tout ce que vous leur donnez.

Sara tourna la tête vers son mari. Elle posa la main sur son bras et ajouta :

— Donnez-leur plus.

— Plus ? Que pourraient-ils avoir de plus ?

— Des baisers, répondit Sara avec vivacité. Oui, des baisers, des caresses, des étreintes. Partagez avec eux des éclats de rire. Conduisez-vous comme un ami, et pas comme un maître.

Richard parut soudainement triste. Il répondit :

— Mais je ne suis pas leur ami, Sara. Je suis leur père. Je dois me montrer sévère.

— Comme vous venez de le faire avec Nane ?

— Touché, convint-il en soupirant. Dites-moi ce que je dois faire.

— Parlez à Nane. Expliquez-lui pourquoi elle doit s'appliquer à son travail. Et avertissez-la que si elle refuse, elle sera privée de jeux pendant deux jours.

— N'est-ce pas un peu trop dur ?

La main de Sara caressa doucement le bras de Richard.

— Un enfant a besoin de sentir des limites.

— Une femme aussi. Je me demande si c'est votre cas.

Ce n'était pas une allusion aux qualités d'éducatrice de Sara, mais à leurs ébats de la nuit et du petit matin.

Richard ne parvenait pas à admettre le rôle dominant qu'elle avait joué durant ces heures de plaisir. Mais Sara comprenait qu'il fallait qu'elle ne capitulât pas non plus sur ce point. Si elle devenait au lit la femme soumise que les conventions voulaient qu'elle fût, Richard ne tarderait pas à s'ennuyer ferme et à regretter de l'avoir épousée. Jamais elle ne céderait.

Par jeu, cependant, elle feignit la soumission.

— Si je passe les limites, messire mon mari, il faut me le dire, assura-t-elle en prenant appui sur le bras de Richard pour se lever.

Puis elle s'éloigna et, avant de quitter la pièce, se retourna pour lui lancer :

— Et me punir.

— Vous punir ?

— Oui, en m'envoyant au lit plus tôt.

10.

Richard, perplexe, resta dans le chauffoir encore quelques instants. Il trouvait que Sara avait une façon trop désinvolte de parler de leur vie conjugale. Comment un sujet aussi sérieux pouvait-il la divertir à ce point ? Mais le moyen de réagir ? Plaisanter avec elle ? la punir ? l'ignorer ? L'ignorer, c'était impossible. Plaisanter, il craignait de ne pas savoir. Restait donc à punir, mais comment ? Sara lui aurait certainement soufflé qu'il suffisait de l'envoyer au lit plus tôt. Il se surprit à sourire et fit un effort pour se reprendre.

Ce soir-là, cependant, Richard se sentait moins préoccupé par le comportement de Sara que par l'éducation de ses enfants. Les devoirs paternels l'embarrassaient. Son propre père avait à ce point manqué d'autorité qu'il s'était juré de ne pas lui ressembler. Quant à sa mère, elle l'avait élevé d'une main de fer, et il en gardait de mauvais souvenirs. Certes, il l'avait aimée, mais il refusait d'imiter ses méthodes avec Christophe et Nane. A bout de ressources, il en était arrivé à penser qu'il devait élever ses enfants comme des écuyers, bien que son expérience fût, là aussi, des plus réduites. Il ne s'était vraiment chargé jusqu'alors que de la formation d'un seul, Jean de Brabant, un garçon de treize ans déjà habitué à recevoir des ordres.

Le mieux était donc de s'en remettre à Sara. A défaut d'avoir plus d'expérience que lui sur le sujet, elle avait reçu une excellente éducation, d'un père qu'elle aimait. Richard aurait voulu que ses enfants lui fussent attachés comme elle l'avait été à sire Simon.

Et pourtant, il avait du mal à lui faire entièrement confiance. Le dévouement qu'elle manifestait à Christophe et à Nane était-il si désintéressé ? Ne l'utilisait-elle pas pour gagner les bonnes grâces de leur père ? Peut-être même le plaisir qu'elle semblait prendre à leurs étreintes n'avait-il pas d'autre but. Mais, pour l'instant, il devait bien se contenter de ce qu'elle lui offrait. La mission que lui avait confiée le roi ne lui permettait pas de se laisser accaparer par les petits soucis familiaux.

Pendant le souper, dans la grand-salle, Sara trouva son mari plus préoccupé que d'habitude. Elle aurait voulu qu'il lui confiât la raison de ses soucis, mais il préférait s'en tenir à des propos insignifiants. Ce n'est qu'à la fin du repas qu'il consentit à lui parler, en allant droit au vif du sujet.

— Il est temps d'en finir avec les attaques des Ecossais ?

— Qu'avez-vous décidé ?

Richard jeta un regard circulaire, pour voir s'il pouvait parler sans témoins. Il y avait là trop de convives qui s'attardaient à table pour profiter encore un peu de la chaleur de la salle avant d'aller se coucher.

— J'ai des choses à vous dire en privé, confia-t-il en posant sa main sur le bras de Sara. Allons dans le chauffoir.

Elle se demanda s'il avait vraiment l'intention de l'entretenir de choses sérieuses ou s'il chercherait à oublier dans un nouveau baiser les difficultés de la frontière.

Le chauffoir était devenu la pièce préférée de Sara. Elle s'y assit dans son fauteuil habituel et, les bras posés sur les accoudoirs, le corps penché en avant, elle lui demanda :

— Que se passe-t-il ?

Il avait pris place en face d'elle, le buste appuyé au dossier de son siège, les jambes étendues.

— Dites-moi ce que vous savez de la mort de sire Simon, répondit-il.

Après avoir pris une profonde inspiration, Sara raconta d'abord comment elle avait vu revenir son père, couché en travers d'une selle.

— Il était allé à Kielder, continua-t-elle, pour rencontrer d'autres lords de la région qui voulaient savoir s'il convenait d'avertir le roi de ce qui se passait ici. Lui et ses hommes ont été attaqués alors qu'ils se rendaient à cette réunion.

— Avait-il reçu un message ?

— Oui, celui des lords.

— Et vous pensez que l'auteur en pourrait être Alain le Juste, et non pas les lords.

— Qui d'autre ?

— Effectivement, qui d'autre ?

Richard se leva de son siège et commença d'aller et de venir dans la pièce.

— Savez-vous, reprit-il, si une réunion des lords a effectivement eu lieu à Kielder ?

Trop absorbée par son deuil, Sara n'avait pas pensé à se renseigner. Elle reconnut son ignorance et précisa :

— J'ai toujours pensé que c'était un piège.

— Non. Cette réunion a effectivement eu lieu le jour où votre père a été assassiné. La question est de savoir comment les Ecossais en ont eu connaissance. Et comment ils savaient devoir trouver votre père sur la route où ils l'ont attaqué.

— Le hasard ? proposa-t-elle sans y croire.

Richard s'arrêta devant Sara et plongea dans le sien son regard vert.

— J'ai interrogé les serviteurs qui ont ramené le corps de sire Simon chez lui. Ils m'ont dit qu'à aucun moment ils n'ont vu le visage de son meurtrier. Pourquoi un homme qui ne faisait pas mystère de son nom refusait-il de se montrer à visage découvert ? Il s'est conduit de la même façon avec moi. Craignait-il d'être reconnu par l'un de nous ?

— Les serviteurs de mon père n'avaient jamais vu l'Ecossais avant ce jour. Ils me l'ont dit.

— Si j'en juge pas la description qu'ils m'ont faite de ses couleurs, de son cheval et de ses compagnons, c'est l'homme que j'ai rencontré.

— C'est aussi la description que nous avons de celui qui a attaqué six villages près de la frontière.

— Et qui a exigé des seigneurs de ces lieux de fortes sommes d'argent pour accepter de renoncer à d'autres attaques.

Sara, qui n'avait jamais entendu parler de ces extorsions, s'étonna :

— D'où tenez-vous cela ?

— J'ai envoyé sire Matthieu se renseigner chez ces lords. Il est rentré dans l'après-midi. C'est ainsi que je suis au courant pour la réunion de Kielder.

Richard se rassit et tendit la main afin de prendre celle de Sara. Il continua :

— Ces bandits n'ont pas attendu que j'arrive pour extorquer de l'argent à vos voisins. Ce n'est pas seulement à cause de la mort de votre père que je suis venu ici, mais aussi parce que certains lords se sont plaints au roi.

— Vous paraissez en savoir plus long que moi sur la question, remarqua Sara, qui se reprochait de ne pas avoir mené son enquête plus avant. Je me demande pourquoi vous m'interrogez.

Pendant un instant, Richard resta silencieux, comme s'il cherchait ses mots.

— Sara, pourquoi l'homme qui m'a enlevé cherchait-il à me dresser contre vous en prétendant que vous n'aviez payé que la moitié de la rançon ? Sans le témoignage de sire Edmond, j'aurais pu croire que vous ne jouiiez pas franc-jeu avec moi.

— Mais vous me croyez, au moins ! demanda-t-elle, soudain inquiète qu'il pût douter d'elle.

Il était vrai que si Richard la tuait pour trahison, personne ne le lui reprocherait.

— Bien sûr que je vous crois. D'ailleurs, si je doutais de vous, qu'aurions-nous à y gagner ? Nous ferions le jeu de celui qui cherche à me dresser contre vous.

— Mais qui est cet homme ?

— En tout cas, pas l'Ecossais, assura Richard.

Il se mit à parler plus bas, comme s'il avait voulu que Sara prêtât une plus grande attention à ses propos.

— Vous êtes-vous demandé quel intérêt pouvait avoir l'Ecossais à rançonner les nobles et à assassiner l'un d'eux. C'était courir le risque de voir intervenir le roi d'Angleterre. Détrousser quelques villageois, soit, mais s'en prendre à la noblesse, cela n'a pas de sens. Pour moi, ce n'est pas lui le coupable.

— Vous essayez de défendre une nouvelle fois cet Alain le Juste. Mais qui est-il pour vous ? Le connaissez-vous donc ?

Richard baissa les yeux, songeur. Puis il leva sur Sara un regard infiniment triste.

— Alain est mon frère, Sara. Un frère que j'ai vu pour la dernière fois quand j'avais trois ans.

Un silence se fit. Sara eut le bon goût de ne pas accabler Richard de questions. Elle se contenta de dire doucement :

— J'espère au moins que vous ne tenez pas à le revoir.

— Non, répondit-il, d'une voix presque inaudible. Assurément, je n'ai aucune envie de le revoir.

Sara se pencha vers lui et baisa son front soucieux. Ce fut le seul geste qui lui vint à l'esprit.

En entrant dans le chauffoir, Richard n'avait pas l'intention de parler d'Alain, mais, à présent qu'il s'était confié, il se sentait soulagé d'un grand poids. Il ne pouvait en rester là.

— Quelqu'un, continua-t-il, tente apparemment de faire de mon frère un coupable.

Si Sara ne disait rien, le regard de sympathie qu'elle posait sur Richard parlait pour elle. A ses yeux, la culpabilité d'Alain continuait de ne faire aucun doute, mais elle était reconnaissante à Richard de se confier.

— Sa mère était une Ecossaise, reprit-il, comme s'il avait été pressé d'en finir avec les secrets désagréables. C'était aussi la mienne.

Les sourcils levés, Sara le regardait, silencieuse, attendant la suite.

— Et qui plus est une roturière, ajouta Richard, pour faire bonne mesure.

— Ça explique bien des choses.

— Qu'est-ce que ça explique ?

— Ça explique pourquoi Christophe est si attaché à Nane. Dans bien des familles, ça n'aurait pas été possible. Je suppose que c'est votre mère qui a encouragé ce rapprochement.

— Ma mère n'a rien à voir là-dedans. Elle n'accordait aucune attention à Nane et méprisait Annie, la mère de ma fille.

— Et pourquoi ? demanda Sara, sincèrement intéressée.

— Annie Causey a été ma maîtresse pendant un temps. Mais ma mère la jugeait indigne de cet honneur, pourtant douteux.

— Vous l'aimiez ?

— Oui, je l'aimais.

Et, de fait, Richard avait sincèrement aimé cette femme, bien qu'ils n'eussent jamais envisagé de se marier, ni au début de leur liaison, ni plus tard, quand Annie attendait Nane.

— Cet amour parle en votre faveur.

De la grand-salle leur parvinrent les éclats de rire des enfants. Sara regarda vers la porte, avant de poursuivre :

— Tout comme l'attitude de Christophe à l'égard de sa sœur, en dépit de l'indifférence de sa grand-mère, parle en faveur de votre fils. C'est la preuve de son bon cœur, et la marque d'un vrai courage. Il vous ressemble, Richard. Vous pouvez être fier de lui.

— Pas seulement de lui.

— Et de Nane, bien sûr. C'est une Strode jusqu'à la moelle des os.

Sara se leva et regarda Richard en souriant.

— Si nous en avons fini, je vous laisse. Il se fait tard et les enfants doivent se mettre au lit.

Mais Richard la retint par la main.

— Nous n'en avons pas fini, Sara. Vous me parlez des enfants alors qu'il reste encore beaucoup à dire de notre affaire.

— Reprenons cette conversation plus tard, quand je me serai occupée de nos deux moineaux. Je n'en aurai pas pour longtemps. Attendez-moi ici, et nous pourrons reprendre notre conversation sur les Ecossais.

A contrecœur, Richard lui lâcha la main. Il n'avait plus de questions à lui poser sur les Ecossais, mais voulait lui exposer le plan qu'il avait formé. Il était vrai que cela pouvait attendre le lendemain matin.

— Remettons ça à plus tard, lui proposa-t-il. Je monte dans ma chambre.

Pour l'instant, il avait plus grande envie de la prendre dans ses bras et de faire l'amour. Peut-être était-elle dans les mêmes dispositions. Si c'était le cas, il savait qu'elle ne se priverait pas de le lui faire comprendre, et de la manière la plus explicite. Cette seule idée l'excitait et l'embarrassait tout à la fois. Car, immanquablement, les mêmes pensées lui revenaient à l'esprit. Sara était-elle sincère quand elle lui avouait son désir ? Et si elle l'était, il n'en restait pas moins qu'elle manifestait un peu ostensiblement des appétits qu'une femme de qualité n'était pas censée éprouver ou, tout au moins, montrer. Jusqu'à quel point avait-il le droit de profiter de l'impudeur, sans doute involontaire, de sa femme ?

Richard se demanda si l'idée qu'il se faisait des femmes, qu'elles fussent de la noblesse ou du peuple, pouvait n'être pas la bonne. Et dans ce cas, quelle était la raison de son erreur ? Sa foi de chrétien, l'éducation de ses parents, l'influence d'Annie, celle d'Eveline ? En fait, c'était peut-être Sara qui avait raison, et pas lui.

Comme la vie aurait été simple s'il avait pu donner carrière à son désir sans avoir à réfléchir plus avant.

Ce soir-là, il décida d'oublier pendant quelques heures ses doutes, ses inquiétudes, ses questions sans réponse. Au diable la gent féminine, les enfants et les Ecossais. Ce soir, un seul être compterait pour lui : Sara. Et cette fois, il n'attendrait pas qu'elle vînt le voir. C'est lui qui irait à elle.

Sara retira ses vêtements. Elle avait tant de mal à contenir son impatience, que ses doigts lui obéissaient à contretemps. Quelques instants plus tôt, elle avait éprouvé des scrupules lorsqu'elle avait raccourci la prière des enfants et expédié l'histoire qu'elle leur racontait comme chaque soir. Mais elle s'était consolée en se disant que Dieu ne les exaucerait pas moins. Puis elle avait renvoyé Christophe dans la chambre qu'il occupait seul, maintenant qu'il se sentait chez lui à Fernstowe, et laissé Nane avec Berthe.

C'était Richard qui avait le plus grand besoin d'elle. Elle craignait qu'il ne regrettât de lui avoir avoué ses liens de parenté avec l'Ecossais, et les origines plébéiennes de leur mère. Comme si cela pouvait avoir quelque importance ! C'était lui seul qui comptait. Il était son mari, le seul homme de sa vie, et, à ses yeux, l'être le plus digne d'intérêt. D'une manière ou d'une autre, elle saurait bien le convaincre de ses sentiments.

En chemise, elle se hâta dans le couloir, vers la

chambre de Richard, ouvrit la porte sans frapper et tomba nez à nez avec lui.

— Je m'apprêtais justement à aller chez vous, lui dit-il, manifestement contrarié.

— Surtout pas, répondit-elle en riant. Mon lit est bien trop étroit. Et pas très solide. Je craindrais qu'il ne résiste pas à ce que nous avons fait subir au vôtre la nuit dernière.

Richard porta la main à ses yeux.

— Sara, je...

— Que se passe-t-il ? Vous avez mal à la tête ? Venez, ajouta-t-elle en lui prenant la main pour le guider vers le lit. Etendez-vous, et laissez-vous faire. Je vais masser vos tempes. Mon père disait que ça le soulageait.

Assis au bord du lit, Richard la regardait, manifestement réticent. Elle disposa des coussins derrière lui et, le prenant par les épaules, l'invita à s'allonger. Puis elle monta à son tour sur le lit, s'agenouilla à son côté et promena les doigts sur son front, comme pour effacer les rides soucieuses qui s'y étaient creusées. Richard retenait son souffle.

— Pensez à des choses agréables, lui demanda-t-elle d'une voix plus basse. Respirez profondément.

Avec des mouvements circulaires, les doigts de Sara se déplacèrent vers les tempes, s'y attardèrent, puis ils gagnèrent les pommettes, et la mâchoire. Sara sentit les muscles tendus céder progressivement, insista, et Richard exhala un soupir de contentement. Plus bas encore, ses doigts massèrent le cou puissant, descendirent jusqu'à l'échancrure de la lourde robe d'intérieur, l'ouvrirent, s'y introduisirent, caressèrent la peau du torse.

— Votre peau est merveilleusement douce et chaude.

Les yeux ouverts, Richard la regardait intensément. Sara massa les mamelons, qu'elle sentit se durcir sous ses doigts. La respiration saccadée de Richard en disait plus long que des mots. Elle répéta ses caresses.

Soudain, Richard lui saisit les poignets, et lui demanda :

— Pourquoi, Sara ? Pourquoi faites-vous cela ? Que voulez-vous de moi ?

Sans un mot, elle dégagea l'une de ses mains, la posa sur le bas-ventre de Richard, puis la laissa descendre.

— Ça, dit-elle laconiquement. C'est ça que je veux.

Comment aurait-il pu résister plus longtemps ? Il se releva brusquement, renversa Sara sur le dos et fit peser sur elle le poids de son corps. Ils se dévêtirent mutuellement et, sans plus attendre, il entra en elle.

Accrochée aux hanches de Richard, Sara soulevait les siennes pour atteindre plus vite une jouissance qu'ils voulaient éprouver tous les deux sans tarder.

Quand Richard se laissa enfin retomber sur le dos, la tête renversée parmi les coussins, les yeux fermés, la poitrine soulevée par une respiration plus rapide, il semblait délivré de ses soucis.

11.

— Vous allez mieux, maintenant ? demanda Sara.

— Il n'y a que vous pour poser une question pareille.

La voix de Richard était douce, mais elle trahissait un certain agacement. Sara comprit qu'il ne lui en voulait pas de faire de l'esprit, mais d'avoir, une nouvelle fois, pris l'initiative dans leurs rapports amoureux. Elle croyait pourtant sincèrement qu'il était capital de s'attacher par les sens un homme qui risquait de l'abandonner, une fois sa tâche accomplie.

Hélas, il semblait qu'elle se fourvoyât. Au lieu d'attirer Richard, cette audace l'éloignait. Il finirait pas la haïr. Mais comment faire autrement ? C'était là la simple expression de son caractère. Il était trop tard pour qu'elle apprît à contrefaire la jeune épouse docile et minaudante. Et elle n'en avait d'ailleurs aucune envie. Même pour Richard, elle ne pourrait s'abaisser à ce genre de simagrées. S'il ne pouvait l'accepter telle qu'elle était, elle n'aurait d'autre choix que de se passer de lui.

Souhaitait-il seulement de rester avec elle ? Après avoir été berné par le roi et elle, il n'avait eu d'autre choix, pour ne pas perdre la face, que de paraître satisfait de sa position de mari. Et, s'il avait refusé l'annulation que lui proposait Edouard, c'était sans doute pour éviter l'humiliation de passer pour une victime.

Sara comprenait enfin qu'elle devait le laisser partir. Il fallait qu'il quittât ce lit, cette maison, la vie qu'elle lui proposait, car rien ne pourrait le forcer à l'aimer.

Des souvenirs de son enfance lui revinrent à la mémoire, et, le cœur serré, elle se rappela les efforts qu'elle avait déployés pour tenter de s'attirer l'amour d'une mère qui ne lui en avait jamais su aucun gré.

Mais foin de cet attendrissement complaisant ! Elle ne devait pas faire un drame de ce qui était inévitable. N'avait-elle pas la réputation d'avoir de l'humour. C'était le moment ou jamais d'en apporter la preuve.

— Non, murmura-t-elle en se levant brusquement. C'est fini. Je ne recommencerai jamais cela.

— Qu'est-ce que vous faites ?

Richard s'appuya sur un coude et lui saisit la main.

D'un geste brusque, Sara se libéra et sortit du lit.

— Sara, revenez vous coucher, fit Richard avec impatience.

— Non, dit-elle en enfilant sa chemise.

Elle se dirigea vers la porte. Richard sauta du lit, la rejoignit et, la prenant dans ses bras, la fit pivoter.

— Que se passe-t-il ? Pourquoi partez-vous ?

Elle le regarda. La lumière des bougies jouait sur le visage et le corps de l'homme qu'elle aimait. Elle se sentit envahie d'une tristesse immense. Mais aucune larme ne vint à ses yeux. Jamais elle ne pleurait.

— Vous ne désirez pas avoir de femme, Richard. Je vous rends votre liberté.

— Fi donc ! C'est trop tard, Sara.

Il jeta un regard rapide vers le lit, avant d'ajouter :

— Nous avons déjà...

— Personne ne le saura. Acceptez l'offre du roi et mettons fin à ce mariage. Nous ne sommes pas faits l'un pour l'autre.

Pendant un long instant, il la contempla. Elle voyait au fond de ses yeux les sentiments qui agitaient son âme : il paraissait successivement refuser la liberté qu'elle lui rendait, et en accepter l'idée. Mais elle le croyait surtout heurté dans sa fierté.

— Abandonnez un peu votre orgueil masculin. Vous êtes libre. N'est-ce pas l'essentiel ?

Richard la lâcha et fit un pas en arrière.

— Vous en avez donc fini avec les faux-semblants.

— Oui. J'ai cru que vous pourriez m'aimer. Je me trompais. Allez donc attraper l'Ecossais, et retournez servir de cible à tous les ennemis du roi. Ou bien rentrez chez vous, ou allez au diable, peu m'importe ! Je ne veux plus vous voir.

— Je ne crois pas que le problème soit là.

— Ne rendez pas les choses plus désagréables qu'elles ne sont. Suivez mon conseil. Faites ce que vous avez à faire, et partez.

Richard restait immobile, très droit, les bras croisés, et ne quittait pas Sara des yeux. Elle aurait préféré qu'il se troublât, qu'il se conduisît ridiculement, mais il lui semblait plus viril et désirable que jamais.

— Je vois, dit Richard. C'est pour avoir un enfant que vous avez passé deux nuits avec moi. Voilà donc ce que vous attendiez de moi. J'aurais dû me douter que...

— Je veux un enfant, c'est vrai, admit-elle. Mais je n'attends rien de vous, Richard. Plus rien.

— Même pas de l'amitié ?

Sara secoua la tête en reculant lentement vers la porte. Elle saisit la poignée.

— Non, fit-elle tout bas. L'amitié ne se demande pas, et ne se prend pas. Elle doit naître d'elle-même.

Comme elle franchissait la porte, Richard lui posa une dernière question :

— Pourquoi êtes-vous soudain si fâchée ? Je n'ai fait que...

Sara tenta de fermer le vantail, mais Richard la rejoignit et l'en empêcha. Elle se demanda s'il allait finir sa phrase. Mais il resta muet, se contentant de la fixer avec la même intensité. Alors, Sara s'éloigna sur un soupir. Il n'y avait rien d'autre à faire. Tout était dit.

Richard ne comprenait pas ce qui lui arrivait. Il se perdait en conjectures. Un instant auparavant, elle était dans ses bras, heureuse du plaisir qu'il venait de lui donner, et l'instant d'après, elle passait la porte pour le quitter définitivement ! Au moins, on pouvait être sûr d'une chose avec Sara, c'est qu'elle ne faisait jamais les choses à demi.

— Je suis payé pour le savoir, murmura-t-il en se passant la main dans les cheveux.

Il retourna vers le lit, s'étendit dans les couvertures en désordre, avec l'intention de dormir. Sara avait joué les capricieuses, en espérant sans doute qu'il tenterait de la convaincre de son attachement et de son désir de rester à Fernstowe. Mais si elle voulait en être assurée, elle n'avait qu'à le lui demander franchement. Demain, il la prierait de cesser ces enfantillages et de se conduire dignement, en femme mariée. Comment comprendrait-elle cela ? Comme une invitation à se montrer plus obéissante ? A coup sûr, elle lui rirait au nez... Il était vrai que l'obéissance n'était pas sa qualité première. Il ne parvenait pas à l'imaginer en épouse soumise, attendant les ordres d'un mari. D'ailleurs, il savait bien qu'il ne se risquerait jamais à exiger cela d'elle. Le mieux était de laisser faire le temps. Dans quelques heures, au réveil, elle verrait sans doute les choses autrement. Elle se rendrait compte que sa question ambiguë de la veille était de mauvait goût. Il la taquinerait un peu. Elle en rirait, admettrait ses torts et ils se réconcilieraient tout à fait, le soir venu, dans ce grand lit.

Richard se renfonça dans les couvertures et ferma les yeux. Une annulation ? Quelle idée ! Sara et lui étaient si complètement l'un à l'autre que le Saint-Père lui-même ne pourrait dissoudre leur mariage.

Mais quand vint le matin, Richard comprit très vite que Sara n'était pas du tout disposée à rire.

— Voyons, Sara, lui dit-il en la suivant dans la salle. Le temps est trop précieux pour que nous le perdions en désaccords. Cessez de me traiter en invité indélicat.

— C'est pourtant ce que vous êtes, messire. Et vous avez lassé votre hôte, répliqua-t-elle sèchement.

Ils sortirent et descendirent du même pas l'escalier de la cour. Richard s'enquit :

— Et les enfants ? Ont-ils aussi lassé votre patience ? Dois-je les emmener avec moi ?

Sara ralentit le pas. Elle secoua la tête.

— Non, j'aimerais les élever ici, même si vous n'avez pas grande confiance dans mes capacités.

— Vous vous méprenez. Je vous fais confiance, assura-t-il en lui prenant le bras. Tout cela est absurde. Voulez-vous vous arrêter un moment, que nous puissions parler un peu ?

— Parler de quoi ? De notre mariage ou des enfants ?

— Des deux. Mais rentrons. Nous ne pouvons pas nous donner en spectacle dans la cour.

Sara dégagea son bras et continua son chemin.

— J'ai l'intention de monter à cheval. Si vous voulez me parler, vous n'avez qu'à me suivre. Sinon, je vous souhaite le bonjour.

Richard la suivit jusqu'à l'écurie. Sans attendre qu'un domestique vînt l'aider, Sara sella son cheval. Richard fit de même avec la monture qu'il s'était choisie. Quelques instants plus tard, ils traversaient la cour au pas pour franchir le portail.

Quand ils furent parvenus dans la campagne, ils se mirent au trot. Sara montait sa grande jument fougueuse avec une aisance que Richard ne put s'empêcher de remarquer. Il se rappela son destrier, volé par l'Ecossais. Mais le hongre à l'allure libre qu'il avait pris à l'écurie lui permettrait au moins de faire une promenade agréable. Et ce n'était pas leur conversation, absolument inexistante, qui semblait devoir la gâcher. Richard se demanda s'ils resteraient ainsi silencieux jusqu'à leur retour au château, mais il n'osa pas rompre le silence.

Ils traversèrent une petite rivière en empruntant un gué. C'est sur son bord, se souvint-il, que Sara avait rencontré l'homme qui l'avait balafré. Il s'aventura à dire :

— Vous aviez l'intention de vous promener seule aujourd'hui. Vous devriez vous rappeler que ça peut être dangereux.

— Je devrais ? Il ne vous suffit donc pas de me dire ce que je devrais faire, maintenant vous me dites aussi ce que je devrais me rappeler. Gardez donc tous ces « devriez » pour la pauvre fille qui tombera un jour sous votre charme.

Ce dernier mot était une sorte d'aveu du pouvoir de Richard. Il en sourit et lui demanda :

— Seriez-vous donc sous mon charme, Sara ?

— Plus maintenant.

Elle donna des éperons pour mettre sa jument au galop. Ses cheveux, qu'elle portait en tresse autour de la tête, se libérèrent soudain et flottèrent sur ses épaules, comme une bannière d'or où le soleil mettait des reflets scintillants. Richard retenait sa monture, afin de rester en retrait et de l'observer à loisir. Il n'avait jamais vu Sara chevaucher, et la trouvait souveraine. Elle aimait si manifestement la vitesse et les défis qu'à son tour il éperonna pour la rattraper et lui lancer :

— Une course ?

Mais elle continua d'aller comme si elle n'avait pas entendu. Richard renonça à son idée. Son hongre était plus âgé que la jument. Il s'épuiserait inutilement dans une course dont il avait toute chance de ne pas sortir vainqueur.

Sara avait ramené sa monture au pas. Bientôt, elle s'arrêta pour prendre un peu de repos. Elle mit pied à terre, jeta les rênes sur un buisson et s'assit à même le sol, le dos contre une pierre.

Quand Richard arriva à sa hauteur, il descendit de sa

selle, et fit un compliment qu'elle ne risquait pas de prendre en mauvaise part :

— Vous montez bien.

— Je le sais.

Après avoir attaché son cheval dans un carré d'herbe grasse, il la rejoignit et s'assit à côté d'elle.

— Quoi que j'aie pu dire ce matin, je n'avais pas l'intention de vous faire cet effet.

— Je le sais, répéta-t-elle. Vous vous imaginiez que j'allais faire comme si de rien n'était et m'efforcer de continuer à vous plaire. Merci bien, j'ai assez agi comme cela dans ma vie. Désormais, ça suffit, je veux penser à moi.

Que répondre à cela ? Richard s'y efforça :

— Vous devez admettre que vous ne ressemblez à personne, Sara. Je n'ai jamais rencontré une femme comme vous. Pour être sincère, je ne sais pas comment vous prendre.

La jeune femme tourna la tête pour le regarder droit dans les yeux.

— Prenez-moi comme je suis. C'est le conseil que je vous donne.

— C'est entendu.

Richard avait tout intérêt à capituler dans cette bataille s'il voulait gagner la guerre. Il profita de l'humeur moins belliqueuse de Sara pour lui demander :

— Accepteriez-vous de renoncer à votre projet d'annulation ?

Le regard au loin, elle lui répondit :

— Occupez-vous des Ecossais. Nous verrons après.

— Je m'occuperai d'eux. Pour tout vous dire, j'ai un plan.

Sara tourna de nouveau la tête vers lui.

— Comment ça ?

Richard se retint de sourire. Au moins, elle l'écoutait attentivement à présent. S'il parvenait à l'intéresser à son projet, peut-être se montrerait-elle moins intransigeante ?

— Il faut que je parle aux seigneurs dont les propriétés ont à souffrir des méfaits des Ecossais. Nous allons commencer par lord Harbeth. Il se marie après-demain et nous a invités à la cérémonie.

Sara ne semblait pas séduite par l'idée.

— Harbeth ? Je préfère ne pas y aller. Je me sentirais obligée d'aider la pauvre fiancée à s'évader. Ce lord Harbeth n'est vraiment pas une affaire pour une femme. C'est un jeune chien toujours en rut, reniflant partout à la recherche d'une piste, pas méchant au fond, mais bruyant, agité, intempérant, et sale comme un peigne.

La description fit rire Richard. Il n'avait jamais rencontré cet homme, mais il en avait désormais grande envie.

— Nous n'irions pas là-bas pour la cérémonie, mais pour rencontrer les seigneurs dont je vous ai parlé. Et il faut que je parle à un ménestrel qui doit se produire au repas.

Sara regarda Richard avec un intérêt accru. Elle semblait avoir complètement oublié son ressentiment.

— Un ménestrel ? Et pourquoi donc ?

— Il a joué partout, expliqua Richard en se penchant vers elle, comme pour lui confier un secret, et des deux côtés de la frontière. On dit qu'il est allé à Byelough, chez l'affreux Alain le Juste.

— C'est lui qui l'avoue ? s'étonna Sara.

— Oui, mais il est français. Je sais par sire Matthieu qu'il ne tient pas à entrer dans nos querelles. Ecossais ou Anglais, pour lui, c'est tout un. Certains barons ont essayé de lui faire dire ce qu'il savait d'Alain le Juste et de Byelough, mais le vieil homme leur a toujours répondu qu'il ne parlerait jamais, même sous la torture.

Ce fut au tour de Sara de rire, mais sans gaieté.

— Si l'on continue de l'importuner avec cela, je parie qu'il refusera de chanter au mariage. C'est un argument de poids.

— C'est vrai. Ce Mélior a un talent que tout le monde admire. Le connaissez-vous ?

En entendant le nom du ménestrel, Sara avait levé les sourcils.

— Bien sûr. Je ne l'ai jamais vu, parce que mon père n'avait aucun goût pour la musique ou le chant. Mais j'ai entendu parler de lui. On dit qu'il a une voix d'ange.

— Alors ? Vous m'accompagnerez ? demanda Richard, l'œil interrogateur.

— Non. Je n'aime pas la foule.

— Pourquoi ? insista Richard, qui connaissait parfaitement la réponse. C'est parce que votre cicatrice vous gêne ?

Sara resta interloquée. Sur son visage, qui avait rougi violemment, la cicatrice blanchâtre ne paraissait que plus visible. Richard prit un air dédaigneux pour lui dire :

— Où est donc votre courage ?

— Mon apparence déplaît. Ce n'est pas seulement ma cicatrice. Les hommes n'aiment pas ma haute taille. Elle doit rappeler à beaucoup que Dieu n'a pas été aussi généreux avec eux.

D'un geste impatient, elle rejeta en arrière ses longs cheveux.

— Et dépeignée comme je le suis, je dois paraître plus rébarbative encore. Voilà pour les explications, messire. C'est le souci du bien-être des autres qui me fait refuser votre proposition, pas la couardise.

— Prouvez-le. Et venez. Et si quelqu'un, là-bas, s'avise d'avoir dans le regard autre chose que de l'admiration, je lui crèverai les yeux sur-le-champ.

Richard avait pointé ses deux index vers le visage de Sara, dans un geste si évocateur qu'elle ne put s'empêcher de rire. Il fit chorus, heureux de partager avec elle ce moment de franche camaraderie.

— Venez, Sara, je vous en prie. J'aurai plaisir à me trouver en compagnie d'une femme avec qui je peux bavarder sans me faire un double menton.

— Bon, c'est entendu. Si c'est ce que vous voulez.

— Je ne le veux pas, Sara. Je sollicite une grâce.

— Et je l'accorde. Maintenant, nous devons rentrer. Les enfants nous attendent pour les leçons.

Richard se félicita du tour que prenaient les choses. Il avait usé de son charme avec un succès inespéré. Sara était calmée.

Il se croyait sur le point de cueillir des lauriers lorsque, quelques instants plus tard, Sara refusa sèchement son aide pour se mettre en selle. Ce mouvement d'impatience lui fit comprendre que, avec une femme comme la sienne, le charme et quelques flatteries ne suffisaient pas.

Sara se demandait déjà pourquoi elle avait accepté de se rendre au mariage de lord Harbeth. Elle pensait qu'il n'y avait que les prêtres trop zélés pour s'infliger des pénitences hors de proportion. Et voilà qu'elle se surprenait les verges à la main. Mais il était trop tard. Pour rien au monde elle n'aurait voulu que Richard la considérât comme une peureuse.

Elle essaya d'imaginer les invités du mariage. Il y aurait là bien des barons que ses parents recevaient à Fernstowe et visitaient dans leurs châteaux. Mais elle ne comptait aucun ami parmi eux. Les femmes la méprisaient, parce qu'elles avaient vu sa propre mère, lady Eula, agir ainsi avec cette adolescente dégingandée et balafrée. Et Sara frissonna en se rappelant certains propos qu'elle avait surpris, parce qu'ils avaient été tenus de façon qu'elle n'en ignorât rien. Quant aux hommes, ils l'évitaient, car ils se sentaient ridiculement petits à son côté.

Sire Simon, en vantant l'habileté de sa fille dans le maniement des armes, n'avait pas arrangé les choses, loin de là. C'était au point que lord Calpern l'avait un jour surnommée Bodicée, du nom d'une reine guerrière des temps anciens qui s'était battue contre l'occupant romain. Sara avait prétendu tirer quelque fierté de cette comparaison, mais elle en avait surtout souffert, parce qu'elle y avait vu une négation de sa féminité. Peut-être lord Calpern avait-il oublié ce sobriquet, mais c'était peu probable.

La jeune femme se demandait en outre si Richard la défendrait. Elle pouvait supposer qu'il ne se joindrait pas aux moqueurs, comme l'aurait fait lady Eula, mais ne feindrait-il pas, comme sire Simon, de ne rien voir ? Et si, après avoir constaté, chez lord Harbeth, que tout le monde évitait sa femme, il ne voulait plus continuer de vivre avec elle ? Et si c'était elle qui ne voulait plus de lui, rebutée par sa lâcheté ? Et si... et si...

Sur le chemin du retour, Sara agitait ces pensées tristes. Richard s'en inquiéta :

— Comme vous voilà sombre, lui dit-il alors qu'ils entraient dans l'écurie de Fernstowe. J'espère que ce n'est pas ma compagnie.

Sara évita son regard, comme si elle n'avait pas entendu. Elle était bien décidée à se faire arracher la langue plutôt que de se confier à lui de nouveau.

Richard lui prit la main pour l'aider à descendre de cheval. Elle ne put éviter cette marque d'attention, qu'elle accepta de mauvaise grâce. Le remerciement à peine audible qu'elle fit entendre était à la mesure de sa gratitude.

Pourquoi ne pouvait-il la laisser un peu seule ? Tout son corps vibrait chaque fois qu'il la regardait en souriant, chaque fois qu'il la touchait. A n'en pas douter, il avait parfaitement conscience de l'effet qu'il produisait sur elle. Et pourtant, quelque grand que fût le désir qu'elle éprouvait, elle ne devait plus le lui montrer. Elle prit une inspiration profonde. Non, plus jamais.

— Et le roi Alfred était si occupé à réfléchir à ses plans de bataille, raconta Christophe, qu'il en oublia ce que lui avait demandé la paysanne. Et les gâteaux brûlèrent.

— Et ensuite ?

Sans prêter attention à la question de sa sœur, Christophe se tourna vers son père.

— Comment un roi digne de ce nom ne peut-il faire deux choses à la fois ? Je suis sûr que le roi Edouard le pourrait, lui.

Richard approuva d'une inclinaison de la tête et sourit quand Sara déclara :

— Je répéterai tes paroles au roi, qui sera très heureux de la confiance que tu lui manifestes.

— C'est un bon roi, alors ?

Richard jeta un coup d'œil à Sara, qui ne semblait pas du tout d'accord avec la petite fille. Estimait-elle que le roi n'avait pas été très avisé de lui donner un mari aussi décevant ? Ou lui reprochait-elle d'avoir osé proposer l'annulation de leur union ?

— Certains le disent sage, répondit Sara. Mais il est sans doute trop tôt pour juger son règne. C'est l'avenir qui nous dira si les décisions qu'il a prises étaient bonnes.

— Comme pour le roi Alfred, commenta Christophe.

— Exactement, dit Richard. Continuons la leçon. Nane, quelle est, à ton avis, la plus grande des reines d'Angleterre ?

— Bodicée, lança fièrement la petite fille.

Sara sursauta. Richard la regarda, se demandant ce qu'il lui arrivait.

— Vous n'êtes pas d'accord ?

— Co... comment, demanda Sara à Nane, connais-tu cette reine ?

— C'est papa qui nous en a parlé, répondit l'enfant, tout heureuse d'être le centre de l'attention.

— Quand ?

— Hier, quand nous nous entraînions à l'épée.

Sara jeta à Richard un regard assassin et se leva de son tabouret.

— Continuez la leçon. Pour ma part, j'en ai assez.

Sur ces mots, elle quitta la pièce dans un bruissement de tissu et fit claquer la porte derrière elle. Nane, regarda son père.

— Elle doit préférer une autre reine, commenta-t-elle sobrement.

Richard doutait que ce fût la bonne explication. Mais il ne parvenait pas à comprendre comment le nom d'une reine morte depuis si longtemps pouvait produire sur Sara pareil effet.

— Rangez vos tablettes et vos styles. La leçon est finie. Il faut que je parle à votre mère.

.— Elle n'est pas ma mère, grommela Nane.

Richard fit un effort pour garder patience. Il alla s'asseoir à côté de sa fille, lui caressa la tête et dit :

— Elle le sera si tu le lui permets, ma chérie.

Puis, regardant Chistophe pour lui faire comprendre que ces propos s'adressaient à lui aussi, il ajouta :

— Vos mères n'ont pas vécu assez longtemps pour s'occuper de vous autant qu'elles l'auraient voulu. Lady Sara souhaite le faire à leur place. Ne voulez-vous pas lui laisser une chance ?

— C'est un ordre ? demanda Nane en faisant la moue.

— Non, je vous demande d'y réfléchir honnêtement.

— Je l'ai entendue dire à dame Berthe que j'étais « ospinée ».

— Obstinée, rectifia Richard. Ça devrait t'apprendre à ne pas écouter aux portes, Nane. Mais sache que le mot « obstinée » n'est pas forcément une critique. Il veut dire « tenace », et c'est bien ce que tu es.

Christophe pouffa de rire derrière sa main.

— Elle a dit aussi que tu étais arrogant, fit remarquer Nane à son frère.

Puis, se tournant vers Richard, elle lui demanda si cela voulait dire tenace aussi.

— Non, cela signifie plein de fierté. Ce qui n'est pas une mauvaise chose en soi.

— Alors tant mieux, papa, parce qu'elle a dit que vous étiez comme ça vous aussi.

Richard dissimula un sourire. Il se leva et conclut :

— Que cela nous apprenne au moins à être un peu plus modestes. Maintenant, sauvez-vous et allez jouer dehors. Et ça, c'est un ordre !

Les deux enfants détalèrent sans demander leur reste. Richard les suivit, en pensant à Sara. Il lui fallait savoir la raison de son comportement curieux.

12.

— Vous partez avec papa ? demanda Nane, qui monta sur le lit pour s'asseoir sur le bord, les jambes pendantes. Nous voulons aller avec vous.

Sara ferma à clé le coffre qu'elle devait emporter chez lord Harbeth et, se tournant vers l'enfant, lui expliqua :

— Nous ne serons absents que deux nuits. Il n'y aurait pas assez de place pour vous loger là-bas.

— Chris et moi pourrions dormir dans votre chambre, avec papa.

— Mais nous n'aurons pas de chambre à nous. Les dames dormiront dans le chauffoir, et les hommes dans la grand-salle. Et même là, je crois que nous manquerons de place.

C'est avec soulagement que Sara se disait qu'elle pourrait ainsi éviter de dormir avec Richard, sans avoir d'explications à donner. La nuit passée, et celle d'avant, certes, il n'était pas venu la retrouver dans sa chambre. Mais elle n'ignorait pas que ce n'était qu'une question de temps.

La dernière fois qu'il lui avait marqué son désir de passer la nuit avec elle, Sara avait fait semblant de ne pas entendre. Que ferait-elle s'il réclamait avec plus d'insistance ce qui lui revenait de droit ? Elle obéirait, sans doute, mais elle ferait en sorte qu'il ne pût lui reprocher d'y prendre trop de plaisir.

Elle fut tirée de ses pensées par Nane, qui sauta subitement du lit et courut vers la porte.

— Papa nous emmènera. Je vais lui dire que les Ecossais vont venir nous prendre s'il nous laisse ici.

Berthe, qui arrivait sur ces entrefaites, rit de bon cœur en secouant la tête.

— Cette enfant ! Je lui ai pourtant dit qu'il y aurait à Fernstowe beaucoup de soldats pour nous protéger.

Puis elle fit un signe au domestique qui l'accompagnait pour qu'il emportât le coffre. Sara, occupée à fixer en couronne autour de sa tête, avec des épingles d'os, sa chevelure nattée, dit à la gouvernante :

— Laissons son père régler cette affaire. S'il lui prenait l'idée d'emmener les enfants, c'est moi qui resterais ici.

— Ne me demandez pas d'y aller à votre place, s'exclama Berthe en riant de nouveau. J'aime mieux ne pas imaginer les dégâts que ces deux-là causeraient à la noce. Nane, qui ne sait pas tenir sa langue, et Christophe, qui pose trop de questions.

— Voilà, dit Sara, qui venait de couvrir ses cheveux d'un voile. Je suis prête à partir.

— Vous êtes très belle ainsi, commenta Berthe.

— Disons les choses ainsi, si cela vous fait plaisir.

— Puis-je me permettre de donner mon avis ? demanda Berthe en tirant discrètement la manche de Sara, au moment où celle-ci passait devant elle.

Surprise de ce geste trop familier, Sara s'arrêta.

— Votre avis ?

— Tous ces gens que vous rencontrerez au mariage, milady... ils vous verront comme vous vous voyez vous-même.

— Que voulez-vous dire ?

Berthe sembla hésiter un instant avant de poursuivre :

— Ainsi que vous le savez, j'ai passé toute ma vie à Fernstowe. Nous autres, qui mangeons aux tables basses, nous avons bien vu comment toutes ces dames du voisinage se comportaient avec vous quand elles étaient ici. Elles ne faisaient que vous traiter comme le faisait votre mère.

— Et les hommes ? demanda Sara avec un petit sourire triste. Pourquoi en oubliaient-ils toute galanterie ?

— Pardi, de peur de déplaire à leur femme, répondit Berthe en riant. C'est toujours la même histoire. Sans compter qu'ils n'appréciaient pas d'être obligés de lever les yeux pour vous parler.

— Ça, je l'avais remarqué. Mais que pouvais-je y faire, sinon marcher sur les genoux ?

Berthe tapota gentiment le bras de Sara en lui disant :

— Marchez la tête haute, lady Sara. Il n'y a pas une femme là-bas qui puisse se comparer à vous. Nous le pensons tous ici.

Touchée aux larmes par ces mots d'encouragement, Sara ne put que remercier d'un mouvement de la tête. Quand elle rencontrerait ces seigneurs méprisants, elle se rappellerait l'affection de ses gens, qui l'aimaient pour ce qu'elle était, sans se soucier de son apparence.

***

En route pour le château d'Harbeth, Richard repensait à leur départ de Fernstowe. Il se demandait si la mauvaise humeur de Nane et le silence boudeur de Christophe pouvaient expliquer l'air sombre de Sara. Ou bien était-ce plutôt leur séjour chez lord Harbeth qui l'inquiétait ?

— Tout ira bien, Sara, dit-il pour la rassurer.

— Sans doute, répondit-elle en se forçant à sourire. Pourquoi ne serait-ce pas le cas ?

Richard aurait voulu être plus convaincant, mais lui-même n'était pas très sûr de croire à ce qu'il disait.

Le maréchal-ferrant, Eustache, s'était senti obligé d'avertir Richard de ce qui l'attendrait à l'arrivée. Il n'y avait pas beaucoup d'espoir que les invités d'Harbeth se conduisissent autrement qu'ils ne l'avaient fait à Fernstowe. Comment Richard devrait-il réagir ? Provoquer en duel ceux qui oseraient se montrer désobligeants avec Sara ? Et leurs femmes ? Comment les remettre à leur place ? Le mieux serait d'éviter qu'elles n'en vinssent à dire des choses désobligeantes. Mais le moyen d'y parvenir ?

Richard se sentait responsable de ce qui arriverait, parce que c'était lui qui avait décidé Sara à l'accompagner. Désormais, il devait considérer que s'en prendre à sa femme, ce serait le provoquer lui-même.

Ils s'étaient mis en route avant l'aube, bien que le voyage ne durât que trois heures. C'est que le mariage devait avoir lieu immédiatement à leur arrivée, au milieu de la matinée.

Richard se demandait s'il était bien prudent de rester au château après la cérémonie et d'y passer la nuit suivante. Sara se retrouverait avec les autres femmes, sans qu'il pût la défendre. Mais quelle excuse trouver pour quitter leurs hôtes précipitamment, alors qu'ils avaient marqué leur intention d'accepter leur hospitalité pour la nuit ? Et rentrer à Fernstowe plus tôt que prévu, c'était renoncer aux rencontres que Richard avait l'intention de faire sur place.

Lorsque sire Edmond franchit la porte d'Harbeth pour annoncer l'arrivée de la petite caravane, Richard ne savait pas encore quel parti prendre.

La cour était pleine d'invités tout juste arrivés, de domestiques, de chevaux et de bêtes de bât. Au milieu de cette presse, il aida Sara à descendre de sa jument, puis demanda à sire Edmond de se renseigner pour savoir où transporter leurs bagages et conduire leurs montures.

— Ah ! ah ! mais ne s'agit-il pas de notre petite Sara de Fernstowe ? s'écria un gentilhomme corpulent qui fendit la foule pour s'approcher.

En s'inclinant pour saluer, il heurta des reins une mule ombrageuse qui broncha. Il rit bruyamment de sa maladresse et, s'adressant à Richard, lui lança :

— Vous êtes son mari, je parie ! Strode, n'est-ce pas ?

— Richard Strode, pour vous servir.

Richard leva un soucil inquisiteur, attendant que l'homme se présentât à son tour.

— Jean d'Harbeth ! C'est moi le marié ! s'écria-t-il en se frappant la poitrine.

Il était si manifestement ivre qu'il avait du mal à garder l'équilibre. Richard, avec une inclinaison de la tête, lui répondit :

— Je vous félicite.

— Bien, donc..., commença Harbeth, qui semblait avoir oublié ce qu'il voulait dire.

Son regard quitta Richard pour errer sur la foule. Il aperçut soudain une connaissance.

— Ah ! mais c'est Dismoth, là-bas ! Hé ! Dismoth, vieille branche, sois le bienvenu !

Et, sans prendre congé, il s'éloigna en jouant des coudes.

Sara éclata de rire. Elle posa la main sur le bras de Richard.

— Je ne sais pas si vous êtes de mon avis, mais il me semble que la fiancée devra avoir une bonne dose d'humour.

— Et l'odorat pas trop fin, ajouta Richard, qui avait encore dans les narines l'odeur de sueur et de bière aigre du fiancé.

— Venez, fit Sara, j'ai l'impression qu'il nous faudra trouver seuls nos quartiers. La mère d'Harbeth est trop âgée et infirme pour s'occuper des invités. Faisons donc comme si nous étions chez nous.

— Dieu nous en garde, dit Richard en jetant un regard circulaire sur la cour et les bâtiments, dont l'état d'entretien laissait à désirer.

Jusqu'à présent, à l'exception d'Harbeth, personne ne semblait avoir remarqué la présence de Sara. Richard lui prit ostensiblement le bras, autant pour l'aider que pour signifier aux yeux de tous qu'elle était sous sa protection. Ils se dirigèrent vers la haute tour qui formait tout le logis.

Sire Edmond les suivit. Derrière lui venaient les deux hommes d'escorte, portant le coffre de voyage de Sara et le sac de cuir où Richard avait serré les vêtements qu'il devait porter à la cérémonie et le hanap d'argent que le couple offrait aux jeunes mariés. Ils arrivèrent dans la grand-salle.

— J'aimerais mieux me faire arracher les dents plutôt que de dormir ici, commenta Richard.

— Je me demande si nous ne pourrions pas nous éclipser discrètement après la fête.

— Et rentrer de nuit à Fernstowe ?

L'idée tentait Richard, mais il était dangereux de voyager de nuit. Il ne voulait pas exposer inutilement Sara.

— Non, nous dormirons ici.

— Très bien, mais vous ferez attention où vous vous étendrez pour dormir, prévint-elle en montrant du doigt des crottes d'animaux et des restes d'aliments. Je vais me rendre au chauffoir, pour me changer et me rafraîchir un peu.

Sara fit un signe aux hommes d'escorte pour qu'ils prissent les bagages.

— Je vous attendrai ici, lança Richard, tandis que Sara franchissait la petite porte du fond de la salle qui donnait accès au chauffoir.

Les invités arrivaient de plus en plus nombreux dans la grand-salle. Elle s'emplissait du bruit des conversations, des aboiements des chiens et des appels des domestiques affairés à servir tous ces seigneurs. Au milieu du brouhaha, Richard distingua les sons d'un instrument à cordes, si insolite dans cet endroit qu'il douta d'abord de les avoir entendus. Plus attentif, il chercha à savoir d'où pouvaient provenir ces sons. Il traversa la salle, s'approcha d'une alcôve située près de la porte. Il y trouva un vieil homme, assis sur une banquette de pierre, qui jouait de la lyre, comme indifférent au bruit. Il était vêtu simplement, mais avec élégance, de vêtements bien taillés et portait une barbe couleur de neige.

— Maître Mélior ? demanda Richard en pénétrant dans l'alcôve.

— Oui, messire, lui-même, répondit l'homme en s'interrompant.

— Je suis Richard de Strode. Vous rappelez-vous mon nom ?

Mélior sourit. Ses yeux noirs observaient Richard avec attention.

— Oui, je me souviens très bien de vous... comme d'un enfant insupportablement bruyant. Vous n'avez rien de commun avec votre frère, hormis les yeux, du même vert incomparable. Comment va messire votre père ?

— Très bien pour son âge. Il aura bientôt quatre-vingts ans.

Le ménestrel parut satisfait. Il posa sa lyre sur le banc et se leva.

— Quand vous reverrez lord Adam, veuillez lui présenter mes respects. Et demandez-lui s'il se rappelle notre capture de lord Hume. Ah ! pardieu ! c'étaient là des temps brutaux.

— Il en reparle souvent, et avec beaucoup de plaisir.

Richard prit le bras de Mélior, comme on le fait pour accueillir un ami. Et de fait, il estimait cet homme, dont il n'avait pourtant qu'un vague souvenir du temps de son enfance.

— Je voudrais vous remercier, dit Richard, de nous avoir secouru à Rowicsburg, quand j'étais tout enfant. Combien de fois ai-je entendu raconter le récit de notre fuite !

Sans attendre que Mélior pût lui répondre, Richard poursuivit :

— En fait, je viens encore vous demander votre aide.

— Vous désirez rencontrer votre frère, dit Mélior avec un sourire entendu.

— Oui. Pouvez-vous arranger cela ?

— Topez là, comme dirait sire Alain. Il sait déjà que vous êtes marié et que vous habitez dans les environs. Il souhaite lui aussi vivement vous revoir. Où voulez-vous qu'ait lieu votre rencontre ?

— Accepterait-il de venir à Fernstowe ? Assurez-lui qu'il y sera en sécurité. Parole de chevalier.

Le regard de Mélior passa au-dessus de l'épaule de Richard, en direction de la salle.

— Madame, cherchez-vous quelqu'un ?

Richard se retourna.

— Sara ? Je pensais...

— Que je passerais plus de temps dans le chauffoir ? dit-elle d'un ton impatienté. Eh bien, vous vous êtes trompé.

Elle jeta un regard à la lyre que Mélior avait posée sur le banc.

— Maître Mélior, dit-elle en tournant vers Richard des yeux accusateurs, est un ami d'Alain le Juste.

— Oui, madame, répondit le ménestrel, qui regardait alternativement Richard et Sara, comme s'il s'attendait au pire.

— Vous le saviez ? demanda Richard à Sara.

— Comme vous le voyez, répondit-elle avec un sourire glacial, puis elle regarda le ménestrel pour ajouter : Maître Mélior, voulez-vous dire à sire Alain que je serais heureuse de le recevoir chez moi, comme il a reçu mon mari chez lui.

— Certainement, madame.

Richard prit Sara par le bras et la conduisit hors de la salle, au milieu des invités qui franchissaient la porte pour se rendre à la chapelle.

— Qu'avez-vous voulu dire ? demanda-t-il.

— Exactement ce que j'ai dit.

Richard poussa un soupir de découragement. Comment faire comprendre à Sara que son frère n'avait rien à voir avec le meurtrier de son père et le ravisseur de son mari ? Quand Alain viendrait à Fernstowe, elle ne pourrrait qu'admettre son erreur.

Sara se tenait à côté de Richard, dans la cour, repensant à ce qui venait de se passer. Elle accepterait de rencontrer le frère de Richard à Fernstowe s'il se montrait à visage découvert. Elle doutait que cet homme serait assez fou pour le faire. Quoi qu'il en fût, elle se tiendrait sur ses gardes, de peur que Richard ne fût la victime d'une nouvelle trahison de celui qui l'avait déjà dupé.

La cérémonie du mariage commença. C'est à la porte de la chapelle que le couple échangea le serment nuptial, de façon que tous pussent voir.

— Quel drôle de mariage ! murmura Richard à l'intention de Sara.

Elle tourna la tête vers lui et se pencha pour lui dire, sur le même ton :

— Un mariage avec Harbeth ne peut que paraître bizarre. Mais lady Hildegarde semble en prendre son parti. On aurait pu penser que seule une oie blanche épouserait un homme tel que lui. C'est pourtant loin d'être le cas de lady Hildegarde, qui est une veuve pleine d'expérience.

— Elle n'aura pas toutes ses joies, commenta Richard. Je suppose qu'Harbeth a besoin d'elle, ne serait-ce que pour remettre de l'ordre dans cette maison.

— L'état de cette maison est le cadet des soucis de lady Hildegarde.

Richard, les mains dans le dos, se balançait d'avant en arrière. Il demanda :

— A votre avis, ce serait donc le lit ?

— De l'avis général, c'est le lit. Mais il faut avoir envie de ce gros garçon crasseux, et ivre par-dessus le marché.

— Il a un peu bu ce matin, mais c'est le jour de son mariage.

— Ne lui cherchez pas d'excuses. Il est toujours ainsi. S'il le voulait, il pourrait se laver un peu, cesser de boire et devenir aussi respectable que n'importe qui. Et pourtant, tout repoussant qu'il soit, je le trouve sympathique. S'il y a un homme que ses voisins accablent de sarcasmes encore plus que moi, c'est bien ce pauvre garçon. Je ne veux pas ajouter aux médisances. De ma part, elles seraient malvenues.

— Je n'ai entendu personne se moquer de vous, Sara.

— La journée ne fait que commencer.

Richard lui prit le bras pour entrer dans la chapelle, où la messe allait être dite.

— Mes félicitations pour votre mariage, s'écria une voix derrière eux.

Sara se retourna. C'était la femme de sire Jean Horton, qui arborait un sourire satisfait.

— Vous avez le goût sûr, continua-t-elle en regardant Richard avec un intérêt évident.

— Lady Emma, je vous présente mon mari, sire Richard de Strode. Richard, lady Emma Horton.

Richard, bousculé par la foule, s'inclina tant bien que mal.

— Je suis très heureux...

— Si c'est en mariage, dit lady Horton dans un éclat de rire, vous n'êtes pas rancunier.

Et elle s'éloigna, entourée de quelques admirateurs.

Ainsi tout le monde savait. C'étaient sans doute les hommes du roi qui avaient parlé. Maintenant que les circonstances du mariage de Sara étaient connues de toute la noblesse d'Angleterre, quelles raisons Richard aurait-il eues de rester avec elle. Elle n'aurait même pas pu le blâmer de l'abandonner là.

Sans se l'avouer, Sara avait espéré que les invités oublieraient sa présence, trop occupés à se moquer de leur hôte, d'ailleurs assez ivre pour ne pas en souffrir. C'était manqué. Elle imaginait sans peine les ragots et les plaisanteries : Sara de Fernstowe avait réussi à retenir dans son château un beau chevalier blessé. Elle avait abusé de l'état de faiblesse de ce pauvre garçon pour l'épouser, avant qu'il comprît ce qui lui arrivait. Et voilà comment cette femme trop grande, trop vieille, trop laide avait réussi à trouver chaussure à son pied, et quel pied !

Sara eut honte d'avoir souhaité, même inconsciemment, qu'un autre subît à sa place les moqueries des méchantes langues. Elle prierait durant la messe pour en demander pardon. Et elle en profiterait pour demander à Dieu de bénir le mariage de lord Harbeth et de lady Hildegarde. Elle voulait oublier qu'Harbeth, par le passé, l'avait un peu malmenée. Ce n'était pas un méchant homme au fond, même quand il avait bu.

Ils entrèrent dans la chapelle et, après avoir fait une génuflexion, se placèrent contre le mur du fond. Richard glissa son bras autour de la taille de Sara, qui apprécia ce geste de protection.

Elle s'appuya à lui, heureuse de le savoir avec elle, et désolée de lui faire partager son sort.

Après la messe, tous les invités regagnèrent la grand-salle pour le repas de mariage. Il fut bref, en raison de la chasse traditionnelle qui devait le suivre.

Tandis que les hommes se dirigeaient vers la cour, Richard prit la main de Sara et lui demanda :

— Croyez-vous que je puisse vous laisser seule ici ?

— Seule ? répondit-elle avec un petit rire, en montrant les convives. On s'entasse ici jusqu'au plafond.

— Etes-vous sûre que tout ira bien ? répéta-t-il.

— Tout ira bien. Allez, maintenant, et montrez-leur comment un homme peut chasser quand il n'a pas trop bu. Il semble que vous soyez le seul dans ce cas aujourd'hui.

Richard sourit et lui prit la main pour la baiser.

Il pouvait être galant quand il le voulait, se dit Sara avec un sourire.

— Madame.

Sara salua le ménestrel d'un mouvement de la tête.

Elle avait eu l'intention de l'envoyer chercher et voici qu'il se présentait à elle.

— Cher Mélior, je vois que vous n'aimez pas la chasse.

Le ménestrel haussa les épaules, comme le font les Français.

— Tous ces seigneurs n'ont que faire de la compagnie d'un pauvre baladin, madame. Je n'ai pas été invité.

— Tant pis pour eux, dit Sara légèrement, et tant mieux pour moi. Accepteriez-vous de jouer pour leurs femmes ?

Elle constata, en jetant un regard autour d'elle, que la plupart des femmes avaient disparu dans le chauffoir. Sara n'avait aucune intention de les y rejoindre. Elle s'empressa de proposer :

— Ou nous pourrions marcher un peu pour mieux faire connaissance.

Mélior, d'un léger mouvement du buste, marqua son accord.

— J'aurai besoin de vous dans l'avenir, dit Sara en faisant quelques pas. Mon père n'avait aucune inclination pour la musique. Je suis tout son contraire. Accepteriez-vous de venir à Fernstowe quelque jour ?

— Si vous voulez, répondit le ménestrel, dont le visage ridé s'anima d'un sourire de satisfaction.

— Il faudra que nous choisissions une date, dit Sara prudemment, préférant laisser là les mondanités pour entrer dans le vif du sujet. Je crois savoir que vous jouez souvent au château de Byelough ?

— Je passe toujours l'hiver là-bas. Sire Alain m'y reçoit généreusement.

— Vous le connaissez bien, à ce que je vois. Voudriez-vous me parler de cet homme, qui est, comme vous le savez, le frère de mon mari. J'aimerais connaître un peu mieux ma nouvelle... famille.

Le regard spirituel de Mélior s'attarda sur Sara.

— Que voulez-vous savoir ?

— Sire Alain, reprit Sara après un moment de réflexion, doit avoir une cinquantaine d'années, si j'en crois Richard.

— C'est exact. Il était un homme fait quand son frère Richard est né.

— A-t-il des enfants ?

Sara s'était mis dans la tête que si le reponsable des

troubles de la frontière était un homme jeune portant le nom d'Alain, il pouvait s'agir de son fils.

— Il a trois fils remarquables, répondit Mélior. Adam, le plus âgé, a la taille de son père. Daimid et Nigel sont encore des adolescents. Et il a deux filles aussi, Christiane et Marguerite, qui sont mariées et mères.

— Voilà une belle famille, remarqua Sara poliment. Mais parlez-moi du fils aîné. Quel âge a-t-il ?

— Vingt-quatre ans, je crois.

Voilà qui expliquait peut-être le jeune âge du bandit de la frontière. Si ce n'était pas Alain, ce pouvait être son fils. Mais il était très vraisemblable que celui-ci ne faisait rien sans des ordres de son père.

Sara se demanda si elle devait s'ouvrir de ses doutes à Richard. Ou bien valait-il mieux qu'elle capturât cet homme pour lui arracher une confession ?

Après un moment de silence, elle demanda :

— Croyez-vous que le jeune Adam pourrait accompagner son père quand celui-ci viendra à Fernstowe ?

Mélior réfléchit avant de répondre :

— Si vous le souhaitez vraiment, je crois que c'est faisable.

— Oui, je le souhaite. Cependant, ajouta-t-elle, il faudrait que vous fassiez comprendre à mon beau-frère et à notre... neveu, qu'ils ne pourront entrer à Fernstowe que sans armes. C'est une précaution, vous comprenez.

Le vieil homme sourit.

— Je comprends très bien. Vous vous méfiez des Ecossais.

— Comme tous les Anglais des environs. Et avec raison, admettez-le.

— La calomnie s'épanouit, madame, tandis que la vérité se cache. Mais je transmettrai votre demande aux Strode, en expliquant vos raisons.

— Pensez-vous qu'ils accepteront de venir sans armes ?

— Je ne peux répondre à cette question, madame. Les Strode n'en ont toujours fait qu'à leur tête, et personne n'ose s'opposer à eux.

« Plus pour longtemps », se jura Sara. Le neveu de Richard ne continuerait pas indéfiniment à terroriser la région. Elle s'y emploierait.

13.

— Il n'y a vraiment de mangeable que les navets, grommela Richard en repoussant les aliments du bout de son couteau. J'ai l'impression que nous irons dormir le ventre vide.

— Dormir ? Vous avez l'intention de dormir ? demanda Sara à voix basse. Pas moi. Je passerai la nuit à veiller.

— La situation n'est pas grave à ce point, répondit Richard, qui ne put s'empêcher de rire. Regardez, Mélior s'apprête à jouer. Au moins, nous ne sommes plus tenus de manger.

Richard fit signe à un serviteur de débarrasser la tranche de pain qui servait d'assiette.

— Encore un peu de bière ? demanda-t-il à Sara.

— Non merci, répondit-elle en regardant la table d'honneur.

Leur hôte, complètement ivre, était avachi dans son fauteuil, inconscient de ce qui se passait autour de lui. Lady Hildegarde paraissait s'ennuyer ferme.

— Nous n'aurions jamais dû venir ici, Richard. Rentrons à la maison. Et peu importe que tous les brigands du nord de l'Angleterre nous attendent dans les bois.

— Comme vous y allez !

— Dansons-nous, oui ou non ? lança soudain la voix forte d'un convive. Hé ! vieil homme, jouez-vous quelque chose !

C'était le père de la mariée, assis à la table d'honneur, qui apostrophait Mélior.

Puis, désignant Sara de la main, il continua :

— Mes amis, il y a beau temps que le mois de mai est passé ; mais nous avons toujours ici un mai autour duquel nous pourrons danser en rond. Venez, lady Sara, « plantez »-vous là, que nous puissions commencer le bal.

— C'est moi qui vais lui planter mon poing dans la figure ! gronda Richard en se levant, prêt à se jeter sur le malotru.

— Arrêtez-vous, lui intima Sara. Ça ne ferait que compliquer les choses.

Elle quitta sa place pour se diriger vers le centre de la salle, suivie de Richard. D'autres couples les imitèrent pour former un cercle. Mélior et ses musiciens commencèrent à jouer.

Très raide au début, Richard se mit à exécuter les pas de danse avec une aisance de plus en plus grande. Sara lui souriait, comme indifférente à ce qui venait de se passer. Richard admirait son aplomb.

La danse prit fin, mais ils ne retournèrent pas s'asseoir. Sara semblait si heureuse que Richard lui proposât de danser tant que joueraient les musiciens. Elle éviterait au moins la compagnie de ses voisins de table et leurs remarques désobligeantes. De fait, tout se passa bien, jusqu'à ce que lady Emma se joignît aux danseurs. De sa voix criarde, qui couvrait les bruits de la salle et le son des instruments, elle s'écria :

— Lady Sara ! J'ignorais que vous saviez danser.

Elle posa une serre de rapace sur le bras de Richard et se pencha vers lui, comme pour lui faire une confidence. Mais c'est de la même voix stridente qu'elle lança :

— Priez le ciel, sire Richard, qu'elle ne se torde pas une cheville. Vous pourriez être obligé de la porter.

Et lady Emma partit d'un éclat de rire qui mit les nerfs de Richard à rude épreuve. Avec un sourire froid, il lui répondit :

— Mais je ne vous ai pas vue danser, lady Emma. Serait-ce que vous craigniez la comparaison ?

Quelques rires brefs accueillirent ces mots. Jamais Richard n'avait éprouvé à ce point le désir d'être violent, physiquement violent.

Sara sourit. Elle paraissait enchantée, comme on l'est d'une bonne plaisanterie. Mais il savait qu'elle souffrait. Il s'approcha d'elle, pour lui apporter le réconfort de sa présence.

— Lady Sara, fit une voix dans leur dos, puis-je avoir la prochaine danse ?

Tout le corps de Sara se raidit, mais son visage ne trahit aucune émotion. Si Richard n'avait jamais vu l'homme qui venait de parler, Sara semblait le connaître.

— Non, vous ne pouvez pas, répondit-elle sèchement.

L'homme inclina la tête sans dire un mot, et s'éloigna. Il parut à Richard particulièrement beau et élégant. Il était de haute taille, ce qui lui permettait de ne pas être intimidé par Sara. Ses traits réguliers n'étaient gâtés que par la balafre qui surmontait un de ses sourcils. Cette blessure, sans doute un souvenir de guerre, lui donnait un air un peu hautain et désinvolte. Même les traces de la petite vérole qui marquaient ses joues parfaitement rasées ne parvenaient pas à l'enlaidir.

Richard se demanda pourquoi Sara avait refusé de danser avec lui. Elle aurait dû, au contraire, en être flattée. N'était-ce pas une revanche sur lady Emma et ses propos venimeux ?

— Il semble que vous ayez là un nouveau chevalier servant, dit Richard, qui aurait bien voulu en savoir plus sur cet inconnu.

Il ne se cachait pas qu'il y avait de la jalousie dans sa curiosité. Mais Sara semblait suffisamment indifférente pour qu'il n'eût pas à s'inquiéter.

— Richard, ne restons pas ici, s'il vous plaît.

La musique se faisait entendre de nouveau. Il la conduisit au milieu du cercle des danseurs.

— Courage, ma chérie. Et faites-moi confiance.

Richard observait les convives qui les regardaient danser. Il était sûr que tous les hommes lui enviaient Sara. C'était une évidence, même si elle ne le percevait pas. Et dans les yeux des femmes, il lisait la peur et la moquerie. A l'évidence, Sara les intimidait. Elle était trop différente par sa beauté, qui la mettait bien au-dessus d'elles, et par sa vie libre, qui l'affranchissait de la tutelle des hommes. Comment leur médiocrité n'en eût-elle pas été offensée ?

C'est cette originalité qui l'avait retenu. Il s'en avisait soudain. Et ce fut une révélation. Il pensait être rebuté par ce que Sara lui faisait découvrir des femmes, et voilà qu'il s'en trouvait conquis. Plus rien d'autre ne comptait pour lui à présent.

Un pas de danse lui permit de se rapprocher d'elle. Il se pencha pour lui glisser à l'oreille :

— Tu ne ressembles à personne.

Les danseurs se prirent par la main et firent un pas en arrière, puis se rapprochèrent de nouveau. Richard lui murmura :

— Et c'est pour ça que je t'aime.

Il fut surpris de s'entendre prononcer ces mots. Autant qu'elle dut l'être. Et pourtant, ils exprimaient le fond de sa pensée. Sara avait fermé les yeux. Leurs mains se séparèrent et chacun exécuta les figures que requérait la danse. Quand ils se retrouvèrent face à face, elle lui sourit. Une larme coulait sur sa joue. C'était la première fois qu'il la voyait pleurer. Il aurait donné son âme pour savoir si c'était une larme de bonheur ou de désespoir.

Sara brûlait d'être seule. Pourquoi Richard lui avait-il dit ces mots définitifs ? Etait-ce l'expression de la pitié que lui inspirait sa situation ? L'idée même qu'il pût la plaindre lui était insupportable. Pas lui.

— Il faut que je parle à lord Selwick de la réunion de ce soir, lui dit Richard quand la danse se fut achevée. J'en ai pour très peu de temps.

Il venait à peine de quitter Sara que lord Aelwyn s'approcha d'elle. C'était l'homme dont elle avait décliné l'invitation à danser.

— Ah ! Sara ! Déjà abandonnée ? Il faut faire quelque chose. Venez !

Il la saisit par la main et l'entraîna jusque devant la table d'honneur. Sa voix forte retentit.

— Oyez, mes amis ! Vous oubliez que nous avons un autre mariage à fêter ce soir. Portons une santé à notre puissante Sara de Fernstowe et à sa nouvelle conquête ! Mais où est donc l'infortuné mari ?

La salle s'emplit de rires et de propos grivois.

Richard surgit comme par magie. Il prit Aelwyn au col pour lui faire lâcher la main de Sara et lui jeta à la figure, sous les cris d'encouragement des invités :

— Si vous osez toucher ma femme encore une fois, je vous tue !

Avant que lord Aelwyn ait pu réagir, Richard s'était tourné vers la table principale, les bras levés pour demander le silence. La salle se tut subitement. Sara retenait sa respiration.

Après avoir saisi une coupe, il se tourna vers Aelwyn et déclara :

— Au fond, je comprends votre jalousie, messire. Buvez avec nous tous à la santé de lady Sara de Fernstowe. C'est un présent de mon roi et mon bien le plus cher.

Les regards d'Aelwyn allaient de Richard à Sara. Il ne disait mot. Au milieu des rires et du brouhaha renaissant, la plupart des convives levèrent leur coupe.

Richard fit de même en se tournant vers Sara, à qui il adressa un large sourire. Après avoir bu, il reposa sa coupe sur une table et, de sa voix sonore et bien timbrée, demanda une nouvelle fois le silence.

— Avec l'autorisation de lord Harbeth et de lady Hildegarde, je voudrais profiter de l'occasion qui nous rassemble aujourd'hui pour vous raconter ce qui m'est arrivé à Fernstowe.

— Oui, c'est ça, ironisa Aelwyn avec un petit rire nerveux. Racontez-nous comment lady Sara vous a...

Il n'eut pas le temps d'achever. Le poing de Richard vint s'écraser sur son visage. Aelwyn glissa au sol, ainsi qu'une poupée de chiffon, évanoui.

— Revenons à mon histoire, continua Richard comme si de rien n'était.

Sara se retenait de rire. Elle regarda les invités, qui, silencieux, attendaient la suite.

— Comme vous l'avez entendu dire, reprit Richard, c'est récemment que je suis venu dans le Nord, en compagnie du roi Edouard. Un jour que nous chassions sur les terres de Fernstowe, je fus grièvement blessé par une flèche ennemie.

Richard avait d'indéniables talents de conteur. Tous, captivés, écoutaient sans un bruit.

— Déjà l'ange de la mort approchait. Je souffrais tant que j'étais prêt à l'accueillir avec soulagement et reconnaissance. C'est alors qu'un visage de femme s'est penché sur ma couche, si beau que la vie me parut soudain plus que tout désirable.

Richard se tut. Son regard vert se promena lentement sur l'assistance. Puis, sûr de son effet, il continua :

— Et voilà que le roi notre sire, pour m'encourager à guérir, me promit de me donner ce que je lui demanderais. Devinez quelle fut ma réponse, nobles seigneurs. Qui donc pouvait me retenir sur cette terre. Qui pouvait me faire renoncer aux félicités du ciel ?

— Lady Sara ! lança une voix.

— Sara de Fernstowe ! s'écria une autre.

— Sara ! Oui, Sara ! dirent des dizaines de voix à l'unisson.

Toute l'assistance fit chorus, participant de bon cœur à cette surprenante démonstration de sympathie. On choquait les coupes et les rires fusaient, amicaux, heureux.

Mélior fit entendre le son de sa lyre, bientôt imité par les autres musiciens. Ce n'était plus la musique savante et compassée des danses précédentes, mais une sorte de branle populaire comme les aimaient les noces paysannes.

Des gens qui, l'instant d'avant, traitaient Sara avec mépris l'entouraient à présent, lui souhaitant mille prospérités pour son couple, la félicitant des soins qu'elle avait donnés à Richard de Strode et s'enchantant que le roi lui-même tînt en si haute estime un membre de la noblesse locale. Elle se blottit dans les bras de Richard. Il lui prit le menton pour poser un baiser sur ses lèvres, sous les applaudissements de l'assistance. Elle rit quand il desserra son étreinte, heureuse, incrédule aussi. Elle n'aurait jamais cru son mari capable d'un tel numéro de foire, lui si réservé d'ordinaire, si taciturne même.

— Etes-vous certain de ne pas être un barde gallois ? demanda-t-elle tandis qu'ils se mettaient en place pour la danse suivante.

Ce fut une sarabande endiablée qui, fort à propos, détourna l'attention des invités. Après avoir virevolté, bousculé quelques danseurs, écrasé plusieurs pieds et beaucoup ri, ils s'isolèrent dans un coin de la pièce.

— J'ai envie de vous, lui murmura Richard, maintenant.

Sara émit une sorte de petit gloussement qu'il ne lui avait jamais entendu.

— Pas ici.

— Alors dans le jardin ? insista-t-il, impatient. Ou à l'office, dans le grenier... où vous voudrez, mais sans attendre.

Sara approcha sa bouche de l'oreille de Richard et lui glissa :

— Dès que ce sera possible. Mais pas ici. Rentrons à la maison.

— Je ne le peux pas. Il faut que je reste pour ce... travail.

— Quel travail ? demanda-t-elle, l'estomac soudain noué.

— Si nous avons pu convaincre tous ces gens que j'avais librement consenti à notre mariage, il faut maintenant leur montrer que nous sommes un couple amoureux, vous ne pensez pas ?

Le bonheur de Sara s'évanouit en un instant. Elle eut soudain le cœur si douloureux qu'il lui semblait qu'il dût se briser. Elle baissa les yeux, hocha la tête, incapable de dire un mot. Ainsi, c'était cela. Richard ne pensait pas ce qu'il venait de dire. S'il avait menti à tous ces gens, ce n'était pas pour qu'ils acceptassent enfin son épouse parmi eux. C'était uniquement pour sauver la face.

Elle ne lui demandait plus que d'avoir la charité de mettre fin à cette mascarade et de la raccompagner à Fernstowe.

Richard reconduisit Sara à table. Il l'aida à s'asseoir et, après avoir pris place sur le banc, à côté d'elle, passa un bras autour de sa taille. Quand il tenta de la serrer contre lui, il lui sembla qu'elle résistait un peu, puis elle se laissa faire.

Mélior avait commencé de chanter une ballade, en s'accompagnant d'une petite harpe. Tout le monde s'était tu pour l'écouter. Tandis que sa voix mélodieuse disait les grâces de la nature, Richard, tout à son désir pour Sara, ne pensait plus qu'aux moments d'intimité qu'il aurait voulu partager avec elle.

Lui aussi souhaitait retourner précipitamment à Fernstowe et s'enfermer avec elle dans sa chambre à coucher. Mais il ne pouvait quitter le château d'Harbeth. Après que les nouveaux mariés auraient été conduits à leur chambre, il devait rencontrer plusieurs autres barons de la frontière pour parler des attaques écossaises et de la mort de lord Simon.

S'il savait son frère innocent, il lui fallait cependant rencontrer ceux qui se disaient ses victimes, pour réunir le plus d'informations possibles. Le nom d'Alain ne pourrait jamais être lavé de tout soupçon tant que le coupable n'aurait pas été trouvé et traduit en justice.

Le chant prit fin. Les applaudissements, fort nourris, tirèrent Harbeth de son sommeil d'ivrogne.

— Je vais me coucher, se contenta-t-il de dire en se levant péniblement, imité des convives.

Richard resta à sa place, le bras toujours passé autour de la taille de Sara. Il observait sans parler un groupe de femmes qui entouraient lady Hildegarde en la poussant vers l'escalier, tandis qu'une demi-douzaine d'hommes se bousculaient pour transporter le marié sur leurs épaules jusqu'à la chambre nuptiale.

— Voulez-vous monter avec eux? demanda Richard à Sara, alors que les convives étaient presque tous sortis de la salle.

— Non merci, je n'ai aucune envie de voir Harbeth tout nu. Je laisse ce plaisir à la mariée.

Puis elle se dégagea de l'étreinte de Richard et quitta le banc.

— Bonne nuit, Richard.

— Sara, dit-il en se levant pour lui prendre la main, m'en voulez-vous beaucoup de ne pas vous raccompagner à la maison ? Vous savez que j'ai un engagement ce soir.

— Bien sûr, répondit-elle avec un sourire triste. Il sera bien temps de rentrer demain.

Elle libéra sa main et se dirigea vers le chauffoir.

Richard pensa la suivre pour un dernier baiser, mais elle lui parut si lasse qu'il préféra la laisser seule. Il la sentait troublée. Quelque chose lui avait fait perdre la joie dont elle rayonnait quand il lui avait manifesté son affection.

Le coup dont il avait frappé l'homme qui s'était permis de se moquer de leur mariage lui avait laissé les phalanges endolories. Il frotta son poing contre la paume de sa main gauche en repensant au regard de cet homme, plein d'une jalousie qui confinait à la haine. Mais pourquoi ?

— Oh, bon Dieu ! murmura Richard. Serait-ce possible ?

Se pouvait-il que cet homme fût le prétendant éconduit qui avait tenté de défigurer Sara ? Il fallait tirer cette affaire au clair.

Avisant une servante qui s'employait à débarrasser les tables, il lui demanda :

— Savez-vous où est Mélior, le ménestrel ?

— Il est parti, messire, répondit la jeune fille avec une petite révérence. Il a reçu son argent et il a quitté Harbeth. Il ne passe jamais la nuit quand il vient ici.

— J'avais une question à lui poser, mais peut-être pourrez-vous y répondre. Qui est le seigneur vêtu d'écarlate qui s'est présenté devant la table d'honneur en tenant ma femme par la main ?

La servante sourit et baissa la tête.

— Le seigneur au nez cassé ?

— Oui, celui-là même. Quel est son nom ?

— Lord Aelwyn de Berthold. Il est reparti lui aussi, à peine arrivé.

— C'est dommage, murmura Richard en frottant plus énergiquement le poing dans sa paume.

— Messire, ajouta la servante avec un air timide, pour ce que vous avez fait... nous voudrions vous remercier.

Richard se contenta d'un signe de la tête, tandis que la jeune fille, effarouchée par son audace, s'empressait de quitter la salle. Il avait l'impression que son enquête commençait à porter des fruits. Berthold était un château de la frontière, dont le seigneur était du nombre de ceux qui avaient appelé le roi à l'aide pour les aider à débarrasser le Northumberland d'Alain le Juste.

Sara avait mentionné le nom de lord Aelwyn de Berthold quand elle avait parlé de ses prétendants. Cet homme la détestait, comme le prouvait ce qui venait de se passer, et sans doute parce qu'elle avait repoussé ses avances.

Mais jusqu'où était-il prêt à aller pour se venger ? Jusqu'à extorquer de l'argent à Richard après l'avoir enlevé ? Jusqu'à tenter de le dresser contre Sara ? Et sa haine datait-elle du jour où la jeune femme l'avait repoussé ?

Le cours des pensées de Richard fut interrompu par les invités, qui, après avoir accompagné les nouveaux époux dans leur chambre, redescendaient l'escalier en riant et en parlant fort.

Chacun s'installa pour la nuit. Richard, assis dans un coin, attendait le moment de son rendez-vous avec les lords.

Quatre hommes, qui se dirigeaient vers la porte de la salle, passèrent devant lui en lui faisant un signe discret. Il les suivit. Eclairé par une lune pleine dans un ciel sans nuages, le petit groupe gagna un jardinet envahi de mauvaises herbes et de feuilles mortes du dernier hiver. Richard plaignit lady Hildegarde, qui aurait à se promener dans ce lieu abandonné et triste.

Tous s'assirent à même le sol, et attendirent que lord Selwick, le plus âgé d'entre eux, prît la parole.

— Nous ne sommes pas au complet, dit celui-ci. Où est lord Aelwyn ?

— Il n'est plus au château, répondit Richard. Je tiens d'une servante qu'il est rentré chez lui.

Lord Beringer échangea un regard complice avec Richard.et éclata de rire, avant de dire :

— Je parie qu'Aelwyn est allé soigner son nez. Il est parfois si insupportable qu'on n'a pas envie de le plaindre.

— Il vaudrait mieux qu'il soit ici. Nous avons besoin de lui, dit Selwick sans relever la remarque de Beringer. Ne pensez-vous pas que nous devrions remettre cette réunion ?

— Qu'il ait préféré ne pas y assister, c'est son affaire, répondit Richard en haussant les épaules. Mais je lui enverrai un mot par un messager, si nous prenons une décision importante.

— Lord Bankwell est absent lui aussi, fit observer lord Beringer. Il a de sérieuses difficultés en ce moment sur ses terres.

— Bankwell a toujours fait bande à part, dit Selwick. Pourriez-vous l'aviser de ce que nous aurons décidé, Beringer ?

« Bankwell ». Richard se rappela que c'était le nom

d'un autre prétendant de Sara, qui n'avait plus donné de ses nouvelles depuis des années. Il se promit de faire une petite enquête pour savoir si cet homme avait autant de haine contre elle que sire Aelwyn.

— Très bien, conclut un des barons. Passons maintenant à notre sujet.

C'est à Richard qu'il s'était adressé, et non pas à Selwick. Inconsciemment, il exprimait le sentiment de tous. Richard était le représentant du roi. C'était à lui que revenait le soin de diriger l'enquête.

— Est-ce que l'un d'entre vous pourrait identifier l'homme qu'on appelle Alain le Juste ?

— Non, répondirent-ils tous à tour de rôle.

— Lord Aelwyn assure qu'il a eu affaire à lui une fois, dit lord Selwick, après la mort de son père.

Lord Meckville intervint, afin que les choses fussent claires pour Richard :

— Rappelons que c'est Alain qui a tué Parmer de Berthold, père d'Aelwyn.

— Récemment ? demanda Richard.

Selwick secoua la tête.

— Non, à Bannockburn, au cours la bataille. L'Ecossais a tué bon nombre des nôtres ce jour-là.

— Mais c'était il y a plus de vingt ans ! se récria Richard. Et comment Aelwyn a-t-il rencontré sire Alain ?

Lord Meckville reprit la parole pour répondre :

— Par le truchement d'un prêtre. Un grand nombre des bêtes de Berthold étaient mortes d'une épidémie. Et plusieurs villageois aussi. Il semblait que ce fût la ruine annoncée du domaine. Ce prêtre est arrivé un jour et a proposé de l'aide à la veuve de Parmer et à son jeune fils, Aelwyn. C'était de l'argent, que leur offrait Alain le Juste en réparation de la mort de l'homme courageux qu'il avait tué au combat.

Richard écoutait attentivement. Machinalement, il passait ses doigts sur la barbe renaissante de son menton. Quand Meckville eut achevé son explication, il lui demanda :

— Et que s'est-il passé ensuite ?

— Aelwyn a très mal pris la chose, répondit Meckville en riant. Il a jeté l'argent à la figure du prêtre qu'il a ensuite proprement assommé à coups de pique-feu. C'est Alain lui-même qui est venu chercher ce pauvre homme et l'a emmené.

— Et qu'a-t-il fait à Aelwyn ? demanda Richard.

— Il lui a proposé de garder l'argent et a promis d'oublier ce qui venait de se passer, à la condition que le jeune Aelwyn se montrerait dans l'avenir plus digne de la mémoire de son père.

— Quelle suffisance ! intervint lord Selwick en secouant la tête.

— De la suffisance ? s'étonna Richard. Ne trouvez-vous pas étrange que sire Alain n'ait pas puni Aelwyn d'avoir osé attaquer son envoyé, et qui plus est un homme de Dieu. Rien, après tout, n'obligeait cet Ecossais à donner de l'argent à la famille de son ennemi. Il avait tué Parmer de Berthold, soit, mais en légitime combat. Le geste d'Alain était de pure générosité.

Selwick soupira, avant de s'adresser à Richard sur le ton d'un maître qui déplore l'ignorance d'un élève.

— Mais, mon pauvre ami, cet argent appartenait auparavant à Parmer. Les Ecossais ont détroussé les Anglais, après la bataille. Donner à Aelwyn ce qu'on lui avait volé, c'était une façon de l'humilier.

— Je vois, fit Richard, qui n'était rien moins que convaincu. Quand on connaît la réputation d'avarice des Ecossais, on peut s'étonner que celui-ci ait fait preuve d'une telle générosité pour le seul plaisir d'humilier un gamin et une veuve qu'il ne connaissait même pas.

— Il est vrai que la chose est surprenante, convint Tomlinson, le plus jeune des lords présents. Mais les Ecossais sont une engeance bizarre. Tout le monde le sait.

Richard avait obtenu quelques réponses aux questions qu'il se posait. Depuis des années, Aelwyn gardait donc une rancune tenace à sire Alain, qui n'avait fait que prendre en pitié la famille d'un ennemi courageux. Ce tempérament vindicatif l'avait dressé aussi contre Sara, dont le tort avait été de ne pas céder à son caprice. Quant à Bankwell, il était bien, comme l'avait décrit Sara, un homme honnête qui, après avoir vainement prétendu à sa main, avait pris le parti d'accepter son échec.

— Parfait, conclut Richard. Il ne me reste plus qu'à vous demander de me faire une liste de tout ce que les Ecossais vous ont extorqué, ainsi que de ce qu'ils ont volé et détruit sur vos terres. N'oubliez pas de me donner des détails sur la façon dont ils ont pris contact avec vous, et sur ce qu'ils vous ont dit. Soyez précis. J'ai besoin de tous les renseignements possibles. Quand j'aurai étudié vos réponses, nous fixerons la date d'une prochaine rencontre.

— Où cela ? demanda Meckville.

— A Fernstowe, si vous voulez, répondit Richard. Lady Sara et moi n'avons pas encore organisé de fête pour notre mariage. Ce serait une excellente occasion.

Disons dans une quinzaine de jours, un vendredi. Si ce ne pouvait être ce jour-là, j'enverrais un messager pour vous en aviser.

— Et lord Aelwyn ? demanda Tomlinson.

— Ne vous inquiétez pas pour lui, dit Richard, qui semblait avoir un plan. C'est moi qui le préviendrai.

14.

Le départ de Richard et de Sara, à l'aube du jour suivant, ressembla beaucoup à leur arrivée. Ils retrouvèrent la même foule dans la cour du château d'Harbeth, bruyante et indisciplinée. Tous ces seigneurs allaient et venaient, se saluaient, se souhaitaient bon voyage au milieu des valets qui chargeaient les mules et les chariots.

Certains d'entre eux adressaient à Sara des regards et des signes amicaux. Elle devait cette soudaine faveur au brillant numéro de Richard. S'ils avaient su à quel point ce beau parleur les avait bernés, ils l'auraient cloué d'une volée de flèches à la porte du château.

Sara regrettait de ne pouvoir se charger de la besogne. Elle ne pouvait lui pardonner, parce qu'il avait osé utiliser des mots d'amour pour parvenir à ses fins. C'était indigne de lui. Mais, plus encore qu'à Richard, c'est à elle-même qu'elle en voulait, d'avoir nourri de tels espoirs.

Elle avait passé la nuit à ressasser son ressentiment, au milieu des ronflements, respirant par la bouche pour ne pas sentir les fortes odeurs corporelles et les relents de bière froide. Ces heures sans sommeil lui faisaient voir les choses en noir. Elle se sentait sale et lasse. Elle avait l'impression que son voile, attaché tant bien que mal par quelques épingles, se détacherait avant qu'il soit longtemps, et que sa lourde robe de voyage en laine serait vite insupportable.

Richard, lui, était égal à lui-même, bien pris dans sa riche cotte d'armes de velours bleu qui recouvrait une cotte de mailles de prix. Et, toujours soucieux de son effet, il ne portait pas de casque, comme s'il n'avait pas eu à craindre les dangers de la route.

— Que voilà un beau chevalier ! railla-t-elle à voix basse.

Quand Richard eut fini de parler à sire Matthieu, il s'approcha de Sara. Après l'avoir observée un instant, il lui dit :

— Quelque chose ne va pas ce matin ? Vous n'avez pas l'air bien.

Sara se serait passée de cet excès de sollicitude.

— Quelqu'un vous aurait-il manqué de respect ? reprit Richard.

Sara leva les yeux sur lui et hocha la tête.

— Oui, un homme à qui je croyais pouvoir faire confiance. Mais j'ai compris la leçon.

— Quel homme ? Je vais le remettre à sa place, s'indigna-t-il en regardant autour de lui.

— Ne cherchez pas si loin. C'est vous.

Puis, après avoir saisi les rênes et le pommeau de sa selle, elle mit le pied à l'étrier et monta sur sa jument avant que Richard ait eu le temps de l'aider. Elle chercha son assiette, remit de l'ordre dans ses vêtements, puis le regarda, attendant une réaction.

Au lieu de saisir l'occasion qu'elle lui offrait de s'expliquer, Richard préféra rester silencieux. Il vérifia rapidement la sangle de la selle, la longueur des étrivières, puis s'éloigna pour donner des instructions à sire Edmond.

Quelques instants plus tard, monté sur son hongre, il franchissait le portail du château, suivi de sa petite troupe, et prenait la route de l'ouest.

Lorsqu'ils arrivèrent en vue de Fernstowe, Richard vint se placer à côté de Sara et demanda aux hommes de continuer sans s'occuper d'eux.

— Alors, allez-vous m'expliquer ? Qu'ai-je fait de répréhensible ?

— Vous avez menti à tout le monde hier soir. Et vous avez été si convaincant que, pour un peu, je me serais laissé prendre à vos boniments.

— J'y ai presque cru moi aussi, répondit Richard avec un petit rire.

Il la regardait d'un air si désarmant que Sara se sentit faiblir. Mais il ajouta :

— Mes propos servaient le but que nous nous sommes fixé. Pourquoi faut-il que cela vous fâche ?

— Fallait-il que vous poussiez le souci de la perfection jusqu'à me mentir encore pendant que nous dansions ?

Et sans attendre la réponse de Richard, elle éperonna sa jument et partit au galop en direction du château.

Les enfants, franchissant le portail, se précipitèrent au-devant d'elle. Elle se força à sourire, leur dit quelques mots aimables et les laissa avec leur père, qui arrivait sur ses talons. Dans sa chambre, elle trouva

Berthe, occupée à remplir d'eau chaude une baignoire de bois. Elle leva la main d'un geste autoritaire pour faire comprendre à la gouvernante qu'elle n'était pas d'humeur à parler de son voyage ou du mariage.

Après son bain, elle irait au lit. Elle ne descendrait pas dîner et voulait rester seule.

— Laissez-moi, Berthe. Et allez vous occuper des enfants. Ordonnez qu'on prépare un dîner pour les hommes. Si quelqu'un me cherche, dites que je me repose et que je ne veux pas être dérangée.

Berthe avait froncé les sourcils, mais elle s'empressa d'obéir. Sitôt qu'elle fut sortie, Sara se déshabilla et entra dans la baignoire. Elle s'y immergea complètement, n'hésitant pas à y plonger la tête. Tout lui était insupportable, même l'odeur des essences que Berthe avait mêlées à l'eau du bain. Elle avait envie de pleurer, de crier, de briser des objets jusqu'à l'épuisement.

Comment avait-elle pu attacher tant de prix à la considération de Richard. Non, pas à la considération, corrigea-t-elle, à l'amour. Fallait-il qu'elle fût bête pour avoir cru qu'il pourrait l'aimer !

Elle s'assit bien droite et commença de se savonner vigoureusement.

— Et puis en voilà assez ! murmura-t-elle avec détermination. Peu m'importe ce qu'il a fait. C'est du passé. Et même s'il a agi en ne pensant qu'à lui, il m'a donné de bons moments. C'est à cela seulement que je dois penser.

De nouveau, Sara s'immergea complètement dans l'eau du bain. Quand elle ressortit la tête, elle s'ébroua en répétant :

— Oui, à ça seulement. merci Richard !

— Je vous en prie, répondit-il.

Sara se retourna brusquement, les deux mains accrochées au bord du baquet.

— Que faites-vous ici ?

— J'ai une dette envers vous, mon cher cœur, depuis le jour où vous m'avez donné un bain.

A pas lents, Richard s'approcha, les poings sur les hanches, une lueur amusée dans le regard.

Il se pencha au-dessus d'elle, et, du bout des doigts, releva une mèche mouillée qui lui barrait le front.

Sara écarta brutalement la main de Richard.

— Sortez !

— Dommage, j'avais l'intention d'entrer.

— N'y comptez pas.

— C'est vous qui le dites.

Sara était désemparée. Elle avait honte de crier comme une mégère. Mais elle ne céderait pas. Son amour-propre, que Richard avait mis à mal ces derniers temps, n'était pas mort.

Lentement, et avec calme, elle dit :

— Je vous demande de quitter ma chambre, Richard.

Il éclata d'un grand rire, qui emporta la colère de Sara.

— Vous me demandez de sortir ? Mais pourquoi ce mécontentement ? Hier soir, vous étiez prête à galoper à bride abattue pour terminer ici la nuit avec moi. Serait-ce que vous m'en voulez de n'avoir pas accepté ? Le plus important est que nous soyons à Fernstowe, après tout.

— C'est un fait.

Sara avait retrouvé son calme. Mais elle n'était pas aussi à l'aise qu'elle voulait bien le montrer. Nue dans ce baquet dont l'eau refroidissait, avec, sur la tête, une masse de cheveux mouillés et défaits, elle ne se sentait pas vraiment à son avantage. En tout cas pas suffisamment pour exciter le désir d'un homme.

— Que cherchiez-vous ici ? demanda-t-elle.

— Vous, bien sûr.

— Et si je refuse ?

Richard eut un sourire complice.

— Je vous obéirai si je suis sûr que c'est ce que vous voulez vraiment.

— N'en doutez pas !

Il se pencha, prit Sara sous les bras et la sortit de son bain, comme il aurait soulevé une enfant. Puis il glissa les doigts dans la chevelure de la jeune femme.

— Prouvez-le, dit il en lui baisant la bouche.

Sara gardait les lèvres serrées. Elle éprouvait contre sa peau nue le contact rude des vêtements de Richard et commençait à avoir froid. Elle eut envie de se réfugier plus profondément dans ces bras chauds, mais souhaitait en même temps s'en arracher et fuir.

A force d'insistance, Richard obtint qu'elle desserrât les lèvres, et son baiser se fit plus profond. D'une main, il lui caressait la nuque ; de l'autre, il explorait son corps mouillé. Elle sentit se presser contre son ventre quelque chose de dur qu'elle avait assez d'expérience pour ne pas confondre avec la poignée d'une dague. Elle se sentait faiblir.

— Sara, j'ai envie de toi, murmura Richard contre ses lèvres. Toute la nuit, je n'ai pensé qu'à ça.

Il l'étreignit avec plus d'ardeur et la baisa de nouveau. Sara n'avait plus aucune envie de résister. Quand leurs lèvres se séparèrent, elle poussa un gémissement, qu'il interpréta comme une capitulation. Avec un sourire engageant, il lui suggéra :

— Fais comme si tu étais mon écuyer, aide-moi à me dévêtir.

Les mains de Sara se glissèrent jusqu'à la ceinture de la cotte, tentèrent d'en défaire la boucle, qui résista. Elle s'agenouilla pour continuer.

— Nue et à mes pieds. Je n'aurais jamais osé en espérer autant, dit-il en souriant.

Sara leva les yeux vers lui. Elle comprenait que, sous ces taquineries, Richard cachait son embarras. En fait, il ne savait pas comment se comporter avec une femme assez honnête avec elle-même pour avouer franchement son désir. S'il souhaitait avoir une épouse soumise, elle pourrait essayer de le contenter, mais ne la connaissait-il pas assez, à présent, pour ne pas être dupe de ce genre de simagrée ?

Comme tout aurait été plus simple, si, au lieu de la désirer seulement, il l'avait aimée. Elle chercha à se rappeler quand il avait pu lui dire qu'il ne l'aimait pas. Jamais, au fond, mais tout son comportement le prouvait assez.

Elle parvint enfin à défaire la boucle de la ceinture et se releva pour aider Richard à retirer sa cotte d'armes, puis la légère cotte de mailles qu'il portait dessous. Elle le regardait faire sans le voir, absorbée dans ses pensées. Elle se rappelait qu'elle s'était promis de ne pas feindre d'être ce qu'elle n'était pas. Ni pour Richard, ni pour personne. Mais que n'aurait-elle pas fait pour lui complaire ! Au mépris de ses résolutions, elle se sentait prête à faire l'effort d'être la femme qu'il attendait, afin de lui donner l'impression qu'il était l'homme qu'il voulait être. Il la mettait en colère, lui causait des soucis, la décevait, l'affaiblissait quand elle avait besoin d'être forte, mais elle l'aimait.

Plus que tout, elle voulait qu'il restât avec elle et ne cessait de craindre qu'il ne le voulût pas. Aussi finissait-elle par considérer que si, pour le garder, il lui fallait se résigner à piétiner ses principes et à brider ses désirs, le prix n'en serait pas trop lourd.

Richard acheva de se déshabiller. Il lui tendit les mains. Au lieu de se jeter dans ses bras, comme elle en avait envie, pour lui donner mille baisers fougueux, elle attendit qu'il prît l'initiative. C'était à lui de faire le premier geste, et les suivants, il ne devait pas l'oublier.

Pour le bien de Richard, pour celui des enfants et pour le sien propre, elle allait se conduire à présent comme la femme la plus convenable qu'on ait jamais vue en Angleterre.

Pendant un instant, Richard laissa son regard caresser les formes de Sara, puis il l'amena à lui et la serra dans ses bras. Elle ferma les yeux, se laissant gagner par la chaleur qu'elle sentait monter en elle.

Elle se demanda si ce nouveau rôle ne serait pas plus difficile à jouer qu'elle ne l'imaginait. Tandis que Richard l'entraînait vers le lit, elle prit une inspiration profonde, chercha à résister à l'espèce d'ivresse que faisait naître en elle le désir des baisers de cet homme, de l'odeur de son corps, du contact de sa peau. Elle s'attacha à penser à autre chose, à son lit, trop petit pour que Richard pût s'y étendre, et trop fragile pour supporter leurs ébats. Elle imagina Richard au milieu des planches effondrées et sourit. Mais ces distractions fugitives ne parvenaient pas à lui faire oublier la bouche qui murmurait des mots d'amour à son oreille et la main qui parcourait son corps.

Quand ils furent arrivés au lit, Richard l'étendit sur les couvertures. Elle se laissa faire.

— Sara, murmura-t-il, dans une sorte de gémissement.

Ce nom paraissait si doux sur ses lèvres qu'elle en frissonna. Il lui était impossible de maîtriser son émotion, mais elle se gardait d'en rien manifester.

Richard plaça ses genoux de part et d'autre des hanches de Sara et se pencha vers elle.

C'est alors que le lit s'effondra !

Elle poussa un cri. Et lui un juron.

Avant qu'ils aient pu reprendre leurs esprits, la porte s'était ouverte.

— Jésus, Marie, Joseph ! s'écria Berthe, les yeux arrondis par la surprise, en lâchant le plateau qu'elle portait.

Le rouge aux joues, elle tenta de s'expliquer :

— Je... je... venais pour...

Berthe ferma les yeux et se retourna.

— Etes-vous blessés ? demanda-t-elle.

Pour toute réponse, elle entendit le rire de Sara, un rire qui allait s'amplifiant et que rien ne semblait devoir arrêter. Richard s'était levé, et continuait à pester en enfilant sa cotte à la hâte. Mais ses bras et ses jambes nus, ses cheveux ébouriffés et son air fâché lui donnaient plus l'air d'un grand enfant capricieux que d'un redoutable guerrier. Et le rire de Sara ne fit qu'augmenter.

Berthe, le dos toujours tourné, riait elle aussi, à en juger par le tressautement de ses épaules. Richard n'appréciait pas du tout cette hilarité générale. Les mains sur les hanches, il regardait alternativement les deux femmes. Puis, ne sachant que faire, il quitta la pièce en claquant la porte derrière lui.

Sara, alors, s'enfouit le visage dans les coussins, pour étouffer les hoquets de son fou rire.

Elle se sentait soulagée. Grâce à Dieu, ce lit s'était effondré au bon moment. Elle n'aurait pas à feindre pour contenter les préjugés de son mari.

Revenu dans sa chambre, Richard se dirigea vers le coffre à vêtements. Il en tira une tunique de couleur sombre et des chausses noires, à l'image de son humeur. Une fois habillé, il se sentit cependant un peu mieux disposé. Avec un petit sourire amusé, il se rappela Sara nue, agitant bras et jambes dans les ruines du lit, et se convainquit facilement qu'il avait dû paraître plus ridicule encore.

Il serra sa ceinture, passa la main dans ses cheveux et gagna la porte. Maintenant qu'il avait surmonté sa mauvaise humeur, il comptait rejoindre Sara pour lui en demander pardon et lui proposer de partager son lit. Ils riraient ensemble de ce qui s'était passé. Et « la chute du lit » deviendrait une histoire cent fois redite qui égaierait encore leurs vieux jours.

Il fut tiré de ses pensées par le son de la corne du guet. La garde du portail annonçait une visite. Il jeta un regard de regret à la porte de Sara et changea de direction pour descendre l'escalier. Qui pouvait bien se présenter au château ?

Certainement pas sire Alain. Il était encore trop tôt. Richard souhaita seulement que ce ne fût pas le roi.

Quelques instants plus tard, de la loge du guetteur, il observa l'arrivée des visiteurs. Ce n'était pas le roi, mais une imposante troupe de cavaliers cependant. Ils ne portaient pas d'étendards. Ni armoiries, ni couleurs distinctives n'apparaissaient sur leurs vêtements. A leur tête, monté sur un grand cheval de bataille, avançait un homme haute taille, vêtu d'une tunique verte. Il était suivi d'un homme de même stature, vêtu et monté semblablement. Puis venaient six cavaliers, deux par deux, qui escortaient une dame chevauchant une haquenée élégante.

— Qui va là ? cria Terrel, la sentinelle de garde à la porte ce jour-là.

Richard remarqua que, sur les remparts et dans la cour, tous les hommes de Fernstowe s'étaient armés et attendaient les ordres.

Le chef de ce parti de cavaliers s'arrêta devant le portail, et d'une voix forte, habituée au commandement, il répondit à la sommation.

— Je suis le frère de sire Richard de Strode. Je viens ici sur son invitation.

Alain ! Richard se pencha au créneau, pour mieux voir. L'homme ressemblait trop à leur père pour qu'il pût être un imposteur. Et s'il avait de mauvaises intentions, il trouverait dans Fernstowe assez d'archers à qui parler.

— Ouvrez la porte ! ordonna Terrel, à la demande de Richard, puis, se penchant entre les merlons, il ajouta, à l'intention des visiteurs : Entrez en paix !

Tandis qu'on ouvrait les vantaux de la porte et qu'on levait la herse, Richard descendit l'escalier de la muraille. Il tentait de calmer son impatience. Enfin, il allait rencontrer ce frère qu'il ne se rappelait pas, mais qu'il avait pourtant l'impression de connaître très bien. Si toutefois c'était lui ! Quelqu'un avait déjà prétendu être Alain. Mais à en juger par le timbre de sa voix, il ne s'agissait pas du même homme.

Arrivé dans la cour, Richard s'arrêta. Les portes intérieures et extérieures étaient ouvertes. Au-delà, il apercevait la petite troupe des cavaliers. L'homme qui disait se nommer Alain tira son épée, qu'il confia au chevalier qui le suivait. Puis, sur un signe de lui, la dame restée en arrière s'avança jusqu'à sa hauteur. Ils se mirent en marche ensemble et, du même pas, entrèrent dans Fernstowe. De loin, les membres de leur escorte les observaient attentivement, comme s'ils avaient craint quelque danger.

Arrivés devant Richard, ils arrêtèrent leur monture.

— Pouvez-vous prouver qui vous êtes, messire ? demanda Richard.

La question fit rire le chevalier, dont les yeux verts pétillèrent.

— Si c'est P'tit Chacha qui me demande ça, par Dieu, je vais répondre.

« P'tit Chacha ». Richard détestait ce surnom ridicule. Il n'y avait qu'Alain qui l'eût jamais utilisé, mais il faisait rire leur père, quand celui-ci le trouvait dans les lettres de son fils aîné.

— J'aurais préféré autre chose, dit Richard avec un sourire pincé, mais je dois reconnaître que c'est convaincant.

Avec une souplesse surprenante pour un homme de son âge et de sa corpulence, Alain sauta de cheval et prit Richard dans ses bras.

— Par Dieu, mon garçon, je n'aurais jamais cru te revoir un jour.

Puis, lui posant la main sur l'épaule, il dit :

— Je vais te présenter à ta belle-sœur.

Alain fit les présentations. Richard s'inclina. Du haut de sa jument, la cavalière, lady Honor, lui rendit son salut. Elle avait d'immenses yeux gris et un sourire très doux. Richard la trouva belle, malgré son âge.

— Je suis heureux, dit-il courtoisement, de vous rencontrer enfin. Alain nous a beaucoup parlé de vous dans ses lettres.

— Et je suis heureuse de vous revoir, Richard. Je ne pense pas que vous vous rappeliez notre dernière rencontre. Vous étiez trop jeune. Comment vont vos parents ? Nous venons tout juste de rentrer d'un séjour de six mois en France et nous sommes sans nouvelles de la famille.

— Ils vont très bien, autant que je sache. Venez, nous serons mieux dans la salle.

Richard se demanda quel accueil Sara allait réserver à ces hôtes inattendus. Elle pouvait tout aussi bien les recevoir en maîtresse de maison accomplie, ou se jeter à la gorge d'Alain avec un couteau de cuisine. Une chose était certaine : elle ne faisait jamais ce qu'on attendait d'elle.

Le deux hommes avancèrent dans la cour, suivis de lady Honor sur sa monture.

— J'ai vu que tu te désarmais avant d'entrer, fit remarquer Richard en montrant le fourreau vide qui pendait à la ceinture d'Alain. Je suis touché de cette marque de confiance, mais c'était inutile.

Alain haussa les épaules avant de répondre :

— Ta femme, m'a dit Mélior, en a fait une condition de ma visite. J'ai obéi.

Richard fronça les sourcils. Il n'était pas d'usage qu'un chevalier abandonnât son épée pour rendre visite à un pair. Jamais il n'aurait accepté d'abandonner la sienne s'il avait été invité chez Alain.

Quand ils arrivèrent au pied des marches qui conduisaient à la grand-salle, Richard aida lady Honor à descendre de cheval.

— J'espère que je ne m'impose pas, dit-elle doucement. Alain m'a demandé de l'accompagner. A vrai dire, j'avais aussi une grande envie de vous revoir et de faire la connaissance de votre femme.

— Nous sommes très heureux de vous recevoir ici, dit poliment Richard en espérant que Sara ne démentirait pas ses propos.

Ils entrèrent ensemble dans la salle. Richard les fit asseoir près du feu, sur des sièges confortables.

— Asseyez-vous et reposez-vous. Je vais chercher Sara. Nous venons de rentrer du mariage de lord Harbeth. Elle était en train de... prendre son bain quand nous avons entendu sonner la corne du guet.

Richard savait que ses hôtes devaient trouver curieux qu'il n'envoyât pas plutôt une chambrière aviser Sara de leur arrivée. Mais tant pis. Il valait mieux qu'il lui annonçât lui-même une nouvelle de ce genre.

— C'est inutile, dit Sara, qui venait d'entrer dans la pièce. Me voici.

Elle s'approcha, très raide, le visage pâle, le regard dur.

— Permettez-moi, dit Richard, qui priait pour que rien d'irréparable ne se produisît, permettez-moi de vous présenter ma femme, lady Sara de Fernstowe. Sara, lady Honor et Alain de Strode.

— Madame, messire, dit Sara avec une courte révérence.

Alain s'inclina. Puis, sans attendre, il déclara :

— Je sais par Mélior le ménestrel que vous me croyez l'assassin de votre père, n'est-ce pas ?

— C'est vrai, convint-elle en relevant le menton.

— Je jure, devant Dieu, sur mon salut éternel, que je n'ai rien fait de tel.

Sara resta silencieuse. Mais son silence était éloquent. Elle ne croyait pas Alain. Son beau-frère pouvait prêter tous les serments du monde, se jeter à ses genoux, lui rappeler sa réputation d'intégrité, elle continuerait de le croire coupable.

Embarrassé, Richard essayait d'éviter le pire.

— Lady Honor, expliqua-t-il, vient de me dire qu'elle a passé ces derniers mois en France avec Alain. Ils rentrent tout juste.

— C'est un bon alibi, dit Sara doucement.

Elle paraissait vouloir en découdre. Sire Alain, avec calme, mais détermination, protesta une fois encore de son innocence :

— Je ne mens pas, sur mon honneur.

— Pensez-vous, intervint lady Honor, que je pourrais avoir une coupe de vin, lady Sara ? Ma jument va un train de destrier. J'en ai les os rompus.

Elle s'assit et étendit les jambes vers le feu, comme si elle avait décidé de ne pas se mêler du différend qui opposait Sara à son mari.

Sara se tourna vers la salle et fit un signe à une servante.

— Apportez-nous du vin, Darcy. Et allez dire aux cuisines qu'ils servent le souper dès que possible. Envoyez aussi Grace préparer une chambre.

Darcy fit un signe d'assentiment de la tête et se hâta vers les cuisines.

— Par égard pour mon mari, je n'en dirai pas plus, ajouta Sara en s'adressant à sire Alain,

Puis elle se leva et sortit.

Richard avait rougi.

— Je vous présente mes excuses. Je crains que Sara ne soit...

— Troublée, et avec raison, termina Alain. Si j'étais persuadé d'avoir en face de moi l'assassin de mon père, je ne pourrais pas lui faire des sourires. Et toi ?

— Eh bien... non, admit Richard. Il faut que nous lui prouvions que tu es innocent. Mais avant tout, je dois te raconter ce qui s'est passé. Mélior ne savait pas toute l'histoire, notamment ma rencontre avec le scélérat qui se fait passer pour toi.

Alain poussa un soupir et alla s'asseoir dans un fauteuil.

— Je regrette que ta femme me juge aussi sévèrement, mais elle ne me connaît pas encore. D'ailleurs, je ne sais pas pourquoi, toi, tu me crois innocent. Tu n'en sais pas plus qu'elle sur mon compte.

— Je n'ignore pas que tu as tué des hommes dans des batailles, mais tu n'es pas un assassin.

Après avoir hésité un instant, Richard ajouta :

— En outre, je sais que tu n'es pas l'inconnu qui m'a enlevé. Bien sûr, je n'ai jamais vu son visage, mais sa voix était différente. Je crois qu'il était anglais.

— Ah, dit Alain, quand Darcy lui proposa une coupe de vin.

Il la vida d'un trait, la reposa sur le plateau que tenait la servante, et reprit :

— L'homme qui t'a enlevé n'avait pas mon accent écossais. Est-ce cela ?

Alain avait dit ces mots dans un anglais parfait, comme on le parlait à la cour de Londres. Plus une trace de l'accent des Hautes-Terres. Richard avait du mal à en croire ses oreilles.

— Ou bien, continua Alain en français, usait-il de la langue élégante que nos nobles anglais empruntent à la France ?

— Ça alors ! s'exclama Richard.

Un court instant, il se demanda si... Non, il connaissait Alain, ce ne pouvait être lui. Mais il comprenait qu'il ne lui faudrait plus faire confiance à son oreille pour identifier l'homme qu'il cherchait. Alain lui demanda en riant :

— Alors ? Toujours aussi certain que je ne suis pas coupable ? C'est à toi, Chacha, de te faire ta propre opinion. Tu peux te dire que si j'étais le coupable, je ne viendrais pas désarmé jusque dans ta maison. Et que je ne m'y ferais pas accompagner, qui plus est, de ce que j'ai de plus cher sur cette terre.

Sire Alain observait Richard. Son regard vert devint plus espiègle.

— Mais ce peut être une ruse, pour te tromper en gagnant ta confiance.

— Non, bien sûr que non, dit Richard. Quelqu'un essaie de te faire porter la responsabilité de ses crimes, Alain. Mais il est vrai que je n'avais pas pensé que cet homme puisse m'avoir grugé. J'aurais juré qu'il était anglais. Maintenant, je...

— Si tu veux mon avis, je pense aussi qu'il est anglais. Des Ecossais qui voudraient entrer en Angleterre pour se rendre au pré de la Dispute, devraient passer ou par mes terres ou par celles de Jean Gray. Or je suis persuadé que Gray est aussi irréprochable que moi dans cette affaire. Nos patrouilles de la frontière auraient remarqué les hommes qui t'ont enlevé. Je me suis renseigné. Personne n'a vu ces cavaliers.

Richard donna un coup de poing rageur dans sa paume.

— Pour une raison que je ne m'explique pas, un homme te salit. A cause de lui, ton nom résonne comme une malédiction tout le long de la frontière.

Les barons te haïssent, toi et les tiens. Le roi lui-même intervient et me demande de t'éliminer. Il faut que nous trouvions cette crapule et que nous la traduisions en justice.

— C'est pour cette raison que je suis venu te voir, répondit Alain calmement. Mais il me semble que notre première tâche devrait être de convaincre ta femme, avant qu'elle empoisonne ma nourriture ou me passe un couteau au travers du cœur.

Richard ne pouvait qu'approuver. Il avait les mêmes inquiétudes.

15.

Sara allait et venait dans sa chambre, tandis qu'Eustache et Tam réparaient le lit brisé. Elle jeta un regard noir à ce meuble qui ne la faisait plus rire depuis l'arrivée de l'Ecossais. D'ailleurs, personne ne riait plus au château.

La présence de cet intrus dans sa maison lui était devenue insupportable. Quelque chose lui disait qu'il n'était pas ce qu'il prétendait être. Peut-être ne mentait-il pas quand il affirmait n'avoir pas tué sire Simon, mais si ce n'était pas lui, c'était son fils, et il le savait. Qui d'autre que son fils se serait prévalu du nom des Strode ?

Eustache avait raconté à Sara que sire Alain était arrivé avec une escorte d'Ecossais, dont l'un, au moins, devait être son fils. « Question de ressemblance », avait dit Eustache. Et Sara s'était rappelé Adam, l'aîné, dont Mélior lui avait parlé.

A l'heure qu'il était, ces soldats en armes campaient sous les murs de Fernstowe, se préparant peut-être à entrer par ruse. Leur chef était dans la place et avait réussi à gagner la confiance de Richard. Ce serait un jeu d'enfant pour cet Ecossais du diable de se glisser la nuit jusqu'aux portes, de tuer la sentinelle et d'ouvrir le château à ses hommes.

Elle aurait pu ordonner qu'on l'arrêtât pour le faire jeter dans un cachot. Et le roi serait venu le juger. Mais les hommes de Fernstowe obéissaient à Richard désormais, qui n'apprécierait pas du tout ce genre d'idée.

Elle entendit la porte s'ouvrir dans son dos. C'était Richard. Elle se retourna, les bras croisés.

— Eustache, Tam, laissez-nous, s'il vous plaît. Vous finirez plus tard.

— C'est fini, m'dame, dit Eustache en donnant un dernier coup de maillet à une cheville.

Il saisit le bord du lit, le secoua énergiquement et conclut :

— Bougera plus, main'nant.

Aidé de Tam, il remit le matelas en place, puis les deux hommes prirent leurs outils et sortirent.

Sara les suivit des yeux. Elle était inquiète. Qu'allait-il se passer à présent ? Richard était-il venu pour lui faire des reproches sur sa conduite ou reprendre leur « entretien » là où la chute du lit l'avait interrompu ?

A coup sûr, elle aurait préféré les reproches à la séduction.

Il ne perdit pas de temps en propos anodins. Et, Dieu merci, il ne s'approcha pas d'elle. Il était venu pour lui demander de faire la paix avec son frère. Pendant un instant, elle eut pitié de lui, pris entre la colère de sa femme et les cajoleries de son frère. Et c'est à la première qu'il en voulait, alors que le second préparait sa perte !

— Sara, il faut que vous m'écoutiez. Alain jure qu'il n'a rien à voir dans la mort de sire Simon et qu'il ne sait rien de l'homme qui menace notre frontière. Pourquoi êtes-vous si sûre que c'est lui le coupable ?

— Et pourquoi êtes-vous si sûr que ce n'est pas lui ? Juste parce que vous avez le même père ? Est-ce que ça suffit à en faire un homme honnête ? Je ne le pense pas.

— Je crois à sa parole. Ce n'est pas lui qui m'a enlevé. Alain était en France à cette époque, pour faire une visite à la famille de lady Honor.

— Et son fils ? Qui vous dit que ce n'est pas lui qui tenait l'épée ? Et comme je doute qu'il ait agi sans le consentement de son père dans une affaire aussi grave, je les tiens tous les deux pour éminemment suspects.

Richard marqua un moment de silence. Il se passa la main dans les cheveux et soupira.

— Il n'y a pas de preuves de la participation d'Alain. Je vous le dis, Sara, quelqu'un utilise le nom de mon frère pour masquer ses propres responsabilités. Et permettez-moi de penser qu'un homme comme Alain ne peut avoir un fils assez dénaturé pour salir le nom de son propre père. Il est vrai que je ne connais pas mon neveu, mais je suis persuadé qu'il est aussi innocent qu'Alain.

Sara trouvait bien faibles les arguments de Richard. Elle comprenait que son mari s'aveuglait. Or le roi Edouard avait placé sa confiance en lui. Qu'arriverait-il s'il s'avérait que Richard protégeait l'assassin qu'il était chargé de mettre hors d'état de nuire ? C'était un cas de trahison passible de la peine de mort. L'idée en était insupportable à Sara.

Mais, en le voyant si préoccupé par les soucis qu'elle lui causait, elle eut pitié de lui et, à contrecœur, elle promit :

— J'essaierai de me montrer plus aimable avec votre frère.

Après tout, une hostilité déclarée n'eût conduit à rien. Si l'Ecossais affectait des manières courtoises pour arriver à ses fins, elle avait intérêt à utiliser les mêmes armes.

C'est en agitant ces pensées qu'elle commença à élaborer un plan. Un plan sans risques, parce qu'elle serait seule à l'exécuter. Le plus difficile serait de le garder secret jusqu'à l'arrivée du roi. Elle y parviendrait, si elle se montrait prudente.

— Je vous en serais reconnaissant, Sara. Vous finirez par comprendre que j'ai raison.

Richard s'avança dans la chambre et lui tendit les bras.

— Venez dîner avec nous ce soir. Vous pourrez entendre ce que mon frère a à dire.

Les yeux de Sara se posèrent sur les mains de Richard, mais elle ne fit aucun geste en retour. Avec ironie, elle répondit :

— Oh, je ne manquerais ça pour rien au monde. Mais laissez-moi, à présent. J'ai besoin de reprendre mes esprits. La journée a été éprouvante. Et elle n'est pas terminée.

Comme à regret, Richard jeta un regard au lit nouvellement réparé, et acquiesça de la tête.

— Richard ? ajouta-t-elle en caressant inconsciemment sa cicatrice. Savent-ils pourquoi vous avez épousé une femme telle que moi ? Peut-être ne serait-il pas inutile que vous leur donniez quelques explications avant que je vous rejoigne. Cela éviterait les questions.

— Je n'avais aucune intention de parler de notre vie privée. Mais si vous y tenez, je le ferai.

Quand le bruit des pas de Richard se fut évanoui dans l'escalier, Sara s'assit à une table et écrivit au roi pour lui demander de l'aide. Puis elle rédigea un message plus court pour le frère de Richard. Elle scella les deux documents et les glissa soigneusement dans sa manche. C'était encore la plus sûre des cachettes.

En premier lieu, il lui fallait rassembler ce qui était nécessaire pour rendre supportable la vie dans une cellule pendant environ une quinzaine de jours. Elle pourrait ensuite envoyer son message à sire Alain. S'il mordait à l'hameçon, elle enverrait l'autre mot au roi Edouard. Quand celui-ci arriverait, Richard serait lavé de tout soupçon, la frontière de nouveau sûre et lord Simon vengé.

Il se pourrait que Richard ne lui pardonnât jamais ce qu'elle faisait. Mais elle préférait le savoir mécontent plutôt qu'exécuté pour haute trahison. D'ailleurs, en considérant le tour que prendraient les événements, il ne tarderait pas à se convaincre de la culpabilité de son frère.

Sara pensait n'avoir pas le choix. Elle comprenait que le roi ne l'avait pas mariée à Richard pour récompenser ses talents de guérisseuse ou pour faire son bonheur. Edouard devait connaître les liens de parenté qui unissaient son chevalier à l'Ecossais. En confiant à Richard cette mission, il voulait éprouver sa loyauté envers la Couronne. C'était à elle qu'il revenait de tout faire pour que son mari ne fût pas la victime de sa bonté et de sa bonne volonté.

En attendant, elle devait cacher à sire Alain la haine qu'elle éprouvait pour lui, et le recevoir comme l'exigent les lois de l'hospitalité. Elle prit une inspiration profonde, quitta son air soucieux et sortit de sa chambre pour descendre dans la grand-salle. Une fois en bas, elle pourrait se rendre sans se faire remarquer dans le cellier souterrain pour vérifier l'état du cachot où elle comptait enfermer son hôte.

L'Ecossais mangeait comme si on lui avait annoncé une famine prochaine. Bien que ses manières fussent plus élégantes que Sara ne s'y attendait, il mangeait comme quatre. Il serait difficile de trouver le temps d'emmagasiner dans le cachot assez de nourriture pour satisfaire un estomac pareil durant deux semaines. Et, pourtant, ce misérable ne devait pas mourir de faim avant d'avoir expié ses crimes sur l'échafaud.

Sara tourna la tête vers lady Honor et lui révéla poliment :

— Mélior m'a dit quelques mots de vos enfants lorsque je l'ai rencontré au château d'Harbeth.

Lady Honor ne se fit pas prier pour parler de ses enfants, mais Sara ne l'écoutait pas, fascinée par les manières de cette femme. Elle n'avait rien de l'Ecossaise rustique qu'on pouvait imaginer. C'était une Française à l'élégance consommée, que Sara trouvait très belle malgré son âge. Elle avait de beaux cheveux noirs soigneusement peignés en chignon, qui contrastaient heureusement avec une peau claire et douce, de grands yeux gris sous des sourcils bien dessinés, des mains petites et délicates dont elle se servait avec grâce. Mais elle était surtout belle de l'intelligence et de la bonté qui rayonnaient d'elle, de son regard, de chacun de ses propos. Sara, admirative, regrettait d'avoir à la faire souffrir. Mais elle se donnait bonne conscience en considérant que lady Honor n'était, après tout, qu'une autre victime d'Alain le Juste.

En toute honnêteté, il lui fallait bien admettre que sire Alain et lady Honor formaient un beau couple. Lui était de grande taille comme Richard, et avait les mêmes larges épaules. Il aurait pu passer pour anglais, s'il n'avait porté sur les épaules une pièce de tartan des Hautes-Terres. Pourquoi fallait-il qu'il exhibât pour le souper ce symbole détestable de ses origines ? Ce ne pouvait être qu'une provocation.

Il avait les cheveux longs et blonds, auxquels les années avaient mêlé un peu de gris. Les reflets dorés avaient remplacé des tons châtain roux plus marqués. Richard, en vieillissant, aurait certainement la même couleur de cheveux. Ses yeux verts, en revanche, avaient conservé l'exacte nuance de ceux de son frère. Tout autour, des rides d'expression disaient que sire Alain était certainement d'une nature plus joviale que Richard. Il devait hautement apprécier la vie de meurtres et de rapines qu'il menait.

— Nous avons vu vos enfants avant le souper, dit lady Honor.

Sara fut brutalement rappelée à la réalité.

— Christophe est tout le portrait de son père, continua lady Honor. Et Nane me rappelle notre Christiane quand elle avait son âge. Les mêmes cheveux roux, bien sûr, mais quelque chose de plus... oui, une façon de lever le menton, je pense.

— L'arrogance des Strode, dit Sara en regardant vers la table où se trouvaient les enfants.

La remarque fit rire lady Honor.

— Assurément ! Les Strode doivent l'acquérir avec le lait maternel.

— Mais que racontez-vous donc là, ma femme ? dit sire Alain, en faisant signe pour qu'on le servît une nouvelle fois de légumes. Dites-vous bien que je n'ai pas une once d'arrogance dans le corps. Ni nos enfants non plus.

Il rit avec lady Honor, avec qui il échangea quelques mots plaisants. Puis il demanda à Richard des nouvelles de leur famille, dans le comté de Gloucester. Sara s'efforçait de les ignorer. Elle souriait, la tête penchée, jouait avec sa nourriture. Et attendait.

Alors que le souper touchait à sa fin, sire Alain lui demanda en aparté :

— Sara, ma fille, comment allons-nous régler ça. Hein ? Que dois-je faire ?

Elle tourna les yeux vers Richard. Il était occupé à parler avec lady Honor de quelque cousin venu s'établir dans le Nord. C'était certainement une manœuvre. La première détournait l'attention de Richard, tandis que le second essayait de la circonvenir avec des propos lénifiants.

— Vous voulez parler de mes soupçons à votre égard ?

— Exactement. Vous y avez pensé pendant tout le souper. Comment puis-je vous convaincre que je n'ai pas tué votre père ? Dites-le-moi, et je m'exécuterai.

Il parlait d'une voix apaisante, qu'il devait utiliser pour calmer les chevaux rétifs et les chiens peureux.

— Sire Alain, il est vrai que je m'entête à vous croire coupable, dit-elle à voix plus basse, mais c'est une ruse. Je dois faire croire à mon mari que j'en suis persuadée.

Elle plongea la main dans sa manche et en retira le mot qu'elle y avait caché. C'était une petite feuille pliée plusieurs fois, qui tenait dans la paume de la main. Elle la glissa dans la manche d'Alain en lui disant :

— Rencontrez-moi à l'endroit que vous y trouverez indiqué. A minuit. Et ne parlez de cela à personne. J'ai besoin de votre aide, mais je ne veux pas que Richard connaisse le nom de l'homme que je suspecte. Pas maintenant tout au moins.

— Et pourquoi donc ?

— Parce que Richard le tuerait, pour une autre raison d'ailleurs, affirma-t-elle en portant la main à sa cicatrice. Et nous ne saurions jamais si cet homme est celui que nous cherchons.

Sire Alain acquiesça de la tête. Il y avait de la sympathie dans son regard. Manifestement, Richard lui avait expliqué l'histoire de la cicatrice.

Sara n'imaginait pas que lord Aelwyn pût être l'Ecossais, mais elle avait besoin de ce prétexte pour décider sire Alain à admettre qu'elle ne pouvait confier ce secret à son mari.

C'était du beau travail.

— Encore une fois, je vous demande de ne parler à personne de notre rendez-vous. Et veillez à ne pas être suivi. C'est promis ?

Sire Alain marqua une petite hésitation, avant de répondre :

— C'est promis.

— Très bien. A minuit, donc.

Et, avant qu'il ait pu lui poser d'autres questions, Sara s'était levée. Elle souhaita le bonsoir à lady Honor et sortit de la pièce. Il ne lui restait plus maintenant qu'à être à l'heure au rendez-vous, et à espérer que tout marcherait bien.

Richard la suivit pour la rejoindre au moment où elle franchissait la porte.

— Où allez-vous ? Vous m'aviez promis de faire un effort d'amabilité.

— Et c'est ce que j'ai fait, répondit-elle avec un sourire. Berthe est en train de coucher les enfants, et je vais l'aider. Je ne les ai pas beaucoup vus ces derniers jours.

— C'est bon, dit Richard en lui rendant son sourire. Venez me retrouver après dans ma chambre.

Il ne manquait plus que cela. Comment pourrrait-elle se battre sur tant de fronts à la fois ? Chercher à gagner l'affection des enfants, résister aux entreprises de séduction du mari, et capturer un Ecossais pour le roi. Mais elle y parviendrait. Il suffisait de faire chaque chose en son temps.

— Si vous voulez, se contenta-t-elle de dire en baissant modestement les yeux.

Elle avait jusqu'à minuit pour s'occuper des enfants et de Richard. C'était plus de temps qu'il n'en fallait.

— Je veux que vous racontiez l'histoire du magicien et de la grotte, demanda Christophe quand la prière du soir fut terminée.

Il avait le ton de commandement que prenait parfois son père.

— Non, la dame du lac, protesta Nane en donnant une bourrade à son frère.

— Et si je vous racontais l'histoire du lapin et du renard ? proposa Sara, qui était venue s'asseoir entre les deux enfants, au bord du lit.

— Non, elle est trop courte, dit Nane. Vous ne nous avez pas raconté d'histoires depuis deux soirs. Il faut en raconter trois maintenant.

Au moins, se dit Sara, Nane savait calculer quand cela lui était utile.

— Deux, transigea-t-elle.

— D'accord, fit Christophe en échangeant un sourire satisfait avec sa sœur.

Et Sara raconta les deux histoires.

Elle ne souhaitait rien tant que de vaincre les réticences que les enfants continuaient de lui manifester. Si Richard la quittait — ce qui risquait de se produire lorsqu'elle aurait exécuté son plan —, elle aurait voulu qu'ils restassent avec elle. Leur père ne s'y opposerait certainement pas. Il savait que ses parents étaient un peu âgés pour prendre en charge leur éducation, que lui-même serait trop absorbé par le service du roi et que les enfants avaient besoin de Sara.

Quand elle eut terminé de raconter, Christophe se glissa sous les couvertures. Sara le borda et lui donna un baiser sur le front. Il ne s'opposa pas à cette marque de tendresse, mais il ferma les yeux, pour donner à croire qu'il dormait. C'était une façon de ne pas manifester une affection dont, faute d'habitude, il ne savait que faire. Sara sourit. Un jour, il apprendrait.

Nane attendait à la porte, impatiente. Sara la rejoignit et lui prit la main pour la conduire dans sa chambre. Elle se rappelait qu'elle avait souvent et vainement souhaité, quand elle était enfant, que sa mère lui prît ainsi la main. Chaque fois qu'elle avait obtenu une marque d'affection de la part de lady Eula, il avait fallu qu'elle la réclamât. Elle se demanda si cette habitude prise dans l'enfance n'expliquait pas l'audace avec laquelle elle sollicitait aujourd'hui les faveurs de Richard.

— Est-ce qu'oncle Alain est vraiment le frère de papa ? demanda la fillette en grimpant dans son lit.

Sara s'assit à côté d'elle et arrangea les couvertures, comme elle l'avait fait pour Christophe.

— Bien sûr qu'il l'est, même s'il est plus âgé. Est-ce que cet oncle te fait penser à ton grand-père ?

— Il est plus gentil. Il m'a caressé la tête et m'a fait un sourire. Lord Adam, lui, est très vieux. Il ne s'occupe jamais de moi, sauf quand je le dérange.

Sarh sourit. Il était triste pour un enfant d'avoir à se tenir mal pour qu'on s'avisât qu'il existe. Elle avait vécu la même expérience. D'un mouvement de la main, elle écarta les boucles de cheveux qui couvraient le front de Nane.

— Et tu le dérangeais souvent ?

Nane sourit à son tour. Elle remua la tête pour apprécier plus complètement la caresse de Sara.

— Je n'étais pas très bien là-bas. C'est mieux ici.

Emue par les souvenirs d'enfance que lui rappelaient les paroles de l'enfant, Sara se pencha pour l'entourer de ses bras.

— Tu es chez toi maintenant, ma chérie. Et je veux que tu y restes.

— Je suis une bâtarde, chuchota Nane.

Sara se redressa et prit la tête de l'enfant dans ses mains.

— Plus maintenant, dit-elle avec émotion. Tu es à moi, entends-tu ? Aussi sûrement que l'est ton frère.

Peu importe ce que tu fais, peu importe où tu vas, peu importe ce que disent les gens, tu es ma fille. Pour de bon. Ton père est mon mari, ce qui fait de toi une petite fille aussi légitime qu'une... princesse royale.

Nane renifla, mais elle souriait, et ses yeux brillaient.

— Est-ce que je peux vous appeler... maman? demanda-t-elle en hésitant, comme si elle essayait ce mot sur sa langue.

— Je te gronderais si tu ne le faisais pas, répondit Sara, dont le cœur débordait de joie.

— Bonne nuit, maman, dit Nane en gloussant de plaisir.

— Bonne nuit, ma fille.

Sarh caressa la joue de Nane, lui donna une chiquenaude du bout du doigt sur le nez et ajouta :

— Dors bien, ma chérie.

Lorsque Sara eut fermé la porte de la chambre derrière elle, elle s'y adossa, pour jouir de son bonheur. Même si tout ce qu'elle avait entrepris échouait, elle aurait au moins la satisfaction d'avoir réussi avec Nane. Et si facilement. Quelques mots, quelques caresses. Il fallait continuer pour que cette enfant se sentît vraiment et définitivement aimée.

Christophe avait lui aussi besoin de l'amour et des conseils qu'une mère peut donner à un enfant, mais, comme héritier de Richard, il avait conscience de sa place dans la famille et dans la société. Nane, elle, s'était considérée pendant des années comme une erreur, une petite fille qu'il fallait cacher ou ignorer. C'était cela qu'elle devait oublier.

Malgré l'amour qu'il lui portait, Richard n'avait pu que s'en remettre à d'autres du soin de l'élever, tant il avait été occupé par le service du roi. Tout serait différent à présent. Si Richard avait à s'absenter, Nane aurait une mère pour l'aimer à sa place.

Encouragée par cette victoire, Sara regagna sa chambre pour se préparer à la deuxième épreuve : Richard.

— Bienvenue, ma femme, dit Richard en tendant une coupe de vin à Sara comme elle entrait dans la chambre. Je commençais à me demander si vous n'aviez pas changé d'avis.

— Je suis venue aussi vite que j'ai pu, répondit-elle en prenant la coupe.

Elle se mit à marcher dans la pièce en buvant à petites gorgées, consciente que Richard la suivait des yeux. Elle savait que la chemise qu'elle portait la mettait en valeur. C'est pour cette raison qu'elle l'avait choisie. Puisqu'elle s'était interdit de le séduire par son comportement, il fallait qu'elle utilisât d'autres armes. Richard succomberait très vite, c'était assez prévisible. Il se fatiguerait en faisant l'amour et s'endormirait profondément. C'était ce qu'il fallait pour que le plan réussît.

Elle revint vers lui et se pencha pour poser la coupe sur la table, révélant au regard de Richard la naissance de sa gorge. L'effet fut immédiat.

— Approche-toi, demanda-t-il.

Sara avança, lentement, les yeux baissés. « Aie l'air modeste, timide même, se répétait-elle. Tu es une épouse de la bonne société qui se soumet au devoir conjugal. »

Richard la prit dans ses bras. Elle se sentit envahie

par son odeur chaude et propre. Quand il posa les lèvres sur sa peau nue, elle fut parcourue d'un frisson qui lui fit oublier une seconde ses bonnes résolutions. Il lui caressa le corps, avidement, le pétrissant comme s'il avait voulu le modeler, en détaillant toutes les séductions de ses mains fébriles.

Comment résister à cela ? Il le fallait pourtant. Les bras ballants, elle se laissait faire, comme indifférente, quand elle ne désirait que le toucher à son tour.

Il fit glisser la chemise le long des épaules de Sara et la fit tomber sur le sol.

— Tu es belle, murmura-t-il. J'avais si grande envie de te voir ainsi.

Il lui prit les mains pour les placer sur sa poitrine nue, dans l'échancrure de son vêtement. Elle sentait sous ses doigts sa peau chaude, ses muscles saillants, la soie de sa toison. Comme elle aurait aimé laisser ses mains aller selon leur désir !

Non, il ne le fallait pas. Elle était sûre que Richard, en ce moment, n'aurait pas demandé mieux, mais, plus tard, il le lui aurait reproché comme une inconvenance.

— Quelque chose ne va pas ? demanda-t-il gentiment.

— Non, tout va bien, fit-elle dans un souffle.

Richard la serra de nouveau contre lui et l'entraîna vers le lit. Il l'aida à s'étendre. Couché à côté d'elle, il promena la main sur le corps de Sara, caressant les seins, le ventre, les hanches, les cuisses, avant de remonter, et de descendre de nouveau. Le sang de Sara battait dans ses veines.

— As-tu envie de moi, Sara ? demanda-t-il avec un sourire engageant.

— Oui, bien sûr.

Elle devait penser à autre chose, concentrer son esprit sur tout ce qui n'était pas le moment présent. Mais quoi ? Qu'y avait-il de plus important, en cet instant, que les mains de Richard sur son corps ? Elle s'attacha à observer la tapisserie des courtines du lit. Elle en compta les points, trop nombreux et trop petits pour que cela fût possible, mais elle s'obstina, imagina le travail répétitif du licier, étudia les couleurs.

Mais la main de Richard continuait de se déplacer lentement. Lorsqu'elle s'en vint caresser son entrejambe, Sara sursauta. Un gémissement lui échappa. Grand Dieu ! Comment pourrait-elle résister plus longtemps ?

Richard alors se coucha sur elle et la pénétra d'un coup. Elle en eut le souffle coupé, mais resta immobile. Il commença de bouger en elle, l'encourageant par les mouvements de son corps à faire de même, à retrouver avec lui les émotions de leur dernière étreinte. Sara ferma les yeux, serra les lèvres, et attendit.

Les assauts de Richard se firent soudain plus pressants. Il ne pensa plus qu'à lui et jouit très vite.

« C'est raté », se dit Sara. Peu de plaisir pour lui, et aucun pour elle. Quelle chose odieuse que l'amour quand on le fait ainsi ! Elle détesta le sentiment de solitude, de vide, d'insatisfaction dont elle se sentit envahie.

Richard roula sur le côté, et poussa un soupir qui exprimait plus de résignation que de satisfaction. Pendant un long instant, il la regarda. Sara, sans tourner les yeux, devinait ce regard sur elle, qu'elle imaginait plein de questions, de reproches, de prières peut-être. Elle s'attendait que Richard lui parlât, mais il restait muet. Paradoxalement, alors qu'elle avait fait ce que son mari attendait d'une épouse digne de ce nom, il lui semblait qu'il regrettait la Sara d'avant.

Troublée et malheureuse, le corps brûlant de désir inassouvi, elle resta étendue sur le dos, les yeux clos, s'attachant à respirer régulièrement, jusqu'à ce que Richard lui tournât le dos pour chercher le sommeil.

Au bout de quelques instants, il grommela quelque chose qu'elle ne comprit pas. Dormait-il déjà ? Elle attendit que sa respiration fût devenue plus forte et plus régulière. Quand, après une attente qui lui parut interminable, il fut enfin endormi, elle se leva, avec mille précautions, passa sa chemise et sortit de la chambre.

Elle avait à accomplir maintenant la troisième épreuve. Elle n'en éprouverait peut-être pas plus de plaisir que de la précédente, mais, au moins, elle aurait l'impression d'agir pour le bien.

Elle retourna rapidement dans sa chambre, afin de s'habiller pour son rendez-vous nocturne.

Richard avait mis du temps à trouver le sommeil, tant les moments qu'il venait de vivre lui avaient rappelé sa vie avec Eveline. Jamais sa première femme ne lui avait dit un mot d'amour. Elle ne lui demandait que de faire son métier de mari en lui donnant un fils.

Trois fois seulement, trois malheureuses fois, ils avaient fait l'amour, et Richard s'était senti coupable de lui inspirer une répulsion qu'elle faisait des efforts pour lui cacher. Puis elle avait attendu Christophe. Richard ne l'avait plus importunée et elle en avait paru soulagée.

Dieu sait s'il avait fait des efforts pour l'aimer, considérant qu'il avait sa part dans cet échec. Mais en vain.

Il se demandait à présent si Sara n'était pas une nouvelle Eveline. Après un premier enthousiasme, qu'on pouvait mettre sur le compte d'une longue abstinence, ou du désir de s'attacher son nouveau mari, elle devait penser qu'il était temps de revenir à un comportement plus digne de son état.

Il aurait du s'y attendre. Avant son premier mariage, son père lui avait dit qu'il ne pouvait espérer autre chose des femmes de sa caste. Elles étaient élevées ainsi par leur mère et, tout au long de leur vie, l'Eglise leur rappelait que l'accouplement n'avait d'autre but que la procréation.

Voilà pourquoi Sara l'avait tant surpris par sa liberté de manière et de ton. Il devait même avouer qu'elle l'avait choqué aussi par l'ardeur qu'elle mettait dans les choses de l'amour. Cette nuit-là, après le désastre qu'il venait de vivre, il regrettait qu'elle eût changé. Il n'imaginait pas de continuer à vivre avec elle dans ces conditions. Et il se demandait si elle le pourrait.

16.

Après avoir enfilé sa robe la plus sombre, Sara se hâta dans l'escalier, longeant les murs, pour rester dans l'ombre le plus possible, et gagna le cellier souterrain. Elle n'en avait pas fermé la porte à clé pour le cas où sire Alain serait arrivé avant elle. Ce n'est que lorsqu'elle en eut refermé la porte sur elle qu'elle s'autorisa à allumer la chandelle qu'elle tenait à la main.

De fait, l'Ecossais était déjà arrivé. Il attendait, assis sur les sacs de blé et les tonneaux de viande séchée. La petite chandelle qu'il avait placée à côté de lui, sur une barrique, dispensait une lumière chiche qui n'éclairait que la moitié de son visage.

Quand Sara s'approcha, il se leva. Il caressait, dans ses bras, un des gros chats souriciers qui erraient librement dans la maison, particulièrement dans les cuisines et les resserres à vivres, où ils savaient trouver des proies.

— Merci d'être venu, dit Sara.

Elle était si tendue qu'elle en avait du mal à respirer. Arriverait-elle à tromper la vigilance de cet homme. N'était-il pas trop rusé pour ça ?

— Vous n'avez dit à personne que vous veniez ici, n'est-ce pas ?

— Je vous avais promis de n'en rien dire. Et je tiens toujours mes promesses.

Si elle n'avait pas eu tant de raisons de se méfier de cet Ecossais, Sara aurait admis qu'il paraissait sincère. Elle insista cependant.

— Même pas à votre femme ?

Sire Alain leva les épaules, tout en continuant à caresser le chat.

— Une promesse est une promesse. Je ne fais pas d'exceptions.

Dans ce cellier bas, à la lumière des chandelles, le frère de Richard paraissait bien plus grand et menaçant que dans la salle du haut. Sara redressa sa taille pour ne pas avoir l'impression d'être en position d'infériorité. Mais, même ainsi, il la dépassait d'une main.

— Vous pensez donc que celui qui vous a blessée est l'homme qui nous cause toutes ces difficultés ? demanda sire Alain. Richard le suspecte aussi, mais il m'a dit que vous refusiez de l'envisager. Et que vous ne vouliez pas donner son nom.

Sara évita le regard de sire Alain. Elle ne pouvait mentir en le regardant dans les yeux.

— C'est la raison pour laquelle nous sommes ici. Richard le tuerait.

— Bien sûr qu'il le tuerait. Et moi aussi. Mais après l'avoir fait parler. Comment s'appelle-t-il, mon enfant ?

— Vous le saurez bientôt. Mais d'abord, je voudrais vous montrer quelque chose, expliqua-t-elle en hésitant. Vous me direz si nous pouvons en conclure que cet homme est coupable.

— Eh bien, voyons cela, et ne nous éternisons pas ici, dit sire Alain. Je doute que mon frère me connaisse assez bien pour ne pas se poser de questions s'il me trouvait dans ce lieu désert, avec sa femme, au milieu de la nuit.

Sara passa devant lui.

— Venez, c'est par ici, lui dit-elle en levant sa chandelle pour éclairer le chemin.

Elle se dirigea vers l'autre extrémité du cellier, descendit quelques marches, poussa une lourde porte, qu'elle avait laissée à demi ouverte. Sire Alain entra derrière elle, dans ce qui ressemblait à une cellule.

— C'est là, dit-elle. Sous ces sacs. Prenez la chandelle.

Sire Alain regarda Sara avec curiosité. Il posa le chat par terre et prit la chandelle qu'elle lui tendait, puis gagna le fond de la cellule. Pour avoir les mains libres, il posa la chandelle, et commença à déplacer des sacs pleins de victuailles et des couvertures. Sara, lentement, recula jusqu'à la porte. Brusquement, elle sortit et referma le vantail. Le bruit du loquet et de la clé dans la serrure dut alerter sire Alain, mais Sara ne s'attarda pas pour observer sa réaction. Elle traversa le cellier en courant, éteignit au passage la chandelle et sortit en refermant la porte à double tour. Elle était sûre que personne ne descendrait dans ce lieu avant l'arrivée du roi, puisqu'elle était la seule à en posséder la clé. De toute façon, personne n'avait à y descendre. Les provisions qu'on y entreposait ne servaient que durant l'hiver et en cas de siège ou de famine. Et il était interdit de les utiliser autrement sous peine de mort. Durant la belle saison, Fernstowe vivait de ce que produisaient les jardins et les champs. Dans deux mois, quand viendrait le temps des moissons, on descendrait au cellier les céréales pour l'hiver. Mais il y aurait alors beau temps que le prisonnier serait dans les geôles du roi.

Il n'y avait pas de danger non plus qu'on entendît ses cris. Les murs étaient trop épais. Quant à son absence inexpliquée, Sara serait la première à s'en inquiéter, et si l'on en venait à fouiller la maison, c'est elle qui descendrait au cellier.

Les pieds de Sara touchaient à peine les marches quand elle monta l'escalier. Parvenue au sommet, elle passa dans la grand-salle, en longeant les murs, de façon à ne pas déranger les dormeurs, dont les paillasses étaient disposées à même le sol. Elle se dirigea vers un renfoncement du mur, où sire Matthieu s'était installé pour dormir. Par chance, il n'aimait pas passer la nuit dans le quartier des hommes d'armes.

— Réveillez-vous, souffla-t-elle en le secouant.

Sire Matthieu bredouilla une protestation et s'enfouit la tête dans son oreiller.

— Réveillez-vous, vous dis-je ! Sire Richard veut que vous portiez au roi un pli urgent.

— Que... qu'est-ce qui se passe ? grommela sire Matthieu.

— Mettez un manteau, et encapuchonnez-vous, afin que la sentinelle ne vous reconnaisse pas. Vous prendrez le hongre de sire Richard. C'est le plus résistant de nos chevaux. Vous passerez par la poterne de derrière, pour plus de discrétion, et irez le plus vite possible jusqu'à Morpeth, où vous donnerez ce message au roi. Dépêchez-vous. Des vies dépendent de votre silence et de votre rapidité. Si l'on vous interroge, mentez. Personne ne doit savoir quelle est votre mission. Avez-vous compris ?

— Mais sire Richard ne m'a rien dit.

— C'est parce qu'il ne le pouvait pas, à cause de nos hôtes. Mais vous savez qu'il me fait entière confiance. Allez maintenant !

Sara s'éloigna pour se cacher dans un coin sombre de la salle, où elle se posta pour vérifier si le jeune chevalier lui obéissait bien. Sire Edmond, plus âgé et plus sage, aurait sans doute exigé que Richard lui répétât lui-même cet ordre. C'est pourquoi elle avait préféré faire appel au jeune Matthieu, qui n'eût pas osé réveiller en pleine nuit l'homme qu'il servait.

Elle l'observa qui s'enveloppait dans son manteau, en rabattait le capuchon sur ses yeux et quittait la salle aussi furtivement qu'elle l'aurait fait. Soulagée, elle monta l'escalier de l'étage pour regagner sa chambre. Elle se déshabilla dans l'obscurité, se glissa dans son lit, et pour la première fois depuis le début de la nuit, respira profondément.

Elle avait capturé Alain le Juste !

La couverture remontée jusqu'aux oreilles, elle frissonnait, bien que la nuit fût douce. Comment Richard réagirait-il lorsqu'il apprendrait la nouvelle ? A coup sûr, il lui en voudrait. Mais peu importait. Elle avait fait son devoir. Il la remercierait un jour de lui avoir ouvert les yeux.

Sara eut une pensée compatissante pour lady Honor, qui souffrirait de voir son mari et son fils aîné traduits devant la justice du roi, mais qu'y faire ? Mariée à ce maudit Ecossais et mère d'un fils pareil, que pouvait-elle attendre d'autre ?

Le sommeil fuyait Sara. Elle n'en fut pas surprise.

Elle passa le reste de la nuit à chercher ce qu'elle dirait, le lendemain, quand la disparition de sire Alain serait connue de tous. Il se pourrait aussi que Richard remarquât l'absence de sire Matthieu. Quelle explication lui donnerait-elle ? Tout serait plus simple quand le roi arriverait à Fernstowe.

— Où peut-il bien être passé ? demandait lady Honor. Il n'aurait jamais quitté Fernstowe sans m'en avertir.

— Je ne le pense pas non plus, admettait Richard, aussi perplexe que sa belle-sœur.

C'est en se retrouvant dans la salle pour la collation du matin qu'ils avaient découvert la disparition de sire Alain.

— Non, il m'aurait parlé s'il avait eu à partir, répétait lady Honor en approchant ses mains blanches du feu allumé dans la cheminée pour dissiper la fraîcheur matinale. Il y a quelque chose de louche dans cette affaire.

Richard regarda Sara, qui ne paraissait pas très affectée. Mais comment s'en étonner quand on savait son peu d'estime pour Alain ?

Lady Honor avait raison. Il était inimaginable que sire Alain eût abandonné sa femme dans cette maison, au milieu de ces gens qu'elle ne connaissait pas, sans lui donner un mot d'explication.

La maisonnée était partie à la recherche du disparu. Toutes les pièces avaient été visitées, de la cave au grenier. Sara était allée jusque dans le cellier, pourtant toujours fermé à clé, afin que rien ne fût laissé au hasard. Les domestiques avaient été interrogés, mais personne n'avait vu sire Alain depuis la veille au soir, quand il était allé se coucher.

— Et s'il s'était rendu au campement de son fils, suggéra Richard. Je vais y aller.

— Non ! pas vous ! intervint Sara.

— Et pourquoi ?

Sara rougit. Elle semblait à présent aussi désemparée que lady Honor.

— Pa... parce que... si votre frère n'est pas avec Adam, allez savoir ce que ce garçon ira imaginer. Il pourrait vous... attaquer !

— Mais ça n'a pas de sens ! s'exclama lady Honor.

— Sara, pensez-vous qu'Adam ait des raisons de se faire des idées ? demanda Richard, qui trouvait son objection bizarre.

Elle le regarda franchement, avec un air d'innocence dont elle ne se serait pas cru capable.

— Je ne vois pas pourquoi. Mais sait-on jamais ? Il aura peut-être du mal à admettre que son père ait pu quitter Fernstowe sans prévenir. Je ne vois pourtant pas d'autre explication.

— Je vais aller voir mon fils, déclara lady Honor. Si Alain est sorti de cette maison, ce ne peut être que pour aller le retrouver. Bien que je ne comprenne pas pourquoi.

Eustache, que Richard avait envoyé fouiller les communs, s'approcha.

— Le grand hongre n'est plus à l'écurie, messire, annonça-t-il. Le valet m'a dit qu'il n'a rien entendu. Moi non plus, ajouta le serviteur en prenant un air piteux. J'dors là-bas pourtant, mais mes oreilles n'sont plus ce qu'elles étaient.

— Et les gardes ? demanda Richard.

— C'est Tam qu'était à la poterne de secours. Il dit qu'il a vu un cavalier sortir vers minuit sur votre cheval. Il a cru que c'était vous, messire, et il a ouvert la porte sans poser de questions.

Richard frappa du poing la paume de sa main. Qu'est-ce qui pouvait avoir poussé son frère à quitter Fernstowe en pleine nuit sans avertir personne ? Richard regarda Sara, se demandant si elle était pour quelque chose dans ce départ.

Mais, quand bien même, rien n'empêchait Alain d'avertir sa femme.

— Venez, dit-il en se tournant vers lady Honor. Nous allons parler à votre fils.

— Non ! cria Sara en prenant le bras de Richard. N'y allez pas, je vous en prie. Ou faites-vous accompagner d'une escorte.

Richard soupira. Il était touché que Sara se préoccupât à ce point de sa sécurité. Si seulement elle lui avait manifesté autant de sollicitude la nuit précédente !

— Lady Sara a peut-être raison, intervint sire Edmond, qui était resté silencieux jusque-là. Vous ne savez pas si votre neveu n'est pas un impulsif, qui pourrait prendre très mal la disparition de son père. Permettez-moi de vous remplacer.

— Pour que vous preniez des risques à ma place ?

— Mais mon fils n'est pas un homme dangereux ! s'indigna lady Honor.

Sire Edmond éclata de rire et expliqua :

— J'ai servi son grand-père dès mes quatorze ans. Je saurai comment m'y prendre avec le petit-fils !

— C'est entendu, dit Richard avec un sourire reconnaissant. Mais rappelez-vous le caractère d'Adam le Vieux. C'est peut-être héréditaire.

Tandis que lady Honor, ulcérée par la réputation que l'on faisait à son fils, suivait sire Edmond et Eustache dans la cour jusqu'aux écuries, Richard demanda à Sara :

— Vous avez parlé à Alain, après le souper. Que lui avez-vous dit ?

Elle haussa les épaules, les yeux fixés sur ses doigts, qui jouaient avec le bout de sa ceinture.

— Il m'a demandé ce qu'il devait faire pour me convaincre de son innocence. Et je lui ai répondu qu'il pourrait peut-être nous aider à découvrir le coupable.

— Pensez-vous qu'il s'y emploierait en ce moment ?

— C'est fort possible, répondit Sara sans lever les yeux.

— Bien. Je vais jusqu'aux portes pour attendre le retour de lady Honor. Voulez-vous m'accompagner ?

— Je vais attendre ici que les enfants descendent.

Une nouvelle fois, ce matin-là, Richard nota la pâleur de Sara. Les cernes qu'elle avait sous les yeux lui disaient qu'elle n'avait pas beaucoup dormi après qu'elle l'avait quitté. Il se reprocha de lui avoir demandé de partager son lit. Le mariage d'Harbeth et la soudaine visite d'Alain l'avaient fatiguée. Elle avait besoin d'un repos qu'elle n'avait pas pu prendre. Et la mystérieuse disparition de la nuit n'arrangeait pas les choses.

Richard s'approcha d'elle et lui posa la main sur l'épaule.

— Chris et Nane ne sont plus des bébés. Berthe sait ce qu'elle doit faire. Pourquoi n'iriez-vous pas vous reposer ? Je vous trouve l'air fatigué.

Elle lui fit un sourire, qui lui parut forcé.

— Je suis très bien, affirma-t-elle. Vous pouvez me laisser.

Richard s'éloigna, l'air sombre. Il avait besoin de son frère pour capturer la canaille qui terrorisait les terres de la frontière. Et sans tarder. Si rien n'était réglé dans les cinq jours, il lui faudrait en passer par les exigences de cet homme, ou les paysans de Fernstowe en subiraient les conséquences.

Le château lui-même n'avait rien à craindre. Il pouvait résister à une attaque, même avec peu de défenseurs. Un siège n'était pas plus à craindre, grâce aux provisions abondantes qu'on y conservait et à l'eau de ses deux puits. Ce qui inquiétait Richard, c'était la protection des manants de ses terres les plus éloignées, celles qui bordaient immédiatement la frontière. Il fallait en finir vite et une fois pour toutes avec cette menace. Richard avait un plan pour cela, mais il lui fallait l'aide d'Alain.

Il arriva au pied de la muraille et monta l'escalier qui conduisait à la loge du guetteur, dans la tour nord. Au loin, il aperçut le camp de l'escorte d'Alain. Lady Honor et sire Edmond s'y trouvaient déjà. Ils avaient mis pied à terre et paraissaient en grande discussion avec les soldats qui les entouraient. Certains faisaient des gestes véhéments qui n'annonçaient rien de bon. Soudain, deux d'entre eux s'emparèrent de sire Edmond et l'entraînèrent sous une tente. Une fois qu'ils eurent disparu, un homme de grande taille qui semblait être Adam aida lady Honor à se mettre en selle et monta sur le cheval de sire Edmond. Les deux cavaliers se dirigèrent au galop vers le château.

Il fallait se rendre à l'évidence, Alain n'était pas

dans le camp de son fils. Richard ordonna aux gardes de maintenir le portail fermé. Il n'était pas question que ce boutefeu d'Adam entrât dans Fernstowe. Et surtout pas armé.

— Jetez votre épée, lança Richard quand Adam fut parvenu devant la porte.

— C'est ce qu'a fait mon père. On sait où cela l'a mené.

— Alain n'est pas ici. Votre mère a dû vous le dire. Une nouvelle fois, abandonnez votre épée et vous serez le bienvenu dans cette maison. De toute façon, vous détenez un de mes hommes en otage. N'est-ce pas une garantie suffisante ?

Richard observait ce neveu qui lui ressemblait. Il avait les cheveux noirs de sa mère, mais les traits de son visage et sa complexion étaient l'héritage des Strode.

Soudainement, Adam tira son épée, la brandit et, d'un geste brusque, la ficha en terre.

— Voilà ! Maintenant, ouvrez !

Richard comprenait son neveu. Dans ce genre de situation, il aurait réagi avec le même sens dramatique.

Il ordonna d'ouvrir la porte et descendit à la rencontre des deux cavaliers.

— Bienvenue, mon neveu ! Mettez pied à terre et entrons. Il faut que nous trouvions où peut bien être Alain. En avez-vous une idée ?

— Il est ici. Et je le trouverai, répondit Adam en jetant un regard circulaire dans la cour. Si je ne le trouve pas, vous perdrez un chevalier. Je vous enverrai ses tripes pour nourrir vos chiens.

Richard eut un sourire contraint. Il imaginait la réaction de sire Edmond, qui n'avait pas particulièrement le sens de l'humour, si Adam se permettait de faire devant lui de pareilles plaisanteries. Il n'était pas étonnant que les deux hommes en fussent venus à s'affronter aussi vite.

— Bien. Si votre père était ici, pensez-vous que j'aurais laissé lady Honor vous rejoindre ?

Adam ne répondit pas. Il avançait d'un pas fier, donnant le bras à sa mère.

— Nous pensons qu'il est sorti à cheval durant la nuit par la poterne sud, expliqua Richard alors qu'ils montaient les marches du perron.

— Ce n'était pas mon père.

Richard l'arrêta en lui posant une main sur le bras.

— Vous avez vu cet homme ?

— Oui, fit Adam avec un petit sourire supérieur. Croyez-vous que nous soyons assez innocents pour ne pas surveiller les allées et venues de ce château.

— Alors ? Qui était-ce, si ce n'était pas votre père ?

— Un de vos chevaliers. Un jeune blanc-bec. C'est tout juste s'il ne s'est pas pâmé d'émotion quand nous l'avons intercepté.

— Adam, demanda lady Honor, vous n'avez pas fait de mal à ce garçon, n'est-ce pas ?

— Non, mère. Nous l'avons seulement un peu effrayé.

— Sire Matthieu ! Ce doit être lui ! s'exclama Richard en se passant la main dans les cheveux. Mais que diable faisait-il dehors à cette heure-là ?

— Il a prétendu qu'il avait un rendez-vous galant. Nous l'avons suivi. Il s'est arrêté dans une cabane, entre ici et le château d'Harbeth. C'est là, nous a-t-il dit, qu'il devait rencontrer son béguin. Nous l'y avons laissé.

L'explication était bizarre. Matthieu n'avait jamais parlé de cette femme. Mais Richard ne laissa rien paraître de sa surprise. Il se contenta de hocher la tête et ouvrit la porte de la salle pour inviter ses hôtes à entrer.

— Je vous en prie. Nous allons boire un peu de vin et déjeuner. Nous verrons ensuite ce qu'il convient de faire.

— Nous chercherons ici, affirma Adam. Mon père n'a pas quitté Fernstowe Nous l'aurions vu. Trois de mes hommes n'ont cessé de surveiller cette maison. Mon père, je le répète, est ici. Et je le trouverai.

Il souriait, mais ses yeux étaient froids comme les eaux vertes de l'océan en hiver.

Et si je ne le retrouve pas en bonne santé, mon oncle, vous apprendrez que je n'ai pas besoin d'une épée pour découper un homme en morceaux.

Les vantardises d'Adam n'impressionnaient pas Richard. Elles commençaient même à le lasser.

— Soyez assuré, mon neveu, que si quelqu'un, ici, a fait du mal à sire Alain, vous n'aurez pas à vous donner cette peine. Je m'en chargerai moi-même.

— Avez-vous fini, tous les deux, avec ces enfantillages? s'impatienta lady Honor, le regard soudain sévère. Cela n'avance à rien.

Elle avait ordinairement l'air d'une madone de vitrail, mais pouvait se montrer impressionnante quand elle se mettait en colère. Adam baissa les yeux et Richard, qui ne l'avait jamais vue ainsi, jugea préférable de ne pas la contrarier plus longtemps.

— Oublions ça, mon neveu.

— A votre guise, répondit Adam, qui avait manifestement du mal à se résigner.

— Prenons le rafraîchissement que vous nous proposez, dit lady Honor, et occupons-nous sans tarder de notre affaire.

Elle se dirigea vers une table chargée de pain, de fromage et de vin. Sans attendre qu'une servante vînt la servir, elle saisit une carafe et versa du vin dans trois coupes.

Richard en prit une, la leva et la choqua contre celle d'Adam en disant :

— A la paix !

— A la paix ! répéta celui-ci de mauvaise grâce.

Il huma d'un coup le contenu de sa coupe, la reposa sur la table et déclara :

— Je m'occupe des cachots.

— Il n'y a pas de cachots, répondit Richard avec un petit rire.

Adam paraissait surpris de cette réponse, comme d'une incongruité.

— Où mettez-vous donc vos prisonniers ?

— Je n'en ai pas vu un depuis que je vis ici. Je suppose que, si nous en avions, nous les mettrions dans une des pièces du donjon. Mais nous avons déjà cherché là-haut.

Sans prendre la peine de répondre, Adam se dirigea vers l'escalier en vis qui conduisait aux étages supérieurs. Richard le suivit. Les chambres hautes du donjon étaient ouvertes et ne contenaient que quelques paillasses pour les gardes, qui venaient y dormir quand ils étaient de service.

Ils descendirent à l'étage qu'habitaient Richard et Sara.

Adam s'y livra à des recherches approfondies, regardant sous les lits, ouvrant les coffres. Richard l'observait, les bras croisés, veillant à ce qu'il n'endommageât rien. Lady Honor s'imposait la corvée de rester avec eux pour éviter que les deux hommes n'en vinssent aux mains à la moindre difficulté.

Ils venaient d'entrer dans la chambre de Sara quand celle-ci arriva.

— Mais que faites-vous ici ?

Adam laissa retomber la courtine du lit qu'il tenait à la main.

— Qui est-ce ?

Richard intervint.

— Sara, dit-il en s'avançant vers elle, permettez-moi de vous présenter mon neveu, Adam le Jeune. Adam, voici votre tante, Sara de Fernstowe.

C'est alors que Sara, poussant un cri aigu, se précipita sur Adam. Richard réussit à la ceinturer. D'un bras, il lui saisit la taille, tandis que sa main la bâillonnait. Mais elle s'agitait avec tant de force, donnant des coups de pied, griffant au hasard, que Richard avait toutes les peines du monde à l'empêcher de lui échapper.

— Partez ! Vite ! lança-t-il à lady Honor et à Adam.

La mère et le fils ne se le firent pas dire deux fois. Quand ils eurent quitté la pièce, Richard se jeta avec Sara sur le lit, qui résista. Il la maintint sous le poids de son corps, attendant qu'elle se calmât.

Quand il lui libéra la bouche, elle gronda, les dents serrées :

— Comment avez-vous osé faire entrer cette canaille chez moi ?

— Canaille ? Comme vous y allez ! Je suis sûr qu'en ce moment, il demande à sa mère comment j'ai pu épouser une démente pareille. Quelle mouche vous a piquée ?

Sara ne répondit pas. Elle reprenait son souffle. Ne sachant quelle serait sa réaction s'il la lâchait, Richard préféra attendre.

— Cet homme n'est même pas armé, reprit-il. J'y ai veillé. Il est à la recherche de son père. Il est persuadé que sire Alain se trouve ici. Nous étions occupés à fouiller ensemble tout le donjon, et nous venions d'entrer dans votre chambre quand vous êtes arrivée. Quel mal y a-t-il à cela ?

— Richard, s'il vous plaît, lâchez-moi. Je resterai calme.

Il la libéra, et s'assit à côté d'elle, sur le lit. Quand elle fit mine de se lever, il lui saisit le bras.

— Que faites-vous ?

— Non, non, ne vous inquiétez pas. Il faut que nous allions les rejoindre. Je voudrais... vous expliquer... si je peux. Il faut dire que...

Richard descendit du lit et l'aida à faire de même. Qu'avait-elle à dire qui semblât si difficile ? Il commençait à se demander si Sara n'en savait pas plus long sur la disparition d'Alain qu'elle ne voulait bien le dire.

17.

Quelques instants plus tard, Sara et Richard retrouvèrent lady Honor et son fils dans la salle, occupés à bavarder avec les enfants. Nane et Christophe semblaient si heureux de la compagnie de leur nouveau cousin, que Sara préféra ne pas leur demander d'aller jouer ailleurs.

Christophe, un chat dans les bras, était assis à côté d'Adam. Celui-ci tenait la main de Nane, qui bavardait avec lui comme si elle l'avait toujours connu. Et Adam souriait. Qu'il avait l'air aimable dans cette scène de famille ! Mais Sara ne pouvait s'empêcher de penser aux enfants de la frontière, que cet homme avait privés de leurs parents ou de leur maison.

Elle s'éclaircit la gorge, se demandant comment elle allait expliquer qu'elle n'avait pu supporter l'idée de voir chez elle l'assassin de son père. Il avait eu de la chance. Si Richard n'avait pas été là, elle lui aurait arraché les yeux et lacéré le visage à coups d'ongles. L'envie ne lui en était pas passée. Mais elle avait promis de rester calme.

Bien plus, il lui fallait se montrer assez convaincante maintenant pour que cet Adam acceptât de rester à

Fernstowe quelques jours, le temps de permettre au roi d'arriver.

La grande crainte de Sara était qu'il ne découvrît son père enfermé dans la cellule du cellier. Dieu sait quelle serait alors sa réaction.

Lorsqu'elle traversa la pièce pour s'approcher de lui, Adam leva la tête et la regarda comme on regarde une folle. Il se leva.

— Je vous salue, dit Sara, avec un sourire forcé.

— Ma tante, répondit Adam sobrement.

Il conservait la même expression suspicieuse. Sara remarqua sa ressemblance étonnante avec Richard, comme si le mal et le bien avaient choisi de s'incarner semblablement.

— Il faut que je vous fasse des excuses, dit-elle simplement. Je ne supporte pas de voir quelqu'un fouiller dans mes affaires personnelles.

Adam se contenta de faire un mouvement de la tête et jeta un regard à Richard, comme s'il avait attendu de lui une explication plus convaincante.

— Vous avez rencontré vos cousins, je vois, dit Richard, qui affectait d'oublier ce qui s'était passé.

Il laissa Sara pour s'approcher de ses enfants et leur poser la main sur l'épaule.

— Adam vous ressemble, papa, dit Nane en souriant à son père.

Le chat que Christophe portait dans les bras fit un mouvement qui attira l'attention de Sara.

C'est alors qu'elle vit, noué au cou de l'animal, un morceau du tartan que portait sire Alain durant le souper de la veille !

Son cœur cessa de battre subitement. Elle se sentit envahie par une peur incoercible. « Mon Dieu, faites que personne ne remarque ce morceau de tissu. »

Mais son trouble brutal n'était pas passé inaperçu. Le regard d'Adam, suivant le sien, s'était posé sur le chat.

Richard s'approcha d'elle, le front soucieux.

— Sara, qu'y a-t-il ?

Les jambes de la jeune femme soudain se dérobèrent. Richard la soutint et l'aida à s'asseoir.

— Voilà ce qu'il y a ! s'exclama Adam en prenant le chat des bras de Christophe pour le brandir.

— Un chat ? dit Richard distraitement, trop préoccupé par le malaise de Sara.

Adam, sans défaire le nœud, fit passer le morceau de tissu par-dessus la tête de l'animal et l'agita devant Richard.

— Où est mon père ?

L'expression d'inquiétude qu'on pouvait lire sur le visage de Richard fit alors subitement place à une grimace de colère.

— Sara ! tonna-t-il en reculant d'un pas, les poings serrés. Qu'avez-vous fait ?

Tout était perdu. Sara s'enfouit le visage dans les mains. Par sa faute, ses ennemis se trouvaient dans Fernstowe. Ils allaient piller le château et se débarrasser de tous les témoins. C'était sans espoir !

Richard lui saisit les poignets.

— Sara !

— Parlez, cria Adam en agitant le poing, ou je vous arrache les tripes !

Richard s'interposa.

— Il faudra que vous commenciez par les miennes. Sara est ma femme, Adam de Strode, et vous êtes chez moi. Ne l'oubliez pas !

Lady Honor intervint. Elle sépara les deux hommes, qui se défiaient comme des coqs de combat.

— Ça suffit comme ça ! Allez vous asseoir, et laissez-moi faire ! s'exclama-t-elle en les regardant alternativement.

Puis elle alla s'agenouiller aux pieds de Sara.

— Savez-vous où est mon mari ?

Incapable de mentir plus longtemps, et même de parler, Sara ne put que hocher la tête.

— Est-il blessé ? demanda lady Honor.

Sara secoua la tête.

— Conduisez-moi à lui, mon enfant, avant que les choses ne s'aggravent ici.

Lentement, Sara se leva de son banc et se dirigea vers la porte. A quoi servait-il de résister plus longtemps. S'il le fallait, Adam démolirait Fernstowe pierre à pierre pour retrouver son père. De toute façon, avec un peu de jugeote, ils finiraient pas se rappeler que les chats souriciers passent le plus clair de leur temps dans les réserves à vivres.

— Il faut descendre l'escalier, murmura-t-elle.

Richard se saisit d'une torche accrochée au mur, l'alluma dans l'âtre et la donna à Adam. Puis il en alluma une autre pour lui. Seraient-ce ces torches, se demanda Sara, qui mettraient le feu à Fernstowe ? Lady Honor pourrait-elle sauver cette maison et ses habitants ? Malgré son air bénin et sa petite taille, elle semblait avoir beaucoup d'autorité sur son mari et son fils. Mais en aurait-elle assez dans le cas présent ? Et souhaiterait-elle seulement l'exercer ?

Peu à peu, alors que la petite troupe descendait l'escalier, Sara reprenait ses esprits. Elle remarqua que Richard était sans armes. Sire Alain et son fils aussi, mais ils étaient deux. Quel sort réserveraient-ils à son mari dans le cellier ?

Elle pensa appeler à l'aide, mais comment s'y prendre ?

Sire Matthieu était parti chercher le roi. Sire Edmond était prisonnier. Eustache se trouvait aux écuries ou dans sa forge. Les autres hommes montaient la garde sur les murs ou aux portes. Tous étaient trop loin pour entendre ses cris. Elle devait sauver seule son mari, ses enfants, ses gens et sa maison.

Elle s'arrêta devant la porte du cellier, prit le trousseau de clés qui pendait à sa ceinture, en choisit une. Avant d'ouvrir, elle fit face à Richard, lady Honor et Adam.

— Tout est ma faute, confessa-t-elle. Richard ne savait rien de tout cela. Je le jure.

Puis, se tournant vers Adam, elle le supplia :

— Je vous en prie, ne vous vengez pas sur cette maison et sur ses habitants.

— Ouvrez cette porte, ordonna Adam d'une voix basse et menaçante.

Richard prit la clé des mains de Sara et ouvrit lui-même. Il entra, suivi des autres.

— Où est-il ? Montrez-moi ? demanda-t-il en lui saisissant le coude.

Elle les conduisit à travers le cellier, zigzaguant au milieu des sacs et des tonneaux. Quand ils furent arrivés devant la porte du fond, Richard tourna la lourde clé restée dans la serrure.

Assis sur un tas de sacs, sire Alain, furibond, les regardait. Ses yeux, éclairés par la lumière des torches, jetaient des éclairs. Il paraissait prêt à tuer. Sara retenait son souffle.

— Alain, dit Richard en s'avançant, je regrette...

— Je me doute bien que tu regrettes..., rugit Alain en se levant.

Il passa en bousculant son frère, sortit de la cellule et s'arrêta devant lady Honor pour lui prendre les mains.

— Tout va bien, ma chérie ?

— Oui, bien sûr.

Il se tourna ensuite vers son fils.

— Adam ?

— Moi aussi, père. Dois-je les enfermer ici ? demanda le jeune homme en jetant un regard rapide à Richard et à Sara.

— C'est inutile. Nous allons partir immédiatement. Viens.

Sire Alain prit sa femme par la main et se dirigea vers la porte du cellier, suivi des autres.

Personne ne parla tandis qu'ils remontaient l'escalier. On n'entendait que le bruit de leurs pas sur les marches. Sara se demanda ce que les Ecossais feraient, après avoir quitté Fernstowe. Ils rassembleraient une armée, à coup sûr, et reviendraient les attaquer. Au moins ce délai lui permettrait-il d'organiser la défense.

Lorqu'ils arrivèrent dans la salle, Richard saisit son frère par le bras.

— Alain, écoute-moi. Sara a fait une erreur, qu'elle regrette. Toute sa vie, on l'a mise en garde contre les Ecossais et leurs traîtrises. Et voici qu'arrive chez elle celui que ses hommes considèrent comme le meurtrier de lord Simon.

Alain se retourna et libéra son bras.

— Je lui avais dit que je n'étais pas le coupable. Elle a feint de me croire. Elle a menti, Richard, et elle m'a trompé.

Sans perdre son calme, Richard continua d'argumenter.

— Sara a fait ce qu'elle croyait juste. Je ne l'excuse pas, mais je la comprends. Pas toi ? Réfléchis, Alain. Tout le monde, de ce côté-ci de la frontière, pense que tu es coupable. Comment Sara pourrait-elle croire à ta parole ? Moi, je te fais confiance, mais je suis le seul. Je t'en prie, reste. Nous allons tirer cette affaire au clair, une fois pour toutes.

« Qu'il parte, pensait Sara. Qu'il aille se faire pendre ailleurs. »

A en juger par ses regards furieux et le frémissement de ses narines, il était évident que la colère d'Alain ne s'était pas apaisée.

— Et que vais-je faire ici ? Attendre qu'on me plante une dague entre les épaules ? qu'on empoisonne ma soupe ? Et comment pourrai-je protéger ma femme et mon fils ?

— Sara ne fera plus de mal à personne, assura Richard. Mais si ça peut te rassurer, je l'enfermerai dans sa chambre.

— Non ! s'écria Sara en faisant un pas en arrière, prête à fuir.

Ils étaient tous contre elle, même Richard !

— Espèce de naïf, lui jeta-t-elle. Vous ne voyez donc pas le danger ?

Adam lui saisit le poignet pour la retenir. Elle se débattit, et son poing alla frapper violemment la mâchoire du jeune homme, qui lâcha prise. Soudain libérée, Sara courut vers la porte, mais Richard la rattrapa et tenta de l'immobiliser. Elle se démena, avec une énergie peu commune, en l'injuriant.

Tant bien que mal, Richard la conduisit vers l'escalier de l'étage et se retourna pour crier à son frère :

— Ne t'en va pas !

Moitié portant, moitié tirant, il la conduisit dans sa chambre et la coucha à plat ventre sur le lit, le nez dans les coussins, pour étouffer ses cris. Au bout de quelques instants, elle cessa de s'agiter.

Quand elle tourna la tête vers lui, Richard lui intima :

— Ne faites plus un geste.

Elle lui obéit. Il attendit quelques instants encore avant de s'éloigner pour aller prendre, sur un coffre, l'épée et la dague qu'il y avait laissées.

— Richard, s'il vous plaît, écoutez-moi.

— Ne me poussez pas à bout, Sara.

Rien de ce qu'elle pouvait dire ne lui ouvrirait les yeux. Quand il découvrirait la vérité, il souffrirait doublement, d'avoir été trahi par son propre frère et de n'avoir pas cru sa femme.

Impuissante, désespérée, elle tourna la tête vers le mur. Pour la première fois de sa vie, elle avait l'impression d'avoir atteint les limites de ses forces. Même à la mort de son père, elle ne s'était pas sentie aussi désemparée. Elle ne pouvait plus rien pour Richard. Ni pour Fernstowe. Ni pour ses habitants. Ni pour elle-même. Elle aurait voulu pleurer, mais n'y parvenait même pas. Et à quoi cela eût-il servi ?

Le bruit de la clé tournant dans la serrure lui apprit qu'elle était seule, et prisonnière.

.

En descendant l'escalier, Richard se demandait s'il allait pouvoir réparer les dégâts qu'avait causés Sara. Il était très vraisemblable qu'Alain refuserait de le croire plus longtemps. Et comment l'en blâmer ? Accepterait-il sereinement, lui, de se retrouver enfermé dans quelque cachot par lady Honor pour avoir eu l'idée de rendre visite à son frère.

Il retrouva les Strode dans la salle, où il les avait laissés. Tous les regards se tournèrent vers lui quand il entra.

— Venez avec moi, leur demanda-t-il en leur indiquant le chauffoir.

Par hasard, il découvrit Nane et Christophe, serrés l'un contre l'autre dans l'alcôve, près de l'escalier. Ils avaient l'air effrayés. La meilleure façon de les apaiser était de les mettre au courant de ce qui s'était passé.

— Les enfants, venez avec nous, leur ordonna-t-il.

Adam protesta.

— Il est inutile que les enfants...

Richard, soudainement, ne supporta plus le ton prétentieux de son neveu. Il s'arrêta sur le seuil du chauffoir et lui dit :

— Ecoute-moi bien. Nous avons presque le même âge, toi et moi, mais je suis tout de même ton oncle. Quand j'aurai besoin de tes conseils, je te le ferai savoir. En attendant, j'ai à parler à tes parents, entre grandes personnes. Tu vas sagement t'asseoir ici avec les enfants et attendre que nous ayons fini.

De manière très inattendue, Alain éclata de rire. Il prit son fils par les épaules, dans un geste affectueux qui était très certainement une façon de le neutraliser. Pour un peu, Richard aurait préféré que son neveu se jetât sur lui, afin d'avoir la satisfaction d'imiter Sara. Il se sentait prêt à soutenir l'attaque. Mais elle ne vint pas. Adam avait préféré capituler.

Ils tirèrent des sièges devant la cheminée et Richard

plaça quelques bûches dans le foyer. Le temps avait tourné à la pluie. L'air était frais et humide. Un feu de bois n'était pas superflu.

— Est-ce que vous avez fait mal à maman ? demanda timidement Nane, qui ne voulait pas lâcher la main de son frère.

— Pourquoi me parles-tu de ta mère aujourd'hui, ma chérie ? Tu sais ce qui est arrivé. Elle a été emportée par une fièvre. Tu t'en souviens.

Nane se redressa de toute sa petite taille et répondit avec plus d'assurance :

— Pas Annie. Ma nouvelle maman. Lui avez-vous fait mal, dites, papa ?

Richard ne put s'empêcher de sourire. Si mécontent de Sara qu'il le fût en cet instant, il était heureux de constater qu'elle avait réussi à conquérir le cœur de Nane.

— Non, ma fille. Je ne lui ai pas fait mal. Elle était très fatiguée, et je l'ai mise au lit.

— Elle ne paraissait pas avoir sommeil, fit remarquer Christophe, le sourcil levé, avec une expression qu'il tenait de son père.

Lady Honor sourit en lui tendant la main.

— Viens. Assieds-toi à côté de moi, et écoutons ce que ton père a à nous dire.

Richard attendit quelques instants que tous fussent prêts à l'écouter, puis il se tourna vers Alain.

— Comme nous le savons, quelqu'un utilise ton nom pour semer la terreur le long de la frontière. Notre premier travail est de découvrir qui est cet homme.

— Sara, dit Alain, m'a parlé d'un suspect, mais c'était certainement une ruse. Pour elle, il n'y a d'autre coupable que moi. La chose est assez claire.

— Qu'a-t-elle dit ?

— Elle ne m'a pas donné de nom. Cela a quelque chose à voir avec sa balafre. C'est en tout cas ce qu'elle voulait me faire croire.

Richard se pencha en avant, les coudes sur les genoux.

— Je crois savoir qui est cet homme. Lord Simon lui a refusé la main de sa fille. Et Sara lui a donné un coup de couteau.

— Pardi ! s'écria Adam. Quand je vous disais que cette femme était un danger public ! Le pauvre homme ne sait pas à quoi il a échappé.

— Un problème, Adam ? lui demanda Richard.

Le jeune homme baissa la tête avec un petit rire nerveux. Il se frottait la mâchoire, encore douloureuse du coup qu'elle avait reçu.

— Vous remercierez ma tante, ajouta-t-il. Elle m'a fait sauter une dent. Mais ne vous arrêtez pas pour moi. Vous disiez donc que cet homme lui avait balafré le visage, n'est-ce pas ?

Richard approuva d'un hochement de la tête.

— Oui. Elle était encore presque une enfant. Elle s'est défendue avec son couteau. Le moins qu'on puisse dire, c'est qu'elle a du cran.

— Tu prêches un converti, observa Alain. C'est une femme qui sait ce qu'elle veut, même quand elle fait fausse route. Il faut dire qu'avec ce physique de guerrière, elle a des arguments.

— Non, Alain, protesta Richard avec vigueur. Elle est grande et forte, c'est vrai, mais elle a de la grâce aussi, et une grande beauté. Est-ce que l'âge te rendrait aveugle ?

— Vous l'aimez ? l'interrogea lady Honor.

Richard s'appuya au dossier de son siège, les mains accrochées aux accoudoirs. Il avait l'impression d'avoir trop parlé. Mais, même mécontent de Sara, il ne pouvait aller contre sa pensée.

— Dites-le, papa, demanda Nane.

— Oh oui, dites-le, « mon oncle », insista Adam d'un air moqueur. Aimez-vous la femme qui vous a mis dans ce pétrin ?

— Tiens ta langue, mon garçon ! coupa sèchement sire Alain. Cela ne regarde que Richard.

Les pensées se bousculaient dans la tête de Richard. Qu'en était-il de son couple après ce qui venait de se passer ? Faudrait-il qu'il gardât Sara sous clé pour qu'elle consentît à vivre avec lui ? Dès que tout cela serait terminé, c'est elle qui exigerait l'annulation de leur mariage. Comment pourrait-elle oublier qu'il avait pris contre elle le parti d'Alain et d'Adam. Même si elle acceptait un jour de reconnaître leur innocence, elle considérerait toujours son mari comme un traître.

Le plus sage serait peut-être de se séparer d'elle. Après tout, Sara ne le supportait que parce qu'elle avait besoin de lui pour la venger et pacifier la région. Quand il se serait acquitté de cette tâche, il ne serait plus le bienvenu à Fernstowe. Il ne lui resterait plus alors qu'à disparaître.

— Tu disais que tu croyais connaître le nom de cet homme, dit Alain, qui revenait au sujet de leur conversation.

— Aelwyn de Berthold. Ses terres bordent les miennes, à peu de distance du pré de la Dispute. Et, apparemment, il vous en veut autant qu'à moi.

— Oui, je me le rappelle maintenant, dit Alain avec un air triste. Pauvre garçon. J'ai tué son père, un jour, au cours d'une bataille.

— J'ai entendu dire que tu avais essayé de l'aider ensuite, et qu'il avait très mal pris la chose. Il semble continuer de te garder rancune. Ce pourrait être lui l'auteur du meurtre, même si un autre prétendant évincé avait alors des raisons de ne pas aimer lord Simon.

— Qui ça ?

— Lord Bankwell. Il a prétendu à la main de la mère de Sara jusqu'à ce qu'elle épouse lord Simon, puis il s'est rabattu sur la fille. Il a deux fois l'âge de Sara. Lord Simon, bien sûr, a refusé. C'était un motif de ressentiment pour Bankwell. Mais je ne le crois pas coupable.

— Moi non plus. C'est plus vraisemblablement Aelwyn.

— Quoi qu'il en soit, celui qui m'a enlevé a tout fait pour que ma colère se tourne contre Sara, en prétendant notamment qu'elle n'avait payé que la moitié de la rançon. Je me suis demandé pourquoi il cherchait à lui nuire. Il me semblait que c'était, pour lui, aussi important que l'argent qu'il réclamait. Bankwell n'a pas de raisons de la haïr ainsi.

Le regard de Richard allait alternativement d'Alain à Adam.

— Je pense, reprit-il, qu'Aelwyn de Berthold a voulu se venger de nous tous. C'était l'occasion. Après avoir tué lord Simon pour que Sara fût sans défense devant ses entreprises, il a organisé l'enlèvement et l'extorsion d'argent pour provoquer la colère du roi contre toi.

— Pourquoi n'est-ce pas Sara qu'il a enlevée ? demanda Adam, comme s'il regrettait que ça ne fût pas arrivé.

Richard lui jeta un regard noir, qui était une mise en garde. Il répondit :

— Pour ça, Aelwyn voulait l'autorisation du roi. Si Edouard la lui avait donnée, Sara se serait soumise.

— Ça, ce n'est pas sûr, commenta Adam avec un sourire ironique.

D'un mouvement de la main, Alain le fit taire et continua :

— La vraie raison d'Aelwyn, était-ce la vengeance ou la cupidité ?

— Le deux, reprit Adam. Les choses me semblent assez claires. Il dressait sire Richard contre Sara, en se servant de lui pour se venger d'elle. Et il s'emparait de l'argent des lords anglais sans risque de se faire prendre, puisque tout le monde aurait été persuadé de la culpabilité de mon père.

— Pourquoi ne vous a-t-il pas tout simplement tué pendant qu'il vous tenait ? intervint lady Honor. Il aurait pu demander Sara et ses terres au roi Edouard.

— Parce que Edouard savait, répondit Alain, que Richard est mon frère, et que les Strode ne se tuent pas entre eux.

Richard se leva et, comme il le faisait toujours quand il était embarrassé, passa la main dans ses cheveux.

— Penses-tu vraiment que le roi sait que nous sommes frères ?

— Bien sûr. Notre père m'a écrit un jour qu'Edouard lui en avait parlé.

— Je comprends mieux. C'est certainement pourquoi je suis ici. Et marié à Sara. Edouard voulait éprouver ma loyauté. Il faut que Sara entende ça. Elle pourrait voir les choses autrement.

— Non, Richard, dit lady Honor. Laissez-la se reposer encore. Elle n'a pas dû dormir l'autre nuit. Et les événements de ce matin l'ont bouleversée.

Elle posa la main sur le bras de Richard, avant de continuer :

— Attendez ce soir pour aller la voir, et vous la consolerez. Rien ne presse. Nous allons rester ici la nuit prochaine, et plus longtemps s'il le faut.

— Honor a raison, ajouta Alain. En attendant, nous allons élaborer un plan pour essayer de lever ce renard de Berthold.

18.

Quelques heures de sommeil calmèrent le désespoir de Sara. Elle s'en voulut de sa réaction excessive. Elle se remémora les moments qu'elle venait de vivre, évoqua les gestes et les propos des Strode, et parvint à la conclusion qu'elle s'était peut-être exagéré le danger.

Elle était seule à croire encore à leur culpabilité. Et Richard avait clairement pris leur parti en l'enfermant à clé dans cette chambre. S'était-elle à ce point trompée ?

— Non, je suis sûre d'avoir raison, murmura-t-elle en frappant le lit du poing, comme pour essayer de se convaincre. Même si c'est Adam qui faisait les basses besognes, son père donnait les ordres. Comment aurait-il refusé d'obéir, alors qu'il n'ose même pas aller contre les désirs de sa mère ? Et, de toute façon, si ces deux-là n'étaient pas coupables, qui d'autre pourrait l'être ?

Sara ne se dissimulait pas la faiblesse de l'argument. Elle sentait ses certitudes vaciller. Devait-elle faire part de ses doutes à Richard ?

C'est alors qu'elle entendit le bruit de la clé dans la serrure.

Elle tourna la tête. Richard entra. Il paraissait soucieux et découragé. Sans prêter attention à elle, il se débarrassa de ses armes, ôta sa tunique et vint se placer devant une bassine, qu'il remplit d'eau. Puis il s'aspergea le visage, se lava les mains et les bras.

— Berthe va vous monter à manger, dit-il enfin, le visage dans le linge dont il s'essuyait. Quand vous vous serez restaurée, nous parlerons.

Sara se leva et vint s'asseoir sur une chaise devant la cheminée.

— Il fait froid ici, dit-elle en jetant un coup d'œil aux cendres de l'âtre.

Richard parut impatienté, mais il se dirigea vers la cheminée pour rallumer le feu. Elle le regarda faire, admirant son large dos où jouaient des muscles durs. Il avait un corps qui ne pouvait qu'enflammer le sang des femmes. Mais il avait aussi la tête plus dure encore.

— Vous avez toujours raison, n'est-ce pas ? lui dit-elle. Personne ne peut avoir d'autres idées que les vôtres.

— Vous pouvez en avoir, mais j'aimerais que vous les gardiez pour vous.

— Même si je vous dis que j'ai maintenant des doutes sur la culpabilité de votre frère ?

— Economisez votre salive. Je ne vous croirais pas.

Il se pencha pour souffler sur les flammes naissantes, puis ajouta du bois.

Berthe entra et posa sur la table, près de la fenêtre, un plateau recouvert d'un linge. Une odeur de pain frais et de porc rôti emplit la pièce. Sara n'avait pas mangé de la journée, mais elle n'avait pas faim.

— Dites à Nane et à Chris que je leur souhaite une

bonne nuit, demanda-t-elle à la gouvernante. Et n'oubliez pas de leur faire réciter leur prière.

— C'est fait, répondit Richard. Ils dorment à présent.

Malgré son ressentiment, Sara lui fut reconnaissante de s'être chargée de faire respecter aux enfants cette tradition du soir, à laquelle elle était très attachée.

Ce n'était pas la première fois qu'elle éprouvait pour Richard des sentiments contradictoires. Elle l'aimait certes plus que sa vie, mais l'aurait parfois étripé de bon cœur. Dans le cas présent, alors qu'elle sentait faiblir ses convictions, elle lui en voulait d'avoir peut-être raison et se réjouissait tout à la fois de se rapprocher de lui.

— Richard, dites-moi qui vous suspectez de la mort de mon père et des troubles de la frontière ?

— Pourquoi ? Il me semble que vous avez une idée très arrêtée sur le sujet.

— Jusqu'à aujourd'hui, soupira-t-elle, il est vrai que j'avais mon idée. Mais à présent, j'en suis moins sûre. J'ai réfléchi à ce qui s'était passé. Je me suis rappelé qu'Alain était venu à Fernstowe sans armes, qu'il y avait amené sa femme. Je me suis dit aussi qu'il n'était pas imaginable que, après s'être présenté à vous sous le nom d'Alain de Strode quand il vous a enlevé, il revienne ici avec la même identité pour accepter votre hospitalité et tenter de vous convaincre de son innocence.

Richard regarda Sara plus attentivement, pesant chacune de ses paroles, pour savoir s'il pouvait lui faire confiance.

— Et si c'est Adam, continua-t-elle, qui vous a capturé, pourquoi aurait-il accepté de venir ici sans armes lui aussi, alors qu'il savait que vous pouviez le reconnaître, à sa voix par exemple ? Il est vrai qu'il avait un otage, mais il ignorait quelle valeur cet homme avait à vos yeux.

— Vous auriez été bien inspirée de vous aviser de cela un peu plus tôt.

— J'en conviens, dit Sara en se penchant vers lui pour lui confier ce qui la troublait le plus. L'homme qui vous a capturé vous a bandé les yeux, et pourtant il vous a donné son nom. Ni sire Alain, ni Adam n'hésitent à se montrer à visage découvert. C'est plus important que je ne l'avais tout d'abord pensé. Cela veut dire ou que vous connaissiez déjà votre ravisseur ou qu'il craignait de vous rencontrer ultérieurement.

Richard approuva de la tête.

— Je vous ai déjà dit tout ça, si vous vous souvenez.

— Vous connaissez d'autres Ecossais, à part ceux-là ?

— Quelques messagers envoyés à Edouard par le roi Bailleul. Mais je n'ai aucune raison de les suspecter.

— Vous continuez de penser que le coupable est anglais, constata-t-elle.

Sara commençait à admettre que cette hypothèse, qu'elle avait toujours rejetée, n'était pas dénuée de fondement. Elle le lui dit.

— Tout finit par arriver, ironisa-t-il.

Richard alla chercher le plateau de nourriture et revint le poser sur les genoux de Sara.

— Mangez quelque chose. J'aurai ensuite des questions à vous poser.

Tout à coup, Sara sentit son appétit lui revenir. Et l'espoir aussi. Elle prit un morceau de pain encore chaud, en respira l'odeur et le tendit à Richard, qui s'était assis en face d'elle. Il l'accepta, ave un sourire. Un vrai sourire, qui semblait marquer la satisfaction qu'il éprouvait à la voir plus sensée.

Sara savait ce qui allait se passer ensuite, quand elle aurait fini son repas. Il lui demanderait de lui apprendre enfin le nom de l'homme qui l'avait balafrée. Il insisterait. Et elle céderait, pour lui montrer sa bonne foi.

Et, de fait, sitôt le plateau posé au sol, Richard lui demanda :

— Tout d'abord, parlons des deux hommes qui voulaient vous épouser.

— Je vous en ai déjà parlé.

— Recommencez. Dites-moi tout ce que vous savez.

— Eh bien, il y a d'abord Bankwell, le plus âgé, celui qui avait prétendu auparavant à la main de ma mère. Son château se trouve sur la frontière, plus à l'est, à une bonne distance de Fernstowe. Je ne l'ai rencontré qu'une fois, quand il est venu ici chercher la réponse de mon père. Ce fut un non catégorique. Mais je pense que, en me voyant, il s'est estimé heureux de ce refus. Vous savez, il devait imaginer que je ressemblais à ma mère lorsqu'elle avait dix-sept ans. Et c'était loin d'être le cas.

Elle rit de ce souvenir, qui l'avait pourtant fait souffrir alors. Puis elle ajouta :

— L'homme qui vous a enlevé était jeune, avez-vous dit. Or Bankwell est âgé. Si l'on ajoute à cela qu'il n'a pas beaucoup d'intérêt pour moi, il me semble qu'il fait un suspect peu convaincant. Je pense que nous pouvons l'éliminer de votre liste.

— Nous verrons. Et l'autre prétendant ?

— Aelwyn de Berthold. A qui vous avez eu affaire déjà. Il est assez méchant pour tuer ses voisins ou leur extorquer de l'argent, mais il n'a pas assez de cervelle pour imaginer un plan de quelque ampleur. Ce n'est qu'une bête brute qui écrase tout ce qui résiste, les plus faibles de préférence.

— Je le reconnais bien là. A présent, je dois vous demander le nom que vous avez toujours refusé de me donner, Sara. Le nom de l'homme qui vous a balafrée.

Sara soupira, et dit :

— C'est lui, Aelwyn.

— Je vois, répondit Richard, pas surpris le moins du monde. Bon, si le premier est trop vieux, et le second trop stupide, il faut qu'il s'agisse d'un autre.

— Pourrait-ce être quelqu'un que nous ne connaîtrions pas ? Peut-être un Ecossais qui ne serait ni votre frère ni votre neveu.

Richard secoua la tête.

— J'ai posé la question à Alain. Après en avoir discuté, nous avons éliminé cette possibilité. L'homme que nous cherchons est un Anglais.

— Si vous avez raison, ce peut être n'importe qui. Même pas forcément un noble. Comment s'exprimait-il ? Correctement ?

— Oui.

Richard réfléchit un instant et se leva de son siège.

— Demain, nous le ferons sortir de sa tanière. Au lieu de la rançon supplémentaire qu'il demande, nous lui annoncerons que je suis mort d'hydropisie.

— D'hydropisie ? répéta Sara en éclatant de rire. Mais c'est ridicule !

— Bon, heu... peu importe la cause de ma mort, dit

Richard, avec un sourire embarrassé. Il faut de toute façon que ce soit une mort naturelle, pour que notre homme ne se doute de rien.

— Qu'espérez-vous gagner en mourant ?

Richard se frotta le menton, avant de répondre :

— Je pense que sa réaction sera immédiate. Dès qu'il apprendra ma mort, il se précipitera ici pour prendre ma place en prétendant venir vous offrir sa protection contre les Ecossais.

— Pourquoi croyez-vous cela ? Il n'est pas venu ici après la mort de mon père. Et vous avez vu, à Harbeth, comme il me méprise.

— Il veut toujours vous épouser. Quelle meilleure façon de prendre sa revanche ? Et le roi ne pourra s'opposer à cela si tout se passe avant qu'il en soit averti. D'ailleurs, Edouard n'y verrait aucun inconvénient. Je sais qu'il a déjà envisagé qu'Aelwyn puisse être un jour votre mari.

Avec un sourire, Richard ajouta :

— Mais nous serons prêts à donner à votre prétendant l'accueil qu'il mérite quand il viendra voir ma veuve.

Sara ressentait un besoin grandissant de ne plus s'opposer à Richard. Elle était fatiguée de lutter. Et le lui dit :

— Quoi qu'il arrive, je suis avec vous.

Il sourit et la prit dans ses bras. En voyant le désir brûler dans les yeux de son mari, en sentant contre le sien le corps de l'homme qu'elle aimait, elle fut gagnée par la même fièvre.

Mais il ne le fallait pas !

***

Le matin suivant, Richard ne parla pas à Sara. Il lui fit un signe de la tête quand elle arriva dans la salle, puis il quitta les lieux. Il avait honte de la colère qu'il nourrissait contre elle et préférait ne pas avoir à s'en expliquer. De quel droit, en effet, lui en voulait-il? Cent fois, déjà, ce matin-là, il s'était fait cette question? Après tout, elle ne s'était pas refusée à lui durant la nuit. Oh non, se disait-il, vexé, elle avait même semblé désirer ses étreintes, puis, sans crier gare, était devenue d'une passivité exaspérante.

Il se dirigea en pestant vers les écuries. A cette heure-là, Eustache et son aide étaient partis prendre leur déjeuner. Il se saisit d'une étrille. C'est en entendant une voix dans son dos qu'il comprit que son frère l'avait suivi.

— Je n'irais pas panser les chevaux si j'étais d'une humeur aussi massacrante. Tu vas étriller ces pauvres bêtes jusqu'à l'os.

Richard jeta l'objet au sol.

— Ne me pose pas de questions, dit-il à Alain.

— De quoi s'agit-il? demanda néanmoins celui-ci en souriant, le dos appuyé au mur, les bras croisés.

Richard secoua la tête en s'asseyant sur une poutre.

— Pourquoi les femmes ont-elles le chic pour faire enrager les hommes? La mienne paraît toujours avoir le feu au corps, et quand je m'enflamme à mon tour, c'est pour m'apercevoir que je tiens un glacon entre mes bras. Son humeur change comme ça, dit Richard en faisant claquer ses doigts.

Trop nerveux pour rester assis, il s'était mis à marcher de long en large.

— C'est qu'il faut un bon tisonnier pour attiser le feu, lui répondit Alain avec un sourire moqueur.

— Ce n'est pas le moment de plaisanter.

— Penses-tu que Sara cherche à te faire payer de l'avoir enfermée ?

— Non, cela n'a rien à voir. Elle était déjà ainsi la nuit d'avant.

— Peut-être est-elle enceinte ?

Richard s'arrêta net, la respiration coupée.

— Enceinte ?

Il regarda fixement Alain, soudain plein d'espoir. Mais il revint immédiatement à la réalité.

— Non, c'est impossible. Il est trop tôt. Même si elle attend un enfant, elle ne peut pas en sentir les effets maintenant. Je me souviens de ce qui s'est passé avec ma première femme.

— Ah oui, lady Eveline. Père m'a écrit plusieurs fois à son sujet. Pour lui, c'était une sainte.

— Je suppose que oui, répondit Richard en haussant les épaules. Et aristocrate jusqu'à la moelle des os. On lui avait enseigné que le mariage était un devoir, pas une partie de plaisir. Je sais que c'est ainsi qu'une femme doit être. Mais Sara, d'habitude... est... différente.

Le rire d'Alain résonna dans l'écurie.

— Ma chère Honor a dû manquer quelques leçons, elle aussi, et Dieu merci !

— Elle n'est pas... passive ?

— Oh, que non !

Alain fit quelques pas pour poser la main sur l'épaule de Richard.

— Qui t'a mis dans la tête ces stupidités sur les femmes ? Notre père ?

— Oui. répondit Richard, qui avait l'impression de n'avoir rien compris. « Ton Eveline est une sainte

... notre curé a dit que... », père n'avait que ces mots-là à la bouche.

— Nous y voilà. Un vieil homme, un prêtre jaloux et une enfant gâtée. On peut rêver meilleurs conseillers.

Richard ne put s'empêcher de rire avec son frère. Alain reprit :

— Heureusement qu'il te reste un vieux frère avisé. Dis-moi, Chacha, as-tu parlé de cela avec Sara ?

— Je crois, oui... à vrai dire, non.

Il serra, entre le pouce et l'index, la racine de son nez, ferma les yeux et murmura :

— Quel imbécile je fais !

— Si j'étais à ta place, Chacha, dit Alain en lui donnant un tape vigoureuse sur l'épaule, je commencerais pas là.

— Tu peux compter sur moi.

Richard se sentait soudain heureux. Au fond, il avait les mêmes idées que son frère sur ce sujet, mais n'avait jamais osé l'admettre. Il venait de comprendre qu'il luttait depuis toujours contre son propre bonheur. Sans plus tarder, il parlerait à Sara, lui dirait qu'il l'aimait, lui demanderait de l'excuser, la supplierait d'être enfin elle-même, en paroles et... en actes.

Après quelques instants de réflexion, il jugea préférable cependant d'attendre jusqu'au soir pour cet entretien.

Lorsque Richard et son frère regagnèrent la salle, Sara feignit de ne pas les voir. Elle était en grande conversation avec lady Honor, qui l'entretenait des vertus des simples. Sa belle-sœur avait, sur la question, de vastes connaissances, dont Sara aurait bien voulu faire profiter la maisonnée. Elle venait justement d'envoyer Darcy chercher une plume et de l'encre pour noter la composition de quelques mixtures qu'elle comptait utiliser.

Les deux hommes les interrompirent. Richard, le visage illuminé d'un large sourire, tira un banc pour s'asseoir à côté de Sara. Alain resta debout, derrière lady Honor, une main sur l'épaule de sa femme.

— Où est donc passé notre fils, ce matin ? demanda-t-il.

— Il voulait raconter des histoires à ses nouveaux cousins, dit lady Honor en montrant, du menton, la porte du chauffoir. Ça me permet de faire mieux connaissance avec ma nouvelle belle-sœur.

— Quelles sortes d'histoires ? demanda Richard.

— Qui sait ? Adam est passionné de romans de chevalerie. S'il a choisi de leur en parler, les enfants doivent être suspendus à ses lèvres.

Un bruit sourd se fit entendre derrière la porte de la cour, qui s'ouvrit brusquement. Eustache entra, accompagné d'un inconnu. Sara se leva, suivie de Richard, pour aller au-devant d'eux.

— Qui est cet homme ? demanda Richard.

— Simon Carterson, répondit Eustache. Il vient de la part de sire Meckville.

— Messire, continua le nommé Carterson, lord Meckville a refusé de payer hier l'argent que les Ecossais lui réclamaient. Ses terres ont été attaquées cette nuit. Plusieurs maisons ont été brûlées et deux villageois tués.

— J'y vais, s'exclama Richard.

— C'est inutile, messire, répondit Carterson. Lord

Beringer est déjà là-bas pour nous donner les secours dont nous avons besoin. Lord Meckville m'a envoyé vous prévenir, parce que vous êtes l'homme du roi.

— Maître Carterson, lui dit Sara, nous vous remercions d'être venu jusqu'ici pour nous avertir. Eustache, veillez à ce que cet homme puisse se restaurer et se reposer. Et trouvez-lui un cheval frais pour le cas où il voudrait repartir sans tarder.

— Carterson, intervint Richard, je préférerais que vous restiez ici quelques jours.

— Pourquoi, messire ?

— Nous en parlerons plus tard. J'ai un bon nombre de questions à vous poser. Pour l'instant, allez vous rafraîchir.

L'homme acquiesça de la tête, et Eustache l'emmena vers les cuisines.

Avec un sourire désabusé, Sara s'adressa à sire Alain :

— Nous avons une réponse à la question la plus importante. Moi, tout au moins. Un homme ne pouvant se trouver à deux endroits à la fois, l'attaque de cette nuit fait disparaître mes derniers doutes. J'ai des excuses à vous faire, Alain, ainsi qu'à votre fils.

— Une femme qui reconnaît ses torts ? répondit Alain en riant. C'est un miracle !

Honor lui donna une tape sur le bras.

— Cesse de plaisanter. Il y a déjà un moment que Sara a reconsidéré son point de vue sur le sujet. Le plus important, maintenant, est de savoir qui cherche à te faire accuser.

— J'ai un plan pour ça, déclara Richard. Tout à l'heure, j'ai envoyé un messager à tous les lords de la frontière pour leur annoncer ma mort subite. Je laisse une veuve inconsolable dans un château sans maître. En d'autres termes, Fernstowe est à qui le voudra.

— Mais, Richard, objecta Sara, toute la région va venir ici pour vos funérailles.

— C'est bien ce que je veux. Dans trois jours, ils seront tous là. Et le premier à arriver, avec des soldats en armes, sera notre homme.

— Aelwyn de Berthold, dit Sara en hochant la tête. Oui, le piège peut fonctionner.

— Je l'espère. Mais c'est Bankwell qui pourrait se présenter le premier ; ou un homme auquel nous n'aurions pas pensé.

Sara avait décidé de soutenir de toutes ses forces le plan de Richard.

Elle suivit son mari, qui se dirigeait vers le chauffoir.

— Je vais demander à Adam, proposa-t-elle, de faire venir ses hommes et sire Edmond à l'intérieur des murs. Si nous avons à nous battre, ils doivent être bien reposés et bien nourris. Je me charge du ravitaillement. Occupez-vous des armes.

Elle entendit, dans son dos, sire Alain ironiser :

— Il faudrait acheter une épée à ta femme, Chacha, et lui apprendre à s'en servir.

Sara se retourna et répondit, avec un sourire malicieux :

— Oh, quant à cela, messire mon beau-frère, sachez que je me sers mieux d'une épée que d'une lèchefrite !

19.

Ce jour-là, à Fernstowe, tout le monde travailla à préparer l'arrivée des visiteurs qu'on y attendait. Pour recevoir les premiers, il fallait des armes et un lieu assez vaste où enfermer ceux qui n'auraient pas été tués. Viendraient ensuite tous les nobles de la région, pour assister aux funérailles de Richard.

Au lieu d'un service funèbre, Richard les régalerait d'une grande fête. Il l'avait promise, chez Harbeth, aux lords de la frontière. Certes, il l'organisait plus tôt que ceux-ci ne s'y attendaient, et pour une raison qui les surprendrait. Mais ce serait l'occasion pour tous de se réjouir de la paix enfin restaurée.

Avant la fête, il fallait cependant qu'il pût parler tête à tête, avec Sara, des résolutions qu'il avait prises grâce à Alain. Quand elle aurait compris pourquoi il avait fait fausse route, elle redeviendrait celle qu'elle n'aurait jamais dû cesser d'être. Et il se plaisait à imaginer déjà la douceur de leur vie conjugale.

En attendant, Richard s'amusait de voir avec quelle conviction Sara avait pris en main les préparatifs de la défense. C'était à croire qu'elle avait imaginé elle-même le piège qu'ils étaient en train de tendre. Elle travaillait sans arrêt, au point d'en négliger tout le reste. Et, la veille au soir, Richard s'était inquiété de la voir s'endormir à table, épuisée et anormalement pâle.

Après l'avoir mise au lit, il avait ordonné de ne plus la déranger et de la laisser dormir le jour suivant. Mais, comme il fallait s'y attendre, c'est elle qui se leva avant tout le monde. Au petit jour, une chandelle à la main, elle alla réveiller Richard.

— Je sens qu'il va venir aujourd'hui, déclara-t-elle, sans se soucier qu'il fût nu en sortant du lit.

Elle lui tendit ses vêtements, sans cesser de parler.

— Je pense que ce sera Aelwyn.

— Je le pense aussi. Donnez-moi ça, lui dit-il en la voyant soulever sa cotte de mailles. C'est trop lourd pour vous.

Sans tenir aucun compte de sa remarque, elle l'aida à enfiler la cotte. Richard passa ensuite une cotte d'armes, qu'il serra d'une ceinture à la taille. Sara s'agenouilla pour fixer des éperons aux pieds de Richard, avec autant de dextérité qu'un écuyer entraîné.

— Voilà qui est fait. Il vous reste à prendre votre épée, et vous pouvez partir pour la guerre.

Elle s'apprêtait à quitter la pièce quand Richard lui saisit le bras et l'amena à lui.

— Venez un peu par ici, tourbillon.

— Comment?

Il lui enferma le visage dans ses mains.

— Un baiser, s'il vous plaît. A moins que ça ne vous dise rien.

Et, sans attendre la réponse, il la prit dans ses bras.

Quand il mit fin à ce baiser, Richard sourit de la voir aussi surprise.

— Tout ira bien. Soyez sûre que je vous protégerai et que je défendrai notre maison.

Il avait posé sa main sur la joue de Sara. Elle la couvrit de la sienne.

— Oh, Richard, soyez prudent. Me le promettez-vous ?

— Je vous le promets. Mais le danger n'est pas grand. Nos archers seront prêts. Quand nos ennemis entreront, même nombreux, ils seront faits prisonniers. S'ils essaient de se battre, nos flèches les tueront avant qu'ils aient eu le temps de sortir leurs épées. Et maintenant, allons déjeuner, proposa-t-il en lui offrant le bras. J'ai l'estomac dans les talons.

Il régnait dans Fernstowe l'atmosphère des grands jours. Même les enfants ne tenaient pas en place. Sara les conduisit dans le chauffoir et leur confia la tâche de découper des lanières de cuir pour entraver les prisonniers. Le plus important était de les occuper. Berthe supervisait l'opération et avait pour consigne de leur interdire de sortir de la pièce.

Lorsque, au milieu de la matinée, Sara traversa la cour, elle constata que tous ceux qui y vaquaient à leurs tâches quotidiennes observaient du coin de l'œil les guetteurs sur les murailles, attendant l'alerte. C'est uniquement pour leur bonne vue que ces guetteurs avaient été choisis. Certains, d'ailleurs, étaient des femmes. Sara en avait placé deux par courtine. De loin en loin, sur le chemin de ronde, elle avait disposé des archers, qui avaient reçu l'ordre de rester assis, de façon à ne pas être vus de l'extérieur.

Richard se tenait près des portes, bavardant avec Alain et Adam.

Sara appréciait qu'il lui eût confié la défense de la place. Ce qu'elle craignait le plus, c'était une bataille rangée, où certains des siens pouvaient laisser la vie. Richard lui avait assuré qu'on n'en n'arriverait pas à ces extrémités, mais qu'en savait-il ? Un animal blessé peut se battre furieusement, même sans espoir de succès.

— Milady, lui dit sire Edmond, vous devriez rester à l'intérieur.

Elle se retournait pour lui faire une réponse, quand sonna la corne du guet.

— Ils arrivent ! cria-t-elle en se précipitant vers l'escalier de la muraille.

Sire Edmond l'attrapa par le bras et la supplia :

— Rentrez, s'il vous plaît, ou sire Richard me le fera payer cher.

Sara se dégagea et, après avoir ramassé le bas de sa robe, monta l'escalier en lui lançant :

— Il faut que je voie ça. Allez aider mon mari. Je resterai sur la muraille.

Lorsqu'elle eut atteint le chemin de ronde, elle se pencha aux créneaux.

— Bankwell ! s'exclama-t-elle, surprise et déçue.

Et ce grand escogriffe grisonnant n'avait même pas d'armure. Il était accompagné d'une demi-douzaine de cavaliers. Etait-ce avec ça qu'il comptait emporter le château et capturer la châtelaine. Sara jugea que pareille prétention était insultante pour elle.

Un homme de l'escorte annonça son maître, qui demandait à entrer pour « présenter ses hommages à lady Sara ». Elle sourit en entendant Richard donner l'ordre d'ouvrir les portes. Bankwell allait avoir la surprise de sa vie.

La herse se leva lentement en grinçant, sous les efforts des deux hommes qui tournaient le treuil. Puis les épais vantaux de chêne de la porte extérieure s'ouvrirent au large. La cour était vide, et tout le château silencieux.

On entendit le pas des chevaux résonner sur le pavé de l'allée cochère, mêlé au cliquetis des armes et des harnachements. Et Bankwell entra dans la cour à la tête de sa petite troupe. Sara trouva qu'il n'avait pas beaucoup changé depuis leur dernière rencontre. Il se tenait bien droit sur sa selle, plutôt bel homme pour son âge, et manifestement conscient de l'être. Bref, toujours aussi arrogant, mais plus pour longtemps.

Tout en avançant dans la cour, il regardait autour de lui, surpris de voir tous ces hommes en armes, et ces archers sur les murailles, l'arc tendu. Mais il ne paraissait pas inquiet.

— Jetez vos armes, ou vous êtes mort ! ordonna Richard d'une voix de stentor qui dut résonner dans tout le château.

La bouche ouverte, les yeux ronds, Bankwell vit sortir de l'ombre d'un mur l'homme aux funérailles de qui il venait assister. « Maintenant, il a compris », se dit Sara avec satisfaction.

La cour s'emplit du bruit métallique des armes jetées au sol. Aucun de ces hommes n'hésita ou ne protesta. Ils avaient compris que chacun des archers, là-haut, sur le chemin de ronde, avait choisi sa cible.

— Mettez pied à terre, et éloignez-vous de vos armes, ordonna Richard.

— Nous sommes venus en paix, dit Bankwell d'une voix émue.

Il descendit maladroitement de cheval et supplia :

— Ne nous faites pas de mal. Où est lady Sara ? Où est-elle ? Il faut que je lui parle !

Sara descendit l'escalier aussi rapidement qu'elle l'avait monté. Puis elle traversa la cour d'un pas réglé, plus en rapport avec la gravité de la situation. Elle s'arrêta à quelque distance de Bankwell, assez loin pour ne pas être prise en otage.

— Me voici, milord Bankwell. Dites-moi donc pourquoi vous êtes venu ici. Qu'avez-vous à dire pour votre défense, avant que nous vous ficelions ?

Très agité, Bankwell leva les mains vers elle, suppliant.

— Dites à vos hommes que je suis venu en paix. Je voulais vous offrir ma protection.

Sara éclata de rire.

— Je n'en doute pas. Emmenez-le ! ordonna-t-elle aux hommes qui, l'épée nue, entouraient Bankwell et son escorte. Le roi Edouard sera ravi de notre prise.

Tous les yeux étaient tournés vers la scène qui se jouait au centre de la cour. Bankwell, toujours protestant de ses bonnes intentions, fut emmené, tandis que Richard, Alain, Adam et sire Edmond se dirigeaient avec leurs hommes vers l'escalier de la grand-salle.

Sara s'attarda dans la cour pour remercier les guetteurs, hommes et femmes, qui avaient monté une garde vigilante. Plusieurs étaient déjà descendus des murailles. Là-haut, sur le chemin de ronde, les archers riaient et se félicitaient. Tout Fernstowe retentissait des échos de cette joie.

Sara levait les yeux vers le parapet, au-dessus de la porte, pour voir qui s'y trouvait encore, quand elle entendit un cri :

— Alerte ! Descendez la herse !

C'était le garde de la porte. Si elle n'avait pas regardé dans sa direction, elle ne l'aurait pas entendu au milieu des cris de joie.

Mais il n'y avait plus personne au treuil de la herse !

— Madame, sauvez-vous ! cria encore le garde, au moment où un groupe de cavaliers pénétrait au galop dans le château.

Le bruit des sabots de leurs chevaux dans l'allée cochère couvrit le son de sa voix. Les archers saisirent leur arc. Les gardes se précipitèrent, parfois sans armes, au devant des intrus. On entendait des cris de ralliement.

— Aelwyn ! s'écria Sara en voyant ses couleurs.

Elle savait qu'elle n'avait plus le temps de fuir. Elle se précipita vers le tas d'armes que Bankwell et ses soldats avaient laissées au milieu de la cour, s'empara d'une épée et fit face à son ennemi.

Au trot rapide de son cheval, Aelwyn, le visage dissimulé sous son casque, se dirigeait sur elle. Sara évita l'animal et, levant l'épée, d'un coup d'estoc, lui entailla le cuir. Il se cabra. Aelwyn vida les étriers.

Richard et ses proches accouraient et commençaient à croiser le fer avec les hommes d'Aelwyn, encore à cheval, qui les empêchaient de rejoindre Sara.

— Oh, Dieu, soupira-t-elle en voyant Aelwyn se relever.

Pourquoi ne l'avait-elle pas frappé alors qu'il était au sol. Il s'approchait d'elle, lentement, les yeux brillant à travers la fente de son casque. Sara sentait la peur la gagner. Elle leva son épée, le défiant de faire un pas de plus.

— Vous allez m'épouser à présent, par la mort Dieu, gronda-t-il. Ou vous mourrez.

— J'ai un mari ! Et il vous fera passer l'envie de mordre.

Pendant un court instant, Aelwyn se figea.

— Strode n'est pas mort ?

— Il est en train d'éliminer la vermine qui vous accompagne. Regardez, si vous ne me croyez pas.

Sara serra plus fermement son épée, pour l'abattre sur lui s'il avait l'imprudence de se retourner.

Mais le piège était trop gros. Sans cesser de la regarder, il se mit à tourner autour d'elle, ouvrant et fermant les doigts sur la poignée de son épée.

— Alors, il mourra, comme tous ici. Et vous aussi, mais pas avant que je me sois occupé de vous.

Il rit, continuant de tourner. Sara suivait son mouvement, mais se sentait près de perdre l'équilibre.

— Vous n'aurez pas Fernstowe ! lança-t-elle, essayant de gagner du temps, pour que Richard pût venir à son secours.

Le poids de l'épée commençait à faire soufffrir ses muscles.

— Fernstowe ? ricana Aelwyn. C'est vous que je veux, espèce de sotte. Depuis toujours. Et je vous aurai. Vous regretterez alors votre insolence.

Aelwyn leva son épée, menaçant.

— Rendez-vous, maintenant, ou je serai obligé de vous tuer, et trop tôt pour mon goût.

Il s'approcha encore. Sara frappa. Le choc des épées lui déchira les oreilles et l'ébranla jusqu'aux os.

— Co... comment saviez-vous qu'ils étaient frères ? demanda-t-elle en reculant pour se tenir hors de portée des coups.

Elle avait besoin d'un moment de répit pour reprendre son souffle. Si seulement il acceptait de parler.

Aelwyn grogna :

— J'ai passé mon temps à chercher à tout savoir sur le barbare qui a tué mon père et ruiné ma famille. Le roi l'abattra comme une bête malfaisante. Et tous les Ecossais avec lui !

Soudain Aelwyn se fendit. Sara esquiva le coup, qui passa tout près. Elle était éblouie par le soleil. La sueur lui piquait les yeux.

— Vous voulez donc la guerre avec l'Ecosse ?

— Oui. Et je l'aurai. Tout comme je vous aurai, morte ou vive, cria-t-il, excédé.

— Je vous attends, le provoqua-t-elle en affermissant sa prise sur la poignée de son épée. Espèce de traître !

Aelwyn se précipita sur elle, l'épée levée, pour le coup de grâce. Elle évita l'arme, et poussa d'estoc. Touché, il rugit comme s'il souffrait mille morts. Mais il n'était qu'à peine blessé, grâce à sa cotte de mailles, qui avait empêché la pointe de l'épée de s'enfoncer.

Ebranlé par ce coup inattendu, il s'arrêta pour examiner sa blessure. Alors Sara s'élança, et, avec un large mouvement du bras, vint frapper du plat de l'épée le casque de son adversaire, qui résonna comme une cloche.

Quand Aelwyn revint à lui. Il était étendu sur le sol, le pied de Richard sur la gorge. Sara pensait qu'il allait la lui écraser. Elle le souhaitait.

— Aelwyn voulait que le roi déclare la guerre aux Ecossais, expliqua-t-elle, encore incrédule. Je crois qu'il est fou.

Richard baissa les yeux sur son prisonnier.

— Fou ou pas, il mourra comme un traître. J'aimerais beaucoup me charger de la besogne, mais je laisse ce plaisir au roi.

Le pied de Richard sur sa gorge, Aelwyn ne parvenait pas à parler. Il roulait des yeux furieux.

— Est-ce que quelqu'un a pensé à descendre la herse ? demanda Richard en feignant un air de reproche. Je ne tiens pas à recevoir la visite d'un autre prétendant aujourd'hui.

— Fatigué, Richard ? demanda Sara en confiant son épée à l'un des hommes qui emmenaient Aelwyn. Petite nature, hein ? Je commençais tout juste à me mettre en jambes.

Sara abandonna ce ton de plaisanterie en arrivant dans la grand-salle, quand elle constata les dommages qu'avait causés l'attaque. Deux des hommes de Fernstowe étaient morts. Ils gisaient sur des matelas, dans un coin, où leurs veuves les pleuraient. Sire Edmond était blessé au bras et Adam à la cuisse. Eustache avait eu la jambe brisée en essayant de faire tomber un cheval avec son cavalier. Plusieurs blessés, étendus sur des tables, recevaient les soins de lady Honor et de quelques femmes de la maison.

— Maman, maman ! s'écria Nane en se précipitant vers Sara pour lui entourer la taille de ses bras. Dame Berthe ne voulait pas que nous sortions vous aider !

Sara caressa les cheveux de la petite fille. A quelque distance, Christophe la regardait, l'air sérieux, attendant les ordres, en loyal petit soldat.

— Tout va bien à présent. Retourne au chauffoir, avec ton frère, et attendez que nous en ayons fini avec tout ça. Obéissez-moi, insista-t-elle, quand Nane fit mine de protester.

A son soulagement, elle vit Christophe prendre sa sœur par la main et l'emmener, en imitant le ton apaisant de Richard quand il consolait les chagrins de sa fille. Cet enfant serait un jour un chevalier de valeur, comme son père.

Il restait une dernière tâche à accomplir, et pas la moindre : faire des excuses à lord Bankwell. Il était assis à une table, dans un coin de la salle, entouré par ses hommes, qui sirotaient de la bière en bavardant à voix basse.

Accompagnée de Richard, Sara s'approcha du petit groupe.

— Nous nous sommes trompés, commença-t-elle.

Puis, avant de laisser à Bankwell le temps de parler, elle ajouta très vite :

— Mais vous devez admettre que c'était une erreur compréhensible. Nous attendions une attaque, et voilà que vous arrivez avec vos hommes. D'ailleurs, pourquoi êtes-vous venu ?

Bankwell, à l'évidence, prenait très mal cette méprise. Il but une gorgée de bière, puis posa sa chope sur la table avant de répondre :

— Après avoir reçu le message qui m'annonçait la mort de sire Richard, j'ai pris la décison de venir jusqu'ici, et à marche forcée, pour vous aider à organiser les funérailles. Je voulais aussi vous offrir ma protection. C'est ce que j'ai essayé de vous faire comprendre tout à l'heure.

— Et pourquoi êtes-vous le seul à avoir eu cette idée ? interrogea Richard, d'un ton suspicieux.

Sara se demanda si son mari ne trouvait pas curieux que Bankwell et Aelwyn fussent arrivés presque en même temps, comme s'ils avaient été de mèche dans cette affaire.

— Il y a cinq mois, répondit Bankwell, avec un soupir, en s'adressant à Sara, j'ai épousé votre mère. Je suis donc votre beau-père, et, en tant que tel, il m'a semblé de mon devoir de...

— Vous avez épousé ma mère ! s'exclama Sara, ahurie. Comment est-ce possible ? Elle est dans un couvent.

— C'est moi qui l'en ai fait sortir. Elle m'avait envoyé un mot, peu de temps après y être entrée. Et je suis venu la chercher immédiatement. Ce n'était pas un lieu pour mon Eula.

— Votre Eula ? répéta Sara, stupéfiée par la nouvelle.

Bankwell n'en oubliait pas son ressentiment. Il fronça les sourcils et déclara :

— Je veux avoir quitté ces lieux dans une heure. Si vous souhaitez que je transmette un mot de votre part à lady Eula, écrivez-le sans perdre de temps.

Mais Richard n'en avait pas terminé.

— Par le passé, vous avez voulu faire de Sara votre femme, messire. Ne seriez-vous pas venu pour l'enlever ?

D'un mouvement de la main, Bankwell renvoya ses hommes. Il attendit qu'ils se fussent suffisamment éloignés pour répondre :

— J'ai toujours aimé lady Eula, déjà quand nous étions enfants. Mais ses parents m'ont préféré sire Simon.

Il jeta à Sara un regard d'excuse.

— En demandant la main de Sara, je pensais avoir un peu d'Eula. Mais quand je vous ai vue, milady, si différente de votre mère, physiquement et moralement, j'ai compris que je me trompais. Heureusement, lord Simon a refusé ma demande. J'en remercie Dieu tous les jours, car ce mariage m'aurait interdit de vivre avec Eula après la mort de son mari.

— Vous avez attendu bien longtemps avant de me parler de ce mariage, fit observer Sara.

— Eula n'y tenait pas. Elle avait peur de votre réaction. Mais, quand nous avons appris que vous étiez veuve, nous nous sommes dit que vous pouviez avoir besoin de l'aide de votre famille. C'est pourquoi je suis venu.

Sara se demandait si elle parviendrait, avec le temps, à se faire à ce qu'elle venait d'apprendre. Le remariage de sa mère ! Quant aux explications de lord Bankwell, elles lui semblaient plausibles. Elle devait même admettre que ce seigneur avait agi chevaleresquement en venant lui proposer son soutien.

— N'accepteriez-vous pas de rester ici ? Nous enverrions chercher ma mère. Nous avons organisé une fête pour après-demain.

— Non, merci, répondit Bankwell avec un rire sec. J'ai envie de rentrer chez moi le plus vite possible. Et je sais qu'Eula ne tient pas à venir jusqu'ici.

Sara se mordit la lèvre. Elle était déçue d'apprendre que sa mère n'avait pas manifesté le souhait de la revoir. Mais elle devait faire bonne figure, pour ne pas désobliger l'homme qui était venu lui apporter son aide, et qu'elle avait si mal reçu.

— Je ne vais pas écrire à ma mère. Mais dites-lui que je vous souhaite, à tous les deux, beaucoup de bonheur, et que je prie pour qu'elle soit heureuse dans sa nouvelle vie.

Bankwell se leva et lui prit la main. Il se pencha pour la baiser. Quand il releva la tête, il souriait :

— Eula s'inquiète pour vous, Sara. Elle vous aime sincèrement. Elle aurait voulu m'accompagner, mais ce n'était pas possible, avec l'enfant.

Les genoux de Sara se dérobèrent. Elle serait tombée si Richard ne l'avait pas soutenue. Elle bredouilla :

— Mais... mais ma mère a près de quarante ans ! Elle ne peut pas...

— C'est ce qui vous trompe, répondit fièrement Bankwell. Et elle a une santé florissante. Venez vous en assurer par vous-même dès que vous le souhaiterez.

Bankwell passa devant elle pour gagner la porte. Au passage, il fit un signe de tête à Richard.

— Je vous dis adieu à tous les deux. Présentez mes respects à Sa Majesté dès que vous la verrez.

Sur ces mots, il s'éloigna, fit signe à ses hommes de le suivre et quitta la pièce.

— Dieu du ciel ! s'exclama Sara en s'asseyant sur un banc. Quelle journée ! Et maintenant ?

— Maintenant, vous allez monter vous coucher.

— Vous plaisantez ! Regardez autour de vous, ce capharnaüm. Et puis il y a les blessés...

— Lady Honor s'en occupe très bien. Berthe canalise les enfants et Adam surveille les prisonniers. Il n'y a plus rien pour vous. Il me semble que vous en avez assez fait pour aujourd'hui.

— Les morts devraient être...

— Leurs femmes se chargeront de cela. C'est leur rôle.

— Et la fête ?

— Les provisions sont prêtes. Et nous avons toute la journée de demain pour préparer la grand-salle. Maintenant, faites ce que je vous dis.

Elle acquiesça de la tête, trop fatiguée pour continuer à argumenter. Les muscles de ses bras lui faisaient mal, et elle avait une grosse ampoule dans la main droite.

Il lui sembla que Richard la regardait sans indulgence. Elle imaginait le spectacle qu'elle lui offrait, ainsi exténuée, le visage en sueur, les cheveux en désordre, les vêtements salis. Il devait aussi être fâché de ce qu'elle venait de faire. Aucun mari ne veut d'une femme qui manie l'épée et capture les chevaliers comme d'autres les doryphores. Elle pouvait se figurer d'ici le grand rire du roi quand il apprendrait la nouvelle. A cause d'elle, Richard subirait une nouvelle humiliation.

Fatiguée et démoralisée, Sara préférait regagner la solitude de sa chambre. Elle se dirigea lentement vers l'escalier, se demandant si elle parviendrait toute seule jusqu'au palier.

Soudain la corne se fit entendre de nouveau, très perceptible malgré le brouhaha qui régnait dans la salle. Sara s'assit sur une marche, se prit la tête dans les mains, attendant de savoir ce que cet appel annonçait encore.

— Le roi ! cria une voix, quelques instants plus tard. Sire Richard ! Ce sont les couleurs du roi !

Sara se releva et gravit les dernières marches pour se précipiter dans sa chambre. Elle entra, se débarrassa de ses chaussures et se jeta sur le lit. Richard voulait qu'elle se reposât ? Par Dieu, elle allait lui obéir ! C'était elle, certes, qui avait demandé au roi de venir, mais elle avait reçu assez de visiteurs pour la journée !

Allongée sur le dos, elle fixait les yeux sur les solives du plafond, s'efforçant de ne penser à rien. Mais, sans cesse, ses pensées la ramenaient dans la grand-salle, où se trouvaient le roi et sa suite.

Si Edouard était à Fernstowe, c'était à cause du message qu'elle lui avait envoyé. Il s'attendait à trouver Alain le Juste prisonnier ou mort. Au lieu de cela, Richard allait tenter de lui expliquer que son frère était innocent. Comment Edouard pourrait-il le croire ? Sara elle-même ne l'avait pas cru. Ce serait la parole de Richard contre celle d'Aelwyn.

La jeune femme se releva. Elle alla verser de l'eau dans une bassine, pour se laver le visage et les mains. Il lui fallait parler au roi, qu'elle le souhaitât ou non.

Tout en se coiffant, elle repensa aux raisons qui lui faisaient craindre l'arrivée d'Edouard. Il fallait bien qu'elle admît qu'elle se mentait à elle-même. La culpabilité d'Aelwyn serait facile à établir. Et il y avait assez de témoins qui parleraient en faveur de sire Alain et d'Adam. Non, ce qu'elle craignait, c'était d'entendre le roi proposer une nouvelle fois l'annulation de son mariage.

Si Richard allait l'accepter, cette fois ? Il lui suffirait d'affirmer qu'il n'avait pas partagé le lit de sa femme. Ce qui, si l'on voulait jouer sur les mots, était vrai, puisque le lit de Sara ne leur avait servi qu'une fois et s'était effondré avant de remplir l'usage auquel on le destinait ce soir-là.

Après ce qui venait de se passer dans la cour de Fernstowe, Richard aurait beau jeu de se plaindre au roi de ne pas avoir épousé une vraie femme, mais une aberration de la nature, qui avait plus sa place dans le quartier des gens d'armes que dans le lit conjugal, une sorte de virago qui, l'épée à la main, la chevelure en bataille, les vêtements au vent, défiait les hommes en combat singulier. Et les terrassait !

Pourtant, comment Sara aurait-elle pu regretter ce

qu'elle avait fait ce jour-là ? Elle serait morte si elle ne s'était pas défendue. Avait-elle le choix ?

Elle fit un rouleau de ses cheveux, qu'elle fixa par des épingles autour de sa tête. Il ne lui échappait pas qu'elle ne serait jamais aussi féminine que la parfaite lady Eveline, mais elle pouvait, au moins, essayer de faire oublier un peu la fâcheuse impression qu'elle avait laissée.

Parviendrait-elle à se comporter avec toute l'élégance voulue, quand il l'abandonnerait ? Peut-être pas. Mais elle ferait son possible pour qu'il n'emportât pas le souvenir d'une femme indigne d'un homme comme lui.

Sur cette résolution, elle se leva pour aller examiner le contenu de son coffre à vêtements dont elle tira une chemise blanche, sa belle robe de camelot bleu et de jolis souliers assortis.

— Je suis Sara de Fernstowe, murmura-t-elle en enfilant sa robe. Je suis la châtelaine de ces lieux, et j'entends bien jouer mon rôle.

Elle fixa dans ses cheveux un petit diadème de bronze ciselé, ajusta à sa taille une ceinture dont l'extrémité pendait jusqu'à ses genoux, se pinça les joues et se mordit les lèvres pour leur donner de la couleur.

— Et voilà, dit-elle en se dirigeant vers la porte. Si Richard veut à tout prix partir, eh bien, qu'il parte !

20.

— Non ! Laissez-le ! cria Richard en tirant son épée pour se précipiter au secours d'Alain.

C'est alors qu'il comprit ce qu'il venait de faire. Dans une sorte de réflexe chevaleresque, il n'avait pensé qu'à empêcher une injustice. Il n'avait voulu que protéger l'innocence d'Alain. A présent, il allait partager son sort.

Richard laissa retomber son bras et baissa la tête. Tirer l'épée contre son roi, c'était un crime de trahison, passible de la mort.

Deux chevaliers, que Richard connaissait fort bien, le désarmèrent. Il restait figé sur place, maudissant son tempérament impétueux. Après tant d'efforts sur soi-même pour se maîtriser, il avait fallu que sa colère l'emportât au moment le plus mal choisi.

Il savait que rien ne pourrait l'excuser. Son seul espoir était la clémence royale. Mais Edouard semblait déterminé à punir.

— Mon frère n'est coupable d'aucune faute, Sire. J'ai craint que vous ne le fassiez exécuter sans l'avoir entendu.

Le roi fronça les sourcils, mais ce n'était pas Richard qu'il regardait.

— Ah, voici venir la maîtresse de maison ! Nous recevrez-vous mieux que ne l'a fait votre mari, madame ?

Sara fixait le roi sans comprendre. Elle fit une profonde révérence.

— Avec la permission de Votre Majesté, j'aimerais savoir ce qui se passe ici, dit-elle d'un ton calme.

Elle jeta un regard autour d'elle et parut comprendre d'elle-même.

— Sire, l'homme que vous avez arrêté n'est pas le bon. Sire Alain est venu en paix et nous a aidés à capturer le criminel que vous recherchez.

Le roi posa un pied sur le banc où, quelques instants auparavant, était assis lord Bankwell.

— Vous savez que vous pouvez parler librement, lady Sara. Vous n'avez plus à craindre les Strode.

— J'ai toujours parlé librement, Sire, répondit Sara avec un sourire. Je n'ai jamais craint personne, hormis Votre Majesté.

— Que vous me craigniez ou non, vous avez au moins toujours su vous montrer prudente. Ce qui n'est pas le cas de tout le monde, ajouta le roi en adressant un regard sévère à Richard.

Sara évita de lui demander des détails.

— Mon message était un peu prématuré, sire, je le confesse. Mais je suis heureuse que vous soyez ici. Il y a moins d'une heure, nous avons capturé l'homme qui a tué mon père. C'est lui qui terrorisait vos sujets de la frontière. C'est lui aussi qui a enlevé et malmené Richard de Strode, avant de le libérer contre rançon. C'est lui enfin qui exigeait de l'argent des seigneurs de la région en échange de la paix. Son but, nous le savons maintenant, était de provoquer une guerre avec les Ecossais. Voilà pourquoi il cherchait à faire accuser sire Alain de ses méfaits. Cet homme, sire, est Aelwyn de Berthold.

Le roi Edouard redressa sa grande taille, fit quelques pas, l'air songeur, les mains sur les hanches. Il demanda, en jetant un regard dans la salle :

— Eh bien, où est-il ? Et comment savez-vous que c'est lui le coupable ?

Sara fit signe à deux de ses gardes.

— Allez chercher lord Aelwyn.

Puis elle se tourna vers le roi.

— Il l'a reconnu lui-même, alors que je l'affrontais à l'épée, Sire. Il a menacé de me tuer, après m'avoir fait subir les derniers outrages.

— Alors que vous l'affrontiez à l'épée ? Et c'est ce grand maladroit de mari qui est venu vous sauver ?

— A vrai dire, non, fit Sara en s'éclaircissant la gorge. Je me suis débrouillée seule.

Puis elle ajouta très vite :

— Il l'aurait fait s'il n'avait pas été aussi occupé à se battre contre les hommes d'Aelwyn. Quant à sire Alain et à son fils Adam, qui a été blessé dans cette affaire, ils étaient prêts à donner leur vie pour que la bonne cause triomphe. Les Strode ne sont pas les ennemis de Votre Majesté, ni les Ecossais.

— Vraiment ? Se pourrait-il que vous vouliez sauver une nouvelle fois la vie de sire Richard, pour le garder tout à vous ?

— Je n'ai fait que dire la vérité, je le jure. Richard m'a confié que votre majesté lui avait offert de lui rendre sa liberté. J'accepte bien sincèrement qu'il la reprenne. Il s'appartient, comme il appartient à Votre Majesté. Je n'ai aucun droit sur lui.

— Vous avez pourtant tout fait pour l'avoir à vous, lui rappela le roi.

— C'est vrai, mais je sais maintenant que j'ai mal agi. Malgré ce que je lui ai imposé, sire Richard s'est montré longanime avec moi, et toujours soucieux de protéger mes intérêts comme ceux de la couronne dans cette région. Je prie donc Votre Majesté de se montrer à la hauteur de sa réputation de justice en ne se trompant pas de coupable.

— Vous plaidez bien, lady Sara. Mais voyons d'abord ce qu'a à nous dire celui que vous tenez pour le vrai coupable.

Tout le monde regarda vers l'escalier du cellier. Les gardes remontaient, tenant solidement lord Aelwyn, qu'ils amenèrent devant le roi.

— Aelwyn de Bethold, cette femme vous accuse de meurtre, d'extorsion de fonds, d'enlèvement et de pillage. Qu'avez-vous à répondre ?

— Sire, ce sont les Ecossais qui se sont rendus coupables de ces actes. Je suis venu ici pour aider lady Sara quand j'ai appris que son mari était mort. Et voyez quelle reconnaissance j'en ai.

— Alors, dit Sara en s'avançant vers lui, peut-être pourrez-vous dire au roi pourquoi vous chevauchez le destrier de mon mari, à qui vous l'avez volé quand celui-ci était votre prisonnier. Et pourquoi cet animal, que tous ici, le roi comme ses hommes, pourraient reconnaître, porte aujourd'hui vos couleurs.

— Allez voir, ordonna le roi à l'un de ses écuyers.

Puis Edouard s'adressa à sire Alain, qui gardait l'air poli mais un peu lointain d'un spectateur que cette affaire ne concernait pas vraiment.

— Que faisiez-vous à Fernstowe ?

— J'y suis venu invité par mon frère, répondit-il, en utilisant, Dieu merci, un anglais sans accent écossais. Je viens de passer les six derniers mois en France, dans la famille de ma femme, et je rentre tout juste.

Il avait incliné la tête vers lady Honor, qui se tenait, pétrifiée par l'angoisse, à côté d'une table où était étendu son fils blessé.

— Puis-je présenter à votre majesté lady Honor, ma femme, et mon fils, sire Adam ?

— De loyaux sujets de la couronne, je présume, dit le roi avec un salut de la tête à leur intention.

— De la couronne d'Ecosse, sire, et par conséquent de celle d'Angleterre.

— Voilà qui est bien dit.

L'écuyer revint dans la salle et marcha à grands pas jusqu'au roi.

— Lady Sara a dit la vérité, Sire. Le cheval de bataillle de sire Richard porte les mêmes couleurs que le tabard de cet homme, dit-il en montrant lord Aelwyn.

— La preuve est faite. Emmenez-le et sortez ses complices de leur cachot. Nous nous occuperons de les juger quand nous serons à York.

Puis, se tournant vers les hommes qui gardaient sire Alain, il ordonna :

— Et laissez aller celui-là.

Mais Edouard n'en avait pas fini avec Richard, qui attendait avec inquiétude de savoir quel serait son sort. Le roi s'approcha de lui et leva un doigt menaçant.

— Aucun membre de ma suite n'a jamais osé tirer l'épée contre moi. Vous le savez mieux que personne, messire, puisque vous avez été mon compagnon durant des années. Eh bien, vous n'aurez plus l'occasion de refaire l'erreur d'aujourd'hui. Je vous abandonne ici. Ce sera votre punition. Est-ce compris ?

Richard s'inclina pour cacher un sourire.

— Je suis aux ordres de Votre Majesté.

— Ce qui veut dire aussi que je ne vous offre plus de reprendre votre liberté.

— J'obéirai, Sire, fit Richard, la tête baissée, la voix modeste.

Mais il aurait voulu crier sa joie.

— Nous avons ce que nous étions venu chercher ici, déclara le roi. Adieu donc, lança t-il à la cantonade.

Et il se dirigea vers la porte, suivi de ses chevaliers. Les prisonniers fermaient la marche, dûment encadrés par les gardes.

Richard reprit son épée et la replaça dans son fourreau. Il échangea avec Alain un regard de soulagement.

Lorsque la porte se fut refermée sur le roi et sa suite, Sara se tourna vers Richard, furieuse.

— Espèce d'insensé ! Pour un peu, vous vous faisiez exécuter ! Mais qu'est-ce qui vous a pris ?

— C'est vrai, je vous dois la vie. Et Alain aussi, ma belle guerrière, ma Bodicée.

— Si vous m'appelez encore une fois comme ça, je termine le travail du roi ! Maintenant, si vous devez rester ici, et marié, ce n'est plus ma faute. Moi, je vous aurais volontiers laissé repartir.

— Volontiers, Sara ?

Il connaissait la réponse. Sara l'aimait. Il aurait pu le lire dans ses yeux.

— Disons que je n'en aurais pas fait un drame. Je m'étais habituée à cette idée.

Richard éclata de rire. Il s'approcha d'elle et la prit dans ses bras.

— Sara, ne voyez-vous donc pas que je ne demande

pas mieux que de rester ? Edouard n'aurait pas réussi à me faire quitter cette maison.

— Oh si, il aurait pu, répondit-elle en lui entourant la taille de ses bras. Enchaîné, et en route pour l'échafaud. Qu'est-ce qui vous a pris de tirer votre épée ?

— En vérité, je n'ai pas pensé si loin. Vous avez été la seule à garder la tête sur les épaules.

Il lui donna un baiser appuyé, puis se recula un peu pour jouir de l'effet.

Il se retourna en sentant qu'on lui touchait l'épaule. C'était Alain.

— Puis-je dire un petit mot ?

— Oui, mais alors un petit, dit Richard en prenant Sara par la taille. C'est que j'ai l'intention de prouver à ma femme, en privé, la reconnaissance que je lui ai. En attendant, soyez ici comme chez vous. Nous nous verrons à la fête de demain.

— C'est vrai ! Demain ! s'exclama Sara, qui avait complètement oublié. Il y a mille choses à faire. Il faut que je m'occupe de...

— Bien sûr, mais vous verrez cela plus tard...

Sara céda. Elle appuya sa tête sur l'épaule de Richard, le corps enflammé du désir qu'avait fait naître leur baiser. Elle voulait ses étreintes plus que tout au monde. Et il n'allait pas tarder à s'en apercevoir, car elle ne se sentait plus capable de feindre à présent. Toutes ses bonnes résolutions fondaient comme neige au soleil. Au premier baiser, elle perdrait toute retenue.

— J'ai essayé, murmura Sara. Vraiment, j'ai essayé.

— Quoi donc ? demanda tendrement Richard en fermant derrière eux la porte de sa chambre.

— D'être ce que vous souhaitiez.

Il prit le visage de Sara dans ses mains et lui posa un baiser sur le front.

— Mais vous êtes ce que je souhaite.

Elle recula. Comme si, en s'éloignant de lui, elle avait espéré calmer les battements désordonnés de son cœur. Elle tremblait de désir, d'un désir si grand que l'amour physique était impuissant à l'apaiser. Pourtant elle n'avait, en cet instant, que son corps pour exprimer à Richard l'amour qu'elle éprouvait pour lui.

— Richard, je ne peux plus continuer à déguiser.

Il passa derrière elle, l'entoura de ses bras et lui glissa à l'oreille :

— Vous me parlerez plus tard.

Elle rit, d'un rire sans joie.

— Plus tard, il ne sera plus nécessaire de parler. Vous aurez compris.

— Compris quoi ? dit-il distraitement, trop attentif à lui retirer ses épingles à cheveux.

— Que je ne pourrai jamais être avec vous comme lady Eveline.

Les mains de Richard s'immobilisèrent. Il était soudain redevenu sérieux.

— Et comment pensez-vous qu'elle était, Sara ?

— Une femme parfaite, bien sûr. Une femme excellemment, bien élevée, sans... sans tous mes... défauts.

— Ma chérie, nous avons tous des défauts. Et Eveline en avait beaucoup. Qu'est-ce qui vous fait croire qu'elle était parfaite ?

— Vous. Vous-même ! s'exclama-t-elle, exaspérée de le sentir prêt à nier ce qu'il ne cessait de répéter à l'envi. Vous l'avez dit au roi ! Qu'elle était irremplaçable !

— Je ne l'ai jamais aimée, Sara. Mais je me sentais coupable d'avoir le cœur sec. J'en souffrais. Si j'avais pu l'aimer, je crois qu'elle m'aurait aimé en retour. A vrai dire, nous sommes restés deux étrangers l'un à l'autre, obligés de vivre ensemble sans l'avoir voulu. Après sa mort, j'ai éprouvé un soulagement que la décence m'obligeait de cacher.

Sara se retourna pour lui faire face.

— Oh, Richard...

— Oui. J'ai éprouvé ce sentiment de soulagement comme une faute. J'ai tenté de l'oublier en m'exagérant des qualités qu'Eveline n'avait pas toujours Si elle et moi avions parlé, comme vous et moi en ce moment, nous aurions peut-être mené une vie plus agréable. Mais elle ne s'est jamais confiée, ni moi non plus.

Sara passa la main sur la poitrine de Richard.

— Je regrette vraiment de vous avoir imposé ce remariage, dont vous ne vouliez pas.

— Il arrive parfois que la Providence vous force la main. Mais comment s'en plaindre quand elle choisit pour vous une femme courageuse, constante dans ses affections, d'une force morale rare et d'une beauté remarquable ?

Les yeux plongés dans ceux de Richard, Sara cherchait à y découvrir ce qu'il attendait d'elle. Il le lui dit :

— Mais il lui manque peut-être quelque chose.

Sara hocha la tête. Elle avait compris.

— Je sais, répondit-elle tristement en jetant un regard au lit. C'est là la pierre d'achoppement.

— Nous pourrions l'envoyer rouler dans le fossé,

suggéra-t-il doucement en caressant des lèvres la bouche de Sara. N'avons-nous pas connu déjà de délicieux moments ? Il suffit que vous soyez vous-même, Sara.

Elle ferma les yeux, pour échapper aux sollicitations de Richard. Mais comment aurait-elle pu ignorer le corps qui se pressait contre le sien, et ces mots qui lui faisaient bouillir le sang ?

— Je ne peux pas être celle que vous voulez. Quoi que je fasse, je n'arriverai pas à être différente. J'ai essayé, mais je ne pourrai pas recommencer. Pas comme ça.

— Oh, mon amour, je n'ai jamais souhaité que vous feigniez d'être une autre, dit-il, sincèrement soucieux. Soyez vous-même. C'est ainsi que je vous veux. Donnez-moi tout de vous, votre intelligence, votre tempérament, votre passion. Je veux tout cela.

Le sourire de Sara se fit plus large. Elle enfouit sa tête dans l'épaule de Richard. Ainsi, par « délicieux moments », il évoquait leurs premières étreintes.

— Vous voulez dire que je pourrai me montrer... entreprenante ? Richard, vous me l'aviez pourtant reproché.

— Vous me troublez, dit-il en lui caressant les bras. Et pas seulement dans les choses de l'amour. En tout, Sara. Jamais vous n'êtes économe de vous-même. Vous donnez toujours tout de vous dans la vie, en amour comme dans le reste, sans même penser à vous protéger. Savez-vous combien cette générosité est une chose rare. Je crois que, jusqu'à présent, j'avais trouvé plus confortable de fréquenter des gens qui portaient un masque et ne cherchaient pas à soulever le mien. Maintenant, Sara, je veux vivre avec vous, qui avancez sans masque dans l'existence, et m'avez arraché le mien.

— C'est-à-dire ?

— C'est-à-dire, répondit Richard avec un sourire, que je voudrais être comme vous et avoir des enfants qui vous ressemblent. Trop longtemps, j'ai caché ma vraie nature, pour être ce que les autres attendaient de moi. Si vous acceptez de me prendre tel que je suis, en m'aidant à découvrir quel homme je suis, je n'aurai rien d'autre à demander à la vie. En ce moment, il n'y a qu'une chose dont je sois totalement sûr, c'est que je vous aime au-delà de toute expression.

Sara avait posé sa joue sur la poitrine de Richard. Des larmes lui venaient aux yeux, des larmes brûlantes qu'elle avait retenues si longtemps et qu'elle ne pouvait plus arrêter.

Richard l'aimait !

Il lui prit le menton pour l'obliger à lever la tête.

— Je sais que vous m'aimez aussi, Sara. Alors pourquoi pleurez-vous ?

Elle riait à présent, et sanglotait en même temps.

— Pa... parce que vous êtes le seul homme qui mérite qu'on pleure pour lui.

Richard la serra plus étroitement contre lui et la laissa pleurer tout son soûl. Jamais, dans toute sa vie, Sara n'avait éprouvé une telle joie.

Après un instant, quand elle fut apaisée, il relâcha son étreinte et l'interrogea :

— Que dois-je faire, mon amour ? Qu'est-ce qui vous rendrait heureuse ? Vous n'avez qu'à parler.

Sara leva vers lui des yeux encore humides, mais brillant de nouveau d'un éclat espiègle.

Elle glissa les mains vers la taille de Richard.

— Si vous commenciez par vous débarrasser de cette épée.

Il défit la boucle de sa ceinture et laissa glisser l'épée au sol.

— De toute façon, vous ne restez pas sans arme, ajouta-t-elle avec un sourire entendu.

Sans un mot, Richard se pencha, les bras en avant, pour lui permettre de faire passer la cotte d'armes par-dessus sa tête. Ils firent de même pour la cotte de mailles.

— Pourquoi faut-il que vous portiez des vêtements aussi mal seyants, messire ? A l'avenir, il faudra que je veille à vous vêtir autrement...

— J'ai l'impression que vous allez me faire payer tous les mots désagréables que j'ai pu vous dire.

— Et votre dette n'est pas près de s'éteindre. Voilà qui est plus adapté à la situation, dit-elle en achevant de le déshabiller.

Richard rit. Il lui enleva son diadème et lui ébouriffa les cheveux.

— Espèce de petite effrontée !

— Espèce de vil séducteur !

A son tour, Richard commença de lui retirer ses vêtements. Elle leva les bras pour qu'il pût la débarrasser de sa robe et de sa chemise.

Quand elle fut nue contre lui, il murmura :

— Tu m'as rendu fou, la première nuit. Ton audace, ta liberté, c'était nouveau pour moi. Je ne parvenais plus à raisonner sainement. J'aimais ça, mais je n'étais pas sûr de le souhaiter.

Hissée sur la pointe des pieds, Sara lui donna un baiser, tandis qu'il caressait son corps.

— Es-tu sûr, maintenant ? De toute façon, il est trop tard. Ça ne fera pas de différence.

Pour toute réponse, il l'enlaça plus étroitement, en riant, et la conduisit vers le lit. Ils y tombèrent enlacés. A demi étendu sur elle, Richard la regardait en souriant.

— Tu m'as choisi, Sara, et j'en suis extrêmement fier. Mon cœur est à toi pour toujours.

— Je n'aurais jamais pensé conquérir un jour ton cœur. C'est pour cela que je tenais tant au reste.

Richard lui baisa les lèvres en chuchotant :

— Et le reste t'intéresse toujours autant ?

— Plus que jamais. Je veux ton corps, ton cœur, ton âme, tout !

Épilogue

Cinq ans plus tard

— Es-tu certain que le roi est toujours à Londres ? demanda Sara à Richard, tandis que les invités entraient pour le souper.

Elle sourit, malgré son inquiétude, à lord Adam et à lady Janet, leur indiquant les places d'honneur qui leur revenaient, c'est-à-dire les deux sièges à haut dossier qu'elle et Richard utilisaient habituellement.

— Dieu nous protège, si jamais le roi a vent de cette affaire, continua-t-elle.

Sara se tordait les mains. Richard, pour la calmer, les prit dans les siennes.

— Personne, hors de Fernstowe, ne sait qu'Alain est ici. Comment pourrions-nous fêter l'accession de Christophe à sa nouvelle qualité d'écuyer, si son oncle et sa tante, les seuls qu'il ait, étaient absents ?

— Mais la guerre a repris entre l'Angleterre et l'Ecosse.

— Tu sais bien que personne ne suspecte la loyauté d'Alain.

Toute la journée, le château avait retenti de la joie

des invités. Seule, Sara semblait s'inquiéter des risques que prenait Alain. Depuis que l'Ecosse, en s'alliant à la France, était devenue l'ennemie de l'Angleterre, il était dangereux pour cet Ecossais de traverser la frontière.

Pendant près d'une année, Richard avait combattu sur le sol français. Mais ces derniers mois, en raison de l'hiver, les combats avaient cessé. Sara priait pour que cette paix éphémère durât le plus longtemps possible, car si le roi rappelait Richard, Christophe partirait lui aussi. Ce sont deux êtres chers qu'elle devrait quitter pour des mois, sans savoir si Dieu accepterait qu'ils revinssent.

Elle préféra ne plus penser à ses soucis pour jouir de ce qui devait être un jour de fête.

— Tout le monde gâte Nicolas, souffla-t-elle, quand Richard l'aida à s'asseoir.

Leur dernier fils, âgé de deux ans, était assis au bout d'une table, au pied de l'estrade d'honneur. Il était entouré de Berthe et de Nane, et obtenait ce qu'il voulait de sa petite cour.

Sara passa distraitement la main sur son ventre. Avant le printemps, il y aurait une nouvelle bouche à nourrir à Fernstowe.

Un murmure flatteur s'éleva quand Christophe fit enfin son apparition dans la salle, vêtu d'azur et de sable. C'était un beau garçon de douze ans, grand pour son âge, et tout le portrait de son père. Il était peut-être un peu jeune pour le titre d'écuyer, mais Richard l'avait bien formé, et il était prêt.

— Lord Hepping insiste pour que nous le mariions

à sa fille, rappela Richard à Sara. Qu'en penses-tu ? Sa petite Constance conviendra-t-elle à Chris ?

Sara regarda Richard comme s'il était devenu fou.

— Mais il n'a pas encore l'âge pour donner son consentement à ce mariage ! Et tu devrais être le premier à penser que c'est à lui de choisir.

Richard inclina la tête, et leva un sourcil.

— Cependant, si nous acceptions, la petite Constance pourrait venir à Fernstowe, où tu l'élèverais. J'aimerais que Christophe ait une femme comme toi, quand le moment sera venu pour lui de se marier.

Richard regarda son fils, qui se conduisait déjà comme un vrai petit chevalier. Il ajouta :

— C'est ce qui pourrait lui arriver de plus beau dans la vie.

Le compliment toucha Sara, mais elle ne pouvait pas se résoudre à accepter un mariage trop précoce pour son fils.

— Peut-être cherches-tu aussi un mari pour Nane, lui dit-elle avec un sourire.

— Il me semble qu'elle en a déjà trouvé un, répondit Richard en regardant l'un des jeunes écuyers qu'il formait. Mais ce béjaune ne s'en doute même pas. Et comme je connais Nane, il a intérêt à se méfier. A qui la faute ?

Sara comprit l'allusion et éclata de rire.

— Te plaindrais-tu de ton sort ?

— Au contraire, ma chérie, j'en suis comblé. Je ne vois pas ce qui pourrait arriver de mieux à ce garçon que d'être choisi par une femme qui te ressemble.

Il se pencha pour lui donner un baiser.

— Quand nous serons seuls de nouveau, répondit Sara en passant un bras sous le sien, je te remercierai comme il convient de cette remarque. Te voici prévenu.

— Oh, il y a longtemps que je ne suis plus pris au dépourvu. Dès la fin de ce repas...

— Nous irons prendre le dessert dans notre chambre.

Collection Les Historiques

HARLEQUIN

PROCHAINS RENDEZ-VOUS LE

1er août 2002

LE BLASON D'OR, ***de Suzanne Barclay • n° 222***
France, 1375. Marqué au fer rouge par la mort de tous les siens, massacrés par les Anglais durant la guerre de Cent Ans, le chevalier français Géraut de Saint-Blaise du traité de paix, quand, à Bordeaux, un tournoi le met en présence de lady Catherine, la fille unique de son ennemi héréditaire, héros de la bataille de Poitiers qui a scellé la défaite des Français…

UN BONHEUR À CUEILLIR, ***de Charlene Sands • n°223***
Texas, 1880. Lily n'ose croire en sa chance quand Tyler Kincaide, un séduisant veuf dont elle est secrètement éprise, lui propose de devenir la gouvernante de sa fille. Pourtant, sitôt installée au ranch, la jeune femme déchante : entre une enfant rebelle et un homme traumatisé par la disparition de son épouse, comment pourra-t-elle jamais trouver ce bonheur qui s'obstine à la fuir ?

LES CHEMINS DU CŒUR, ***de Nan Ryan • n°224***
Angleterre et Amérique, 1899. Depuis son veuvage, Ellen vit avec sa tante Alexandra, une vieille dame excentrique hantée par sa jeunesse enfuie. Une morne existence — jusqu'où jour où, entendant parler d'une prétendue fontaine de jouvence perdue au fond du Colorado, Alexandra décide de se rendre sur place. Les deux femmes se lancent alors dans un incroyable périple, avec pour seuls guides Padjan, un Indien énigmatique, et le mystérieux M. Corey, aventurier au passé douteux et au sourire aussi fugace que dévastateur…

LES MARIÉS DE LA COURONNE, ***de Deborah Hale • n°225***
Angleterre, 1260. Sur ordre royal, lady Cecily, s'apprête à convoler avec le sire de Courtenay, un puissant seigneur à la réputation sulfureuse. Une union qui contrarie d'aucuns — dont un proche de la Couronne, Falke de Boissard, soupirant malheureux de Cecily. Furieux de voir la demoiselle lui échapper, il tente de devancer son rival en forçant Cecily à l'épouser, mais cette dernière réussit à s'enfuir et se cache dans la forêt voisine où, pour parer d'éventuelles agressions, elle se fait passer pour une lépreuse…

LA MAÎTRESSE DU CAPITAINE, ***de Merline Lovelace • n° 226***
Chine, 1815. Pour retrouver son père, disparu depuis bientôt trois semaines, Sarah est prête à tout — y compris à risquer sa réputation en se rendant à la Maison des Fleurs, le plus célèbre établissement de plaisirs de Macao. C'est là, en effet, que selon la rumeur, elle a le plus de chances de rencontrer le scandaleux lord James Kerrick, vicomte débauché et capitaine de vaisseau, l'homme le plus influent de la petite communauté — et le seul susceptible de l'aider dans ses recherches.

BEST SELLERS

Les Best-Sellers Harlequin, c'est la promesse d'une lecture intense : romans policiers, thrillers médicaux, drames psychologiques, sagas, ce programme est riche d'émotions.

Ne manquez pas, le 1er juillet :

Une femme entre deux rives, *de Curtiss Ann Matlock • N°151*

A quarante-six ans, Charlene se retrouve seule, avec trois enfants à charge. Son mari est parti en emportant toutes ses affaires, et elle a du mal à y croire. Certes, leur union battait de l'aile depuis quelque temps, mais elle l'aimait, n'aurait jamais imaginé qu'il l'abandonne. Tout ce qui l'attend désormais, ce sont les enfants, les responsabilités au quotidien. Et la solitude.

Elle songe à sa sœur Rainey, comblée par son bonheur tout neuf. Rainey qui, après deux échecs conjugaux, a trouvé l'amour de sa vie. Elle, que peut-elle espérer? Une mort lente ou une nouvelle définition du bonheur ? La vie peut-elle recommencer à quarante-six ans ?

Après Sur la route de Houston*, ne manquez pas ce nouveau roman émouvant de Curtiss Ann Matlock.*

Le voile du secret, *de Ginna Gray • N° 152*

Quand sa mère lui demande de venir au chevet de son père, gravement malade, Maggie Malone accepte, au mépris des vexations et humiliations publiques : le mannequin adulé qu'elle est devenue n'a pas plus de succès à Ruby Falls que l'adolescente au physique ingrat qui a quitté la petite ville sept ans plus tôt. Mais cette fois, elle a aiguisé ses armes et sait cacher sa fragilité sous une assurance à toute épreuve. Son père, aussi hostile qu'autrefois mais affaibli, lui confie même, provisoirement, les rênes de l'entreprise familiale. Une position inespérée qui va permettre à Maggie de voir la situation sous un angle nouveau, de démasquer ses vrais ennemis et, enfin, de lever le voile du terrible secret qui a fait de son enfance un enfer…

Rapt, *de Erica Spindler • N° 153*

Harlow Anastasia Grail, petite fille de la jet-set enlevée et séquestrée dans de terribles circonstances, a réussi en vingt-cinq ans à se faire oublier derrière une fausse identité. Anna Worth — c'est désormais son nom — est une romancière de talent. Et seuls de fréquents cauchemars lui rappellent encore son passé tragique. Jusqu'au jour où le vent glacé de la peur se remet à souffler sur son existence. D'abord, ce sont des lettres inquiétantes. Puis une amie qui disparaît. Un tueur en série qui s'attaque à des jeunes femmes rousses comme elle. Peu à peu, Anna se retrouve, impuissante, à la merci des fantômes surgis du passé.

L'alibi, *de Christiane Heggan • N° 154*

Depuis son divorce, Julia Bradshaw a ouvert à Monterey une petite auberge, La Hacienda. Une affaire qui l'oblige à emprunter de l'argent à la banque mais lui permet de conquérir son indépendance. Jusqu'au jour où elle apprend avec horreur que Paul, son ex-mari, a racheté son emprunt et veut utiliser ce moyen de pression pour la convaincre de revenir vivre avec lui. Pour Julia, il n'est pas question de reprendre une vie commune avec cet homme brutal et jaloux qu'elle a quitté sans regret. Et elle le lui fait comprendre. Hélas, le lendemain, Paul est retrouvé assassiné chez lui. L'étau se resserre autour de Julia…

Un homme disparaît, *de Margot Dalton • N° 103* ***Réédition***

L'affaire a commencé depuis que John Stevenson, un homme estimé de tous, s'est volatilisé en emportant ses économies et en abandonnant une épouse et quatre enfants. Depuis, les morts se succèdent. Entre fausses pistes et vrais rebondissements, l'inspecteur Jackie Kaminsky tente de cerner la personnalité de Stevenson: mari infidèle? dangereux meurtrier? Déroutée par les témoignages de ses proches, Jackie ne voit bientôt plus qu'un moyen d'en avoir le cœur net: interroger Stevenson lui-même. Et pour cela il faut le retrouver, sans savoir de quoi cet homme traqué sera capable.

La collection BEST-SELLERS est en vente au rayon poche Harlequin.

Composé sur le serveur d'EURONUMÉRIQUE, À MONTROUGE
PAR LES ÉDITIONS HARLEQUIN
Achevé d'imprimer en mai 2002

BUSSIÈRE

GROUPE CPI

à Saint-Amand-Montrond (Cher)
Dépôt légal : juin 2002
N° d'imprimeur : 22010 — N° d'éditeur : 9326

Imprimé en France